古典文學研究輯刊

十　編
曾永義　主編

第 10 冊

明代流傳之元雜劇版本及其曲文改編研究（上）

陳富容著

國家圖書館出版品預行編目資料

明代流傳之元雜劇版本及其曲文改編研究（上）／陳富容 著
-- 初版 -- 新北市：花木蘭文化出版社，2014〔民 103〕
目 4+184 面；19×26 公分
（古典文學研究輯刊 十編；第 10 冊）
ISBN 978-986-322-911-7（精裝）
1.元雜劇 2.戲曲評論
820.8   103014147

ISBN-978-986-322911-7

9 789863 229117

古典文學研究輯刊
十 編 第十冊   ISBN：978-986-322-911-7

明代流傳之元雜劇版本及其曲文改編研究（上）

作　者　陳富容
主　編　曾永義
總 編 輯　杜潔祥
副總編輯　楊嘉樂
編　輯　許郁翎
出　版　花木蘭文化出版社
社　長　高小娟
聯絡地址　235 新北市中和區中安街七二號十三樓
　　　　　電話：02-2923-1455／傳眞：02-2923-1452
網　址　http://www.huamulan.tw 信箱 hml 810518@gmail.com
印　刷　普羅文化出版廣告事業
初　版　2014 年 9 月
定　價　十編 18 冊（精裝）新台幣 32,000 元
版權所有·請勿翻印

明代流傳之元雜劇版本及其曲文改編研究（上）

陳富容　著

作者簡介

陳富容，曾任南榮技術學院講師，現代銘傳大學應用中文系助理教授，教授「歷代文選」及「詞曲選」等專業課程。畢業於國立中興大學中國文學研究所博士班，受業於顏天佑教授門下，學術專長爲中國古典戲曲，著有碩士論文《馮夢龍戲劇理論研究——以其八部改編劇爲例》、博士論文《明代流傳之元雜劇及其曲文改編研究》等書。

提　　要

　　本文以明代流傳的元雜劇版本爲討論對象，確認其爲後人認識元雜劇面貌之主要途徑，並將各版本按照其來源及內容，分別爲「元雜劇的近眞本」、「明代宮廷演出本」、「過渡曲本」及「文人改編本」四個階段，針對各階段版本共有的「曲文」部分加以比對分析，從中發現元雜劇內容的階段性演變。

　　首先，由「篇」的角度進入，討論「明本元雜劇之曲牌與套式改編」，大範圍的針對元雜劇之曲牌套式，做整體的比對分析。主要比較重點在於曲牌數目的增減、名稱的異同、及順序的調整。接著，對於曲文之「句」，提出「明本元雜劇之句數與句式改編」的討論。而本章所謂「句數」問題，乃針對元曲中可以增減句數的曲牌而發，主要在討論各階段版本對於曲牌增句、減句之運用概念；所謂「句式」問題，則是以每一曲牌多少句、每句多少字、應爲單式或雙式等格式慣例，檢驗各階段版本之使用狀況。並將可能造成句式混亂的「襯增字」，一併納入討論。最後，則探討「明本元雜劇之音律與文辭改編」的問題，主要是針對明人討論最多的音律及文辭等問題，作曲文之「字」的分析。在音律上，分爲「聲調格律」及「用韻」二個範疇；文辭上，則討論明人對於情節、曲意及修辭上的意見。

　　經由以上各章節的比較結果，除了呈現出各版本曲文階段性的面貌外，更藉此進一步分析了各階段版本曲文改編的緣由，使我們更加瞭解各版本曲文運用的概況及其階段性的改編意義。

目

次

緒 論

一、研究背景及目的

　　元雜劇是中國早期成熟的戲劇型態，它開創出一種特殊的演劇形式，影響著往後數百年中國戲劇的發展。不論是在故事內容、腳色扮演及唱唸做打的表演內涵上，都是明清和當代戲曲所探索採擷的豐富泉源，因此引發後人廣大的研究興趣。

　　歷來研究元雜劇的著作不計其數，多數學者所引用的文本資料，均採自臧懋循的《元曲選》，對於其它的版本，則是相對的忽略了。然而，臧懋循所選編的百種元雜劇，在形式內容上，與元人所創作的原始劇本，已有相當的差距。它是一個經過改編的版本，在選錄當時，並不刻意忠於原著，這是臧懋循本人也不避諱的事實。

　　關於這一點，明代曲家已是議論紛紛，到了清代葉堂更是大肆撻伐斥其為「孟浪漢」，民初吳梅亦指其《元曲選》有「盲修瞎改」之弊，而當代的學者鄭騫則是以他對元雜劇的豐富研究，說明《元曲選》確有掩前人之美處。在千夫所指之下，臧懋循縱然圖存元雜劇有功，卻也似乎成為使元雜劇喪失許多佳曲、脫離原始面貌的主要罪魁。然而從另一個角度來看，這些指斥也提醒我們，《元曲選》雖然確實為後人提供了一個可讀的精良版本，但如果想要了解元人創作的原貌，僅以其為唯一之研究文本，是無法完全體現真相的。所以為了還原事實，不使臧懋循獨負保存元雜劇之功過，重新檢驗各種版本、省視元雜劇的改編過程，是有其必要性的。

　　民國以來，經過許多學者努力的搜尋與搶救，一批批珍貴的版本陸陸續

續出現在國人面前，其中最重要的莫過於《元刊雜劇三十種》及《脈望館鈔校古今雜劇》的發現。這兩種藏書的重新問世，不但在雜劇存目上增加了許多前所未見的版本，也讓我們看到了不同的元雜劇面貌，使元雜劇的文學世界，豐富不少。

不僅如此，明代出版的雜劇版本還有李開先《改定元賢傳奇》、息機子《古今雜劇》、顧曲齋《古雜劇》、玉陽仙史《古名家雜劇》、尊生館《陽春奏》、繼志齋《元明雜劇》、孟稱舜《古今名劇合選》等選本，及朱權《太和正音譜》、李開先《詞謔》、不知名《盛世新聲》、張祿《詞林摘豔》、郭勛《雍熙樂府》等曲選，也分別從不同角度，提供了我們觀察元雜劇的需要，補足從前研究上的不足。

閱讀著一篇篇重新出土的資料，讓筆者深深感受到前人搶救國寶的用心，經由前賢學者的努力，這些珍貴版本也已不再是個人的私藏之物，在今時想要尋獲資料，甚至針對其內容詳加閱讀、比對，都已經不是難事，所以如果今日猶拾前人之牙慧而充當一己的見解，則恐貽笑大方。而經由各版本內容的閱讀、比對後，筆者更深刻體會到以《元曲選》作為研究元雜劇之唯一文本，所導致的結論，是脆弱而危險的。因此認為，唯有回到原點，由明代所流傳之元雜劇版本整理出發，並比較各種版本之間的差異，方能釐清元雜劇面貌的真實與偽飾，更藉此看到明人對戲曲發展的理想與功過。故本文擬以「元雜劇在明代流傳之版本」為題材，先由各階段版本所共有的部分——「曲文」進行研究，試圖探討元雜劇在明代各種版本的源流及保存概況，並討論其各個不同階段的面貌及意義。

二、文獻回顧與評述

歷來學者關於元雜劇的研究，著作數量十分可觀。內容含括元雜劇的題材、體製、內容、腳色等，並跨領域的研究元雜劇與其他文學、劇種的比較或淵源，幾乎可以想到的內涵，皆不乏出色的研究作品。然而由於資料所限，有不少學者在研究元雜劇時，仍多以《元曲選》為主要文本，以致結論也不免出現些許的誤差。但也有不少學者，注意到版本的差異性，對於明代的各種元雜劇選集，作出研究與提醒。

在中國戲曲研究史上，真正開始重視版本問題，並加以論述的，應屬民初的王國維。王國維是第一個將中國戲曲研究由古代傳統轉化為現代科學方

法的重要學者，他的《宋元戲曲考》堪稱中國戲曲史論的開山之作。另外，他還著有《曲錄》、《戲曲考原》、《唐宋大曲考》、《古劇腳色考》等作品，開創了各個向度的戲曲研究，使我們對於戲曲淵源、劇目、曲目、作者、體製、戲曲本事及腳色流變等問題，有了最初步的瞭解，也賦予戲曲研究的價值。

王國維曾作〈元刊雜劇三十種序〉一文，其間顯示他已注意到錢曾《也是園古今雜劇》的收藏，但由於彼時此批藏書尚未出土，所以並沒有進一步的論述。文章重點放在《元刊雜劇三十種》的發現一事，言此舉爲元雜劇的存目，增加了十七種海內孤本，也使當時傳世的元劇，驟增至一百一十八種〔註1〕，並以爲其他十三種「即與臧選復出者，體製、文字，亦大有異同，足供比勘之助。」〔註2〕可見王國維對《元刊雜劇三十種》的發現，充滿喜悅之情，亦足見其對元雜劇不同版本的重視。只可惜王國維無緣見到這三十種劇本，更沒有等到《脈望館鈔校古今雜劇》的發現，所以未能進一步加以研究。

在王國維之後，有許多學者陸續跟隨著他的腳步，對元雜劇研究投注了極大的熱情，其中包括鄭振鐸、孫楷第、徐朔方、鄭騫及日人吉川幸次郎等著名學者，均有傑出的貢獻。

首先，由於鄭振鐸對元雜劇的正視與珍惜，不遺餘力的爲國人搶救下一批極其珍貴的文學寶藏——《脈望館鈔校古今雜劇》，對元雜劇的研究，貢獻極大。他在〈跋脈望館鈔校古今雜劇〉〔註3〕中提到十年來（據其爲文時間推算，應該約在民國二十至二十九年左右），明代包括息機子本、尊生館本、古名家本、顧曲齋本、童野雲本、繼志齋本等各種元雜劇刊本陸續出現，以及《元刊雜劇三十種》的發現，爲現存元雜劇的文本數量，增加了許多前所未見的孤本。他簡述了各種版本中的孤本保存概況及其價值，等於宣告著元雜劇的研究，即將進入另一個新紀元，不再以《元曲選》爲唯一的文本。但最令他興奮的，仍然莫過於《脈望館鈔校古今雜劇》的發現，他抽絲剝繭，鍥而不捨，最後終於覓得此批寶藏。故而記錄了這批藏書的受授源流，並整理

〔註1〕　王國維所謂一百一十六種之數，乃臧選百種扣除明初作品六種，加上《西廂》五劇，再加上《元刊雜劇三十種》中不與臧選重複的十七種。見《王國維戲曲論文集——〈宋元戲曲考〉及其他》，台北：里仁書局，1993 年，頁 386。
〔註2〕　同前註。
〔註3〕　蔡毅編著，《中國古典戲曲序跋彙編》，卷四，鄭振鐸〈跋脈望館鈔校古今雜劇〉，北京：齊魯書社，1989 年，頁 367。

其遺失和存留書目，說明其價值，以留待後人。

之後，孫楷第便針對這批脈望館的藏書，作《也是園古今雜劇考》一書，書中他將趙琦美這批藏書分爲內府本、于小穀本、不知來歷鈔本、息機子本，及古名家本等幾種版本，根據其內容概況及趙氏跋語，在古籍中爬梳出一些可能的蛛絲馬跡，考察各種版本的來源，處處顯示其考據功力之深。他還對這批藏書的流向、書目的保存、鈔校的概況，一一加以詳察，分門別類，綱舉目張，爲元雜劇的研究，留下了極爲珍貴的資料。

另外，日人吉川幸次郎與大陸學者徐朔方對元雜劇的版本研究，也作出了不少貢獻。吉川幸次郎著《元雜劇研究》一書，書中對於元雜劇的版本、存目及收藏，皆加以記錄，有助於讀者蒐尋核對。徐朔方則著有《元曲選家藏懋循》一書，書中除了介紹《元曲選》的編印情況及歷史貢獻之外，也比較了《元曲選》與其它版本的差異，並整理現存元雜劇的書目，最重要是他提出與孫楷第先生相反的意見，認爲《元曲選》乃集各版本精華所成，並非如孫氏所云：「師心自用，改訂太多，故其書在明人所選元曲中自爲一系。」〔註4〕只可惜他所比較版本不夠全面，故未能列舉更具突破性的例証，取信於人，但他所提出的論述，仍是一個值得深入的探究方向。

對於元雜劇版本研究，投入最多，下功夫最深者，則非鄭騫莫屬。他不但以其所見各種版本校訂元刊本雜劇，將《元刊雜劇三十種》一書恢復成一個可讀的版本，更耗費了巨大的精力，比較元雜劇各種版本的異文，使我們對於元雜劇版本的差異情形，有了更深入的瞭解，也爲元雜劇之版本比較，提供良好的基礎。惟此一比對工作進行之時，仍有部分未能獲見（如《改定元賢傳奇》）或個別缺漏的版本，且其比較標的多以《元曲選》爲主，對其它版本之間的差異，論述相對較少。有些問題也因涉及範圍過大，比較的工作細瑣，無法通盤檢驗，故未及全面的突顯，並進一步加以系統性的歸整論述，因而留下不少可資探索的空間。

由於此一研究工作繁雜且重要，有前輩學者盡其力而未能完備者，故其說法不免出現缺失或矛盾之處，猶待有心者前仆後繼的努力，使之更臻完美。相信在前人的基礎上，不斷增入新的研究資料，力求周全，應可避免結論的一隅之偏。並將所得結果整理歸納，有系統有條理的加以論述，以求彌縫前賢說法的缺失與矛盾，使元雜劇的版本問題，得到更完善的解決，也能令往

〔註4〕 徐朔方著，《元曲選家藏懋循》，北京：中國戲劇出版社，1985年，頁19。

後的元雜劇研究，知所取抉，讓元雜劇的研究向前躍進。

三、研究方法與進行步驟

　　透過前人的著作，及今日之元雜劇全集或選集所收錄劇目之觀察，發現明代所流傳的版本乃爲今日所見元雜劇的主要源頭。而經由史料的閱讀，亦得窺元雜劇在明代的演出、收藏與討論情況，並深刻的體認到明代實爲元雜劇地位穩固與提昇之重要關鍵，因而進一步確認研究明代流傳之元雜劇版本的重要性及本文之研究目標。

　　本文之研究，首先必須面對的困難，便是資料的搜集。由於版本研究的工作，十分繁瑣，研究者尚屬少數，尤其元雜劇向來不被視爲正統文學，其版本的保存，更是受到忽略，經過數百年的時間，有些版本或其劇目早已難覓蹤跡。所以儘可能將資料找齊，使研究能夠經由第一手資料完成，這是本論文第一步必須努力的方向。

　　經由整理前人著作中關於元雜劇版本的相關記錄，發現曾流傳於明代的元雜劇版本及劇目有：《元刊古今雜劇》三十種、李開先《改定元賢傳奇》十六種、《脈望館鈔校古今雜劇》二百四十二種（實爲二百四十一種）、息機子《古今雜劇》二十六種（包括脈望館收藏者）、《古名家雜劇》及《新續古名家雜劇》六十四種（《也是園古今雜劇考》計六十三種，實少計脈望館藏《呂洞賓花月神仙會》一種）、顧曲齋《古雜劇》二十種、尊生館《陽春奏》三種、繼志齋《元明雜劇》四種、《童野雲本元雜劇》二十種、臧懋循《元曲選》百種、孟稱舜《古今名劇合選》五十六種；而朱權的《太和正音譜》、李開先的《詞謔》，及《盛世新聲》、《詞林摘豔》、《雍熙樂府》等曲譜或曲選，亦保留不少元雜劇的曲文。目前這些版本資料，大部分均已逐一尋獲，其中包括前人未及寓目的李開先《改定元賢傳奇》殘存六種，可惜尚有童野雲本元雜劇存目二十種，仍未能得識其眞貌，亦未見有關其版本內容之相關記載。

　　掌握這些版本之後，透過明代所刊刻或鈔錄之元雜劇版本，觀察多數明人心目中所謂的「元雜劇」，釐清本文研究內容「元雜劇」的主要範疇，並確認符合此一定義的劇目。而由於元雜劇的體製龐大，若欲作通盤的檢驗與比較工作，恐非一人一時之力可及。故在觀察明代流傳的元雜劇版本內容後，選擇各版本共同保有的部分——「曲文」爲本文之研究主體，對不同版本之元雜劇內涵作一初步的比對探討。雖則忽略賓白、科介及其它重要元素的比

較，將造成改編者思想及舞台演出情況無法完全體現等遺憾，但為使研究能慮及元雜劇演變的各個重要階段，此實為不得不然之奠基工作。希望經由討論曲文相關之宮調、套式、曲牌、句數、字數、格律、用韻、修辭等內涵，釐清明代各階段版本在元雜劇內容演變過程中所扮演的角色，以為將來進一步研究其它體製內涵的基礎。

接下來通過各種版本的初步比較，及源流追索，試圖釐清各種版本之間的關係，以便正式進入版本改編等實際內涵的探討。經過各種版本的內容比對及源流考証之後，發現明代流傳的元雜劇版本雖多，但多數版本內容相仿、來源相近，可以分門別類、視同一系，進而歸納出明代元雜劇的四個主要系統：「近真本」、「宮廷本」、「過渡曲本」及「文人改編本」。

由於本文鎖定元雜劇的「曲文」為研究主體，故針對元雜劇曲套的特性，採取由篇入句、由句入字之層層深入作法，將可能影響曲文創作與改編的諸多元素，劃分為「曲牌與套式」、「句數與句式」、「音律與文辭」等三個部分，並整理出上述四個系統的重複劇套，以便進行內容之實際比對。

但因各階段之元雜劇版本對於元雜劇曲文的諸多要素之改編，有著不同的考量，改編內容亦呈現出不同的特色，故本文對於「明本元雜劇之曲牌與套式改編」、「明本元雜劇之句數與句式改編」及「明本元雜劇之音律與文辭改編」三個章節的編排方式，亦隨之調整，並不完全一致。

在「明本元雜劇之曲牌與套式改編」一章中，由於曲牌與套式的比較，通常伴隨而來，比對各階段曲牌的差異，不但可以得見使用曲牌的增減概況，而其曲牌異名及排列順序，亦顯示各階段版本對於套式運用的不同概念。且有些問題隨著時間的推移，有著或輕或重的討論價值，導致每一個階段的討論重點亦有些微的調整。故此章採取分階段說明的方式，使其呈現階段性整體的差別，以便讀者清楚分辨明代不同階段的版本對於曲牌套式運用的重點與特色。

繼之，「明本元雜劇之句數與句式改編」及「明本元雜劇之音律與文辭改編」兩個章節，則由於曲文的「句」與「字」之各個組成要素中，如句數、字數、襯字、格律、用韻、修辭等單一因子，經常獨力扭轉創作及改編的方向，故其本身即為曲壇上熱烈討論的主題。為慮及每一單獨因素的形成背景及其本身的重要性，故在「明本元雜劇之句數與句式改編」一章中，分別就「增減句」、「句式格律」及「增襯字」等要素，逐一作各階段的討論。而「明

本元雜劇之音律與文辭改編」一章，亦分為「四聲格律」、「曲牌用韻」及「用字修辭」等小節，就各階段的演變說明之。

　　本文中所運用最重要的研究方法，是為「比較研究法」，即將各版本內容加以對照，歸結出四個版本系統，再分組、分類進行比對。最後透過分階段的重複曲文比較，歸納每一個階段的改編內涵及其重要理念，藉此探討明人對於元雜劇的不同觀點，和元雜劇在不同階段所扮演的角色，如此便能系統性的將明人改編元雜劇的混亂狀況藉此釐清，更可依循上述研究成果，瞭解這些收藏家與選編家對元雜劇保存的重要貢獻。這是一個瑣碎而繁雜的工作，以個人能力為之，恐怕難以全面而產生偏差，所幸已有先賢的研究成果在前，可以引為參考和印証，避免產生個人先入為主或自以為是的心態，誤導了研究的方向，如此方能確保本文能夠在前人的基礎之上，更上層樓。

　　由於論述之需要，本文從第三章開始，引用元雜劇版本及鄭騫《北曲新譜》、〈元雜劇異本比較〉諸本之資料繁多，故文中凡涉及元雜劇各版本及《北曲新譜》、〈元雜劇異本比較〉諸本之引文，僅在第一次出現時註明詳細出版資料，之後凡引用者，僅標以書名及頁數，不再反覆說明作者、出版社及出版年月等資料，以免繁複。

　　又，文中引用諸曲，由於各版本用字的歧異，有些版本甚至本身句式即有錯訛的問題，故而經常正襯難明，如勉強分別正襯，卻未加以說明，反而徒增誤解。所以除非論述之必要，否則引文均不標明正襯。

　　最後則是以表格形式，將本文所搜尋到的一些較為罕見資料，或較為繁瑣無法逐一引用的比對資料，整理歸納，附錄於論文之後，以便學者對內容進一步的驗証與查詢。

四、預期之成果

　　通過以上研究步驟的進行，筆者預計完成以下幾項工作：一是瞭解元雜劇在明代的傳承、收藏及討論情況，並探討元雜劇如何獲得今日在文學史上地位的過程；二是釐清元雜劇在明代不同時期的各種樣貌，從中瞭解明人對戲劇文辭、格律等觀念的演變，及各階段版本並其選編者的重要貢獻；三是改善研究者對明代元雜劇版本的混亂印象，並從曲文研究中找到版本演變大致方向，以為學者對元雜劇各體製內涵的改編作更深入探討的基礎。

　　筆者預期本文之研究成果，應該能夠對明代各種元雜劇版本之來源、分

類、真相及價值，提出具突破性的觀點，讓學術界更加瞭解《元曲選》以外的其他版本，使後出的研究，能夠知所取抉，正確的選擇引用的研究文本，得到更完善的結論。

第一章 明人對於元雜劇保存之
貢獻與研究範圍之確立

　　元雜劇是中國戲劇史上璀璨的明星，也是中國文學史上的瑰寶，但在它誕生的時代，元雜劇卻只是市井小民閒時的娛樂，文人失意的排遣，並未得到應有的重視。所以儘管元人在短短不到一百年的時間之內，創作出了種以上驚人數量的雜劇，但真正透過元人自己刊刻保留下來的作品，卻是微乎其微，目前可知的也惟有《古今雜劇》三十種而已。

　　雖則如此，元雜劇依然站上了中國戲劇的高峰，民初王國維甚至稱其為「中國最自然之文學」〔註1〕，足見它在國人心目中的重要性。區區三十種劇本，當然不可能讓後人對元雜劇有如此深刻的了解，在它流傳過程中，明人對它的重視、保存與提昇，才是讓後人得以接近其面目的真正途徑，以下便就明人對於元雜劇保存之貢獻進行討論，並從中確認本文研究之範圍。

第一節 明人對元雜劇劇目與音樂保存之貢獻

　　明代著名的曲家王世貞曾道：

> 三百篇亡而後有騷、賦，騷、賦難入樂而後有古樂府，古樂府不入
> 俗而後以唐絕句為樂府，絕句少宛轉而後有詞，詞不快北耳而後有
> 北曲，北曲不諧南耳而後有南曲。〔註2〕

〔註1〕 王國維《宋元戲曲考》「十二、元劇之文章」，收錄於《王國維戲曲論文集》，
　　　　台北：里仁書局，1993年，頁123。

〔註2〕 王世貞《曲藻》，收錄於《中國古典戲曲論著集成》四，北京：中國戲劇出版

儘管這段話並不完全正確，但它卻代表著一種普遍的文學史觀。在中國戲曲發展史上，南曲接替北曲，成爲一代之雄，也幾乎是一般人的認知。

在這段話當中，王世貞所謂「南曲」，多半是指「明傳奇」，而「北曲」則爲「元雜劇」。姑且不論其中爭議最大之「忽略宋元南曲戲文」的問題，「南曲」一詞是否能完全含括「明傳奇」，及在明代「南曲」是否能完全取代「北曲」？都是亟須分辨的問題。以下我們便從「元雜劇劇本在明代的收藏與傳刻」與「元雜劇音樂在明代的保存」兩個角度切入，探討從元雜劇發展進入明傳奇階段的種種問題，亦從中了解明人對於保存元雜劇劇目及其音樂的重要貢獻。

一、元雜劇劇本在明代的收藏與傳刻

在明代前期的曲壇上，充滿著一種詭異的氣氛：一方面由於帝王頒佈法令，限制了戲劇的自由發展；另一方面又因爲帝王的愛好，使戲劇活動得以蓄積充沛的能量。〔註3〕這樣的氣氛，雖然使得戲劇的創作，死寂了一段時間，但也保留了復活的一線生機。最終，戲劇還是難掩魅力的成爲明人最熱愛的娛樂活動，也必然是文人滿腹才華的競技場。

明代開國之初，士大夫尊崇儒術，恥留心於戲曲〔註4〕，再加上統治者爲了進行思想控制，對於戲劇的演出內容多所干預，明太祖洪武三十五年即頒佈《御制大明律》規定：

> 凡樂人搬做雜劇戲文，不許粧扮歷代帝王后妃、忠臣烈士、先聖先
> 賢神像，違者杖一百；官民之家，容令妝扮者與同罪。其神仙道扮，
> 及義夫節婦、孝子順孫、勸人爲善者，不在禁限。〔註5〕

及明成祖永樂九年的榜示戲曲禁令：

> 今後人民倡優裝扮雜劇，除依律神仙道扮、義夫節婦、孝子順孫、
> 勸人爲善及歡樂太平者不禁外，但有褻瀆帝王聖賢之詞曲，駕頭雜

社，1959 年，頁 27。

〔註3〕 關於明代帝王與戲劇的關係，曾師永義在〈明代帝王與戲曲〉一文中曾有詳
細的討論，收錄於《論説戲曲》，台北：聯經出版社，1997 年，頁 85～112。

〔註4〕 何良俊《曲論》云：「祖宗開國，尊崇儒術，士大夫恥留心辭曲，雜劇與舊戲
文本皆不傳。」收錄於《中國古典戲曲論著集成》四，北京：中國戲劇出版
社，1959 年，頁 6。

〔註5〕 明洪武三十年五月刊本《御制大明律》卷二十六，〈雜犯篇〉「搬做雜劇」條，
頁 8。

劇，非律所該載者，敢有收藏，傳誦印賣，一時挐送法司究治，奉
旨但這等詞曲出榜後，限他五日都要乾淨了，將赴官燒毀了，敢有
收藏的，全家殺了。〔註6〕

都是對戲劇演出的一大打擊。這些法令後來雖然不一定都有嚴格執行，但也
足以讓當時的戲劇作家，步趨謹慎，只敢作一些宮廷應制的教坊劇，和一些
神仙道化劇，所以這段時間（約1368～1487），可以說是自戲劇流行以來，最
缺乏生命力的一段時期。

但人們對於戲劇的熱情，並不因此冷卻，其實就連帝王自身，幾乎也都
是戲劇的愛好者，他們廣設鐘鼓司與教坊司等官署，並不斷充實樂戶，以滿
足自己賞玩的慾望。但卻因為當時創作活動的死寂，加深了劇場對前朝作品
的渴望，除了一些宴饗的場合外，平時觀賞娛樂仍應以元代流行的北雜劇最
受歡迎。這一點從內府中收藏為數眾多的元人雜劇，加以整理改編並附上「穿
關」的情況，便可大致窺見，這些劇本絕對不是僅供案頭觀賞之用，而是實
際拿來演出的。

大體而言，明初去元未遠，宮廷以廣大的財力、人力投入，尚能收集到
堪稱豐沛的劇本數量，再加上明成祖時不許民間收藏特定內容的劇本，致使
宮廷成為多數元雜劇劇本的匯集和保存地，這也是我們研究明代各種元雜劇
版本的源頭，幾乎都導向內府本的主要原因。〔註7〕故李開先所稱「洪武初
年，親王之國，必以詞曲一千七百本賜之。」〔註8〕容或不免誇張，卻絕對
是有根據的。但由於朝廷對於這批收藏，並非特別重視，以致後來散失難尋。
而當時一些文人士大夫，則因家學淵源或個人對戲劇的熱愛，積極的投入元
雜劇劇本收藏的行列，為元雜劇留下了許多宮廷失傳的劇本。據現存資料顯
示，明代曾經擁有或收藏元人雜劇知名者至少有：康海、李開先、何良俊、
孫鑛、湯顯祖、沈璟、趙琦美、于小穀、劉延伯、王驥德、臧懋循、毛以燧

〔註6〕 見顧起元《客座贅語》卷十「國初榜文」條，頁33。收錄於《百部叢書集成》，
　　　　台北：藝文出版社，1968年。
〔註7〕 孫楷第《也是園古今雜劇考》：「故余意凡明人選刻元曲，無一不與內本有關。
　　　　蓋明代所存元曲以內府為最當。諸家藏曲至千餘種或數百種者，其本皆應錄
　　　　自內府；則諸家刻曲，其本亦應直接間接自內府本出。」其推論過程雖然有
　　　　些瑕疵，但結果則距事實不遠。關於明代各種元雜劇版本的來源與體系，則
　　　　留待第二章再詳加討論。上海：上雜出版社，頁152。
〔註8〕 李開先《李中麓閒居集》，收錄於《續修四庫全書》1341冊，上海：上海古籍
　　　　出版社，1995年，頁52。

等人。

　　康海是明初著名的文學家，曾與王九思等人並列「明初七子」。他本人也極為熱愛戲曲，曾著有《中山狼》、《王蘭卿》二劇，皆是依元雜劇體例創作，可見他對北曲之熟稔。而上述洪武所贈親王詞曲之書，康海之高祖即在獲贈之列，李開先道：

> 對山高祖，名汝楫者，曾為燕邸長史，全得其本，傳至對山，少有
> 存者。〔註9〕

這批贈書隨著時光推移，一代一代逐漸亡佚，傳至康海時，已經所剩無幾，但相對而言，康氏家中所藏的雜劇劇本，在當時仍屬難得。而這批藏書極有可能啟發了康海對元雜劇的喜愛，因此他廣採博覽，王驥德《曲律》便曾記載：「康太史謂於館閣中見幾千百種。」〔註10〕奠定他雜劇創作的基礎。

　　李開先本人亦好藏書，其於〈藏書萬卷樓記〉中自道：「藏書不啻萬卷，止以萬卷名樓。」〔註11〕而清代毛斧季曾說：

> 章丘李中麓開先曉音律，善作詞，最愛張小山，謂其超出塵俗。其
> 家藏詞山曲海不下千卷。〔註12〕

故知其所藏萬卷之中，又以詞曲之類聞名最甚。他曾編《改定元賢傳奇》一書，序曰：

> 欲世之人得見元詞并知元詞之所以得名也，乃盡發所藏千餘本付之
> 門人誠菴張自慎選取。〔註13〕

可見在其家藏詞山曲海之中，單單元雜劇便已不下千本。

　　何良俊則為北曲在明代重要的傳播者，他曾道：

> 祖宗開國，尊崇儒術，士大夫恥留心辭曲，雜劇與舊戲文本皆不傳，
> 世人不得盡見，雖教坊有能搬演者，然古調既不諧於俗耳，南人又
> 不知北音，聽者即不喜，則習者亦漸少。〔註14〕

〔註9〕　同前註，頁 52。
〔註10〕王驥德《曲律》卷四〈雜論第三十九下〉，收錄於《中國古典戲曲論著集成》四，北京：中國戲劇出版社，1959 年，頁 169。
〔註11〕同註 8，頁 317。
〔註12〕毛斧季跋《新刊張小山北曲聯樂府》，見於張小山著《新刊張小山北曲聯樂府》，收錄於《續修四庫全書》第 1738 冊，上海：上海古籍出版社，2002 年，頁 301。
〔註13〕《改定元賢傳奇》，收錄於《續修四庫全書》1340 冊，上海：上海古籍出版社，1995 年，頁 666。
〔註14〕同註 4。

說明明代開國之初，由於朝廷政策與社會氛圍的影響，元人雜劇與戲文文本多半失傳，但當時教坊尚能搬演，只是一般人漸漸不慣聽古調與北音，而學習者也變少了。他憂心北曲失傳，特地請南京老曲師頓仁，到家中擔任教師，傳授北曲，使得北曲在南方漸又受到一些人的重視，可見他對北曲流傳的貢獻。非但如此，他還保存了雜劇劇本「幾三百種」〔註15〕，後來息機子在刊刻《元人雜劇選》一書時，曾自序：

> 余少時，見雲間何氏藏元人雜劇千□，羨不及錄，因以爲缺。〔註16〕

其所謂「雲間何氏」，從時間、地點推算，所指應該即是何良俊，可見其收藏之富，在當時亦頗有盛名。

至明萬曆間，湯顯祖收藏元人曲本之數量，則首屈一指。明姚士舜稱：

> 湯海若先生妙於音律，酷嗜元人院本。自言篋中收藏多世不常有，
> 已至千種，有《太和正韻》所不載者。比問其各本佳處，一一能口
> 誦之。〔註17〕

可見湯顯祖不僅收藏豐富，且一一品味鑒賞，並非束之高閣而已。至於湯顯祖所藏元劇從何而來，文中則並未提及，但臧懋循曾道，他從錦衣劉延伯家中所得雜劇抄本三百餘種，「去取出湯義仍手」〔註18〕，如其所言不虛，則湯顯祖當見過內府所流傳出來的雜劇劇本，或許這批雜劇也計入了他個人收藏之中。而臧懋循本人，則除了從黃州劉延伯處借得雜劇二三百種之外，〔註19〕其原亦「家藏雜劇多秘本」〔註20〕，故能累積其選編《元曲選》百種的實力。

提及萬曆年間元雜劇的收藏家，當然不能不談到趙琦美父了及于小穀父子。他們雖然不曾宣稱自己擁有幾千幾百本的元雜劇收藏，甚至在趙琦美的《脈望館書目》中也不見這批書目，但至今所留下來的元雜劇存本，確實以趙琦美《脈望館鈔校古今雜劇》爲最多，而其中則包括不少從于氏父子收藏

〔註15〕同註4。
〔註16〕息機子《元人雜劇選》〈自序〉，明萬曆戊戌（二十六年）原刊本。
〔註17〕姚叔祥《見只編》卷中，頁3，收錄於《鹽邑志林》卷之五十四，天啓三年海鹽原刊本。
〔註18〕臧懋循《負苞堂集》卷四〈寄謝在杭書〉，台北：河洛圖書出版社，1975年，頁92。
〔註19〕臧懋循本人曾道：「項過黃從劉延伯借得二百五十種。」（同註18，卷三〈元曲選序〉，頁55。）又：「從劉延伯錦衣家借得元人雜劇二百種。」（同前註，卷四〈復李孟超書〉，頁83。）「於錦衣劉延伯家得抄本雜劇三百餘種。」（同前註，頁91。）
〔註20〕同註18，卷三〈元曲選序〉，頁55。

中所抄得的劇本。這批劇本可以保留下來，居功厥偉者，當屬趙琦美一人。他除了整理父親所留下來的藏書外，還廣泛的搜訪，遇有罕見劇本，便重金羅致，對於藏家不願出讓的秘本，則勤勞的抄錄，最後終於成就脈望館數百本的元雜劇收藏，〔註21〕造福後世不少元雜劇的愛好者。

又根據王驥德的記載，除了他個人：「家藏元人雜劇可數百種計。」〔註22〕之外，其於《曲律》〈雜論第三十九下〉亦云：

> 金、元雜劇甚多，……今吾姚孫司馬（即孫鑛）家藏三百種。余家舊藏，及見沈光祿、毛孝廉所，可二三百種。〔註23〕

故知萬曆時期孫鑛、沈璟、毛以燧及王驥德等人，應該也曾經有過豐富的元雜劇收藏。

另外如李開先〈張小山小令後序〉云：

> 人言憲廟好聽雜劇及散詞，搜羅海內詞本殆盡。又武宗亦好之，有進者，即蒙厚賞。如楊循吉、徐霖、陳符，所進不止數千本。〔註24〕

楊循吉、徐霖、陳符等人所進獻者，應該即包含部分元雜劇，可見之前雖然曾經有過關於雜劇藏書的禁令，但暗中收藏者仍然大有人在，故而一旦禁令解除，藏書立即湧現。

由上列敘述可知，元雜劇的演出雖然逐漸在舞台上萎縮，但明人卻是以更加積極的態度去搜集搶救元雜劇，他們將元雜劇視為難得的珍寶，偶一得見，便欣喜異常。如果可能，更是透過各種管道，不惜重金收購、抄錄，而最後自己也成了別人搜羅的管道。有些人則在收集到一定數量時，想辦法整理、出版，使元雜劇更為廣泛的流傳，為後世留下元人的珍貴遺產。故明中葉以後，各種元雜劇版本，一一刊行問世，目前可見的包括《改定元賢傳奇》、《元人雜劇選》、《古名家雜劇》、《陽春奏》、《元明雜劇》、《古雜劇》、《元曲選》、《古今名劇合選》等選本。至此，後人再也不愁見不到元雜劇了。儘管多數選集內容已經有所改異，致使元雜劇真相難明，但此實有其時代因素，不可責之過甚。保存元雜劇，仍可謂明人所成就之一項極重要的工作，今日尚能得見的元雜劇劇本或曲文，便是透過明人如此一點一滴辛苦保留下來的。

〔註21〕實際數目已不可知，僅知到錢曾的「也是園」時，仍有三百四十餘種，而至鄭振鐸先生民國初年發現時，則僅餘二百四十二種。

〔註22〕王驥德《新校注古本西廂記・自序》，明香雪居刊本清初影印本。

〔註23〕同註10，頁169。

〔註24〕同註8，頁52。

二、元雜劇音樂在明代的保存

　　元雜劇代表著中國戲劇正式邁入成熟的階段，不管是內容的反映性、音樂的成熟度，都具有相當的水準。但由於它的體製僵化，每本四折（或加上一、二個楔子）、每折限用一套曲、每套曲限用一韻、一人主唱等形式，不僅讓故事的發展受到限制，連舞台上的表演也缺乏生氣。所以，當法令的禁錮不再，戲場漸漸恢復原有的活力以後，明人便開始求新求變。他們在南戲原有的基礎上，吸收元雜劇的優點、揚棄其缺點，發展出一種足以傲人的戲劇體裁與文學成就——明傳奇。也就在傳奇體製逐漸成熟，完成其三化的演進過程中〔註25〕，元雜劇的舞台表演，慢慢淡出了戲場。但是否在明傳奇成熟後，元雜劇便完全在舞台上絕跡？抑或是元雜劇以另一種形式存活在明代中後期？這是筆者在此想要探索的問題。

（一）元曲在明代的傳唱

　　從一些文人的筆記中發現，元雜劇的表演在明中葉以後，確實是難得一見了，就連元曲的音樂，也在逐漸消失中。何良俊《曲論》道：

> 近日多尚海鹽南曲，士夫稟心房之精，從婉孌之習者，風靡如一，
> 甚者北土亦移而耽之，更數世後，北曲亦失傳矣。〔註26〕

又轉述老曲家頓仁在聽到小鬟唱金元人雜劇詞時，感慨言道：

> 頓仁在正德爺爺時隨駕至北京，在教坊學得，懷之五十年。供筵所
> 唱，皆是時曲，此等辭並無人問及。不意垂死，遇一知音。〔註27〕

由此可見，北曲在明中葉以後漸成絕響，能唱的人已經所剩無幾了。

　　祝允明《猥談》云：「數十年來，所謂南戲盛行，更為無端，於下聲音大亂。」〔註28〕南戲的盛行，確實對北曲的傳唱，造成了相當大的影響。王驥德《曲律》便曾經說道：

> 迨季世入我明，又變而為南曲，婉麗嫵媚，一唱三嘆，於是美善兼
> 至，極聲調之致。始猶南北畫地相角，邇年以來，燕、趙之歌童、

〔註25〕曾師永義主張明傳奇的發展曾經過「北曲化」、「文士化」與「崑曲化」三個過
　　　　程，詳細內容請參見〈論說「戲曲劇種」〉一文，收錄於《論說戲曲》，台北：
　　　　聯經出版社，1997年，頁239～285。但對於明傳奇是否必得是崑劇（即必定經
　　　　過「崑曲化」的過程），學界尚有爭議，由於不涉及本文主要內容，故暫且不論。
〔註26〕同註4。
〔註27〕同註4，頁9。
〔註28〕祝允明《猥談》，頁7，收錄於明陸詒孫編《烟霞小說》，明嘉靖間陸氏刊本。

> 舞女，咸棄其捍撥，盡效南聲，而北詞幾廢。何元朗謂：「更數世後，
> 北曲必且失傳。」宇宙氣數，於此可覘。〔註29〕

並敘述：

> 余昔譜《男后》劇，曲用北調，而白不純用北體，為南人設也。已
> 為《離魂》，並用南調。鬱藍生謂：『自爾作祖，當一變劇體。既遂
> 有相繼以南詞作劇者。後為穆考功作《救友》，又於燕中作《雙援》
> 及《招魂》二劇，悉用南體，知北劇之不復行於今也。〔註30〕

可見明季南曲逐漸盛行，間接擠壓了北曲的生存空間，使北曲面臨到失傳的
危機。而在南曲諸腔之中，又以崑曲最受歡迎，如沈德符《顧曲雜言》所謂：

> 自吳人重南曲，皆祖崑山魏良輔，而北詞幾廢。〔註31〕

及顧起元的《客座贅語》：

> 今又有崑山，較海鹽又為清柔而婉折，一字之長延至數息。士大夫
> 稟心房之精，靡然從好，見海鹽等腔，已白日欲睡，至院本北曲，
> 不啻吹篪擊缶，甚且厭而唾之。〔註32〕

都說明了崑腔的流行，對北曲所造成的影響。

而這種情形，也反映在明傳奇的作品之中。鄭若庸《玉玦記》第二十九
齣「商嫖」，曾描寫丑扮的江西茶商馮五郎要妓女李娟奴唱一套馬東籬「百
歲光陰」，李娟奴隨即「做北調唱介」，但馮五郎卻說：「我不喜北音，要做
南調唱才好。」於是李娟奴只得遵命，改唱南調，曲文卻大致仍依馬致遠「百
歲光陰」原詞，足見明人是可以在稍動原詞的情況下，將曲調改北作南的。
〔註33〕可想而知，在這種風尚影響下，北曲的歌唱在明中葉以後，是逐漸被
壓縮了。

但這並不表示明人已經徹底遺棄北曲，轉而擁抱南曲諸腔。反而是當元
雜劇逐漸失去表演空間的同時，不少人也開始懷念起元曲的美好，對元雜劇
展開「救亡圖存」的工作。除了上述努力搶救保存元雜劇的劇本外，他們也
透過各種方式，希望能把元曲的音樂，保留在生活及舞台上。

〔註29〕同註10，頁55。

〔註30〕同註10，頁179。

〔註31〕沈德符《顧曲雜言》「北詞傳授」，收錄於《中國古典戲曲論著集成》四，北
京：中國戲劇出版社，1959年，頁212。

〔註32〕同註6，卷九「戲劇」，頁26。

〔註33〕鄭若庸《玉玦記》，第二十九齣「商嫖」，收錄於毛晉《六十種曲》九，北京：
中華書局，1958年，頁88。

　　在明人的筆記中，筆者發現許多明人唱絃索的資料，而這些記錄，多半與北曲的填詞、演唱密切關聯。何良俊曾敘：

> 王渼陂欲填北詞，求善歌者至家，閉門學唱三年，然後操筆。余最
> 愛其散套中「鶯巢涇春隱花梢」，以爲金、元人無此一句。〔註34〕

王世貞《曲藻》又道：

> 王敬夫將填詞，以厚貲募國工，杜門學按琵琶、三絃，習諸曲，盡
> 其技而後出之。〔註35〕

二人所謂王九思閉門所學，應該是指同一件事。可見在明初後期，王九思便已爲填北曲散套閉門學習琵琶、三絃等弦樂，明人以絃索伴唱北曲，確是有跡可循的。而這種以絃索伴唱北曲的風尚，在明萬曆以前的流行，概如顧起元《客座贅語》所道：

> 南都萬曆以前，公侯與縉紳及富家，凡有宴會小集，多用散樂：或三
> 四人，或多人唱大套北曲；樂器用箏篥、琵琶、三絃子、拍板。〔註36〕

一些貴族及富家的宴會小集，多用絃索北曲以娛賓客。明中後期的宋徵璧〈聽陸君暘絃索歌〉小有「江南此風誰人作，盡收吳歙束高閣。遍地南人習北音，千門萬戶彈絃索。」之句，可知當時江南人士風靡北唱的情形。而沈寵綏爲北曲歌唱字音專著《絃索辨訛》一書，又是當時絃索歌唱流行的另一例證。可見北曲配絃索，乃明中葉以後北曲主要的演唱方式，就如同王驥德所謂：

> 北之歌也，必和以絃索，曲不入律，則與絃索相戾，故作北曲者，
> 每凜凜遵其型範，至今不廢。〔註37〕

北曲與絃索關係之密切，由此可知。

　　但這是否即說明元雜劇是以弦樂伴奏演出的？針對此事，學者有不一樣的看法。劉念茲曾在〈元雜劇演出形式的幾點初步看法〉中提出：

> 我以爲元雜劇早期一些時候的樂器，主要的應該是笛、鼓、拍三者。
> 元中葉以後或者明初，各地雜劇演出的不同，有條件有可能加進另
> 外的樂器，比如弦樂器的琵琶。〔註38〕

〔註34〕同註4，頁9。

〔註35〕同註2，頁39。

〔註36〕同註6，卷九「戲劇」條，頁32。

〔註37〕同註10，頁104。

〔註38〕劉念茲著〈元雜劇演出形式的幾點初步看法〉，收錄於《元雜劇研究》，武漢：湖北教育出版社，2003年，頁137～144。

認爲元雜劇的伴奏樂器本以笛、鼓、板爲之，到了元中葉以後或明初，則加入了弦樂的伴奏。

對此徐扶明提出兩點反駁：1、如果說弦索是元雜劇在大都興盛時期的特色，那麼爲什麼明應王廟元代戲劇壁畫（延佑六年到泰定元年 1319～1324 之間繪成）中沒有繪出弦樂器。2、劉念茲所舉《金童玉女》雜劇中「琵琶拈輕攏」的例子，寫的是當時兄弟民族的音樂歌舞，而不是元雜劇演出的情況，在元雜劇中如《哭存孝》、《虎頭牌》、《五侯宴》都有相同的描寫，此一條材料，不足以証明絃索是後期元雜劇的特色。反而元雜劇後期作品《藍采和》則僅提到用鼓、鑼、板、笛演出，沒有弦樂。所以他認爲：

在明代中期，把北雜劇劇本中的套曲摘出來，清唱，才用弦索伴奏。
〔註39〕

明人所謂「唱絃索」，並非指北雜劇的舞台演出，而是明中葉後一種北曲的演唱方式。

事實上，目前可見之明代絃索伴奏的記錄，也確實多指「唱北雜劇」或「北曲」（偶有唱南戲或南曲者），並未發現「演北雜劇」的資料。《金瓶梅詞話》中便安排了許多明人唱「北雜劇」的情節：如三十二回的「花遮翠擁」（《鐵拐李度金童玉女》）、四十一回的「翡翠窗紗，鴛鴦碧瓦」（《玉簫女兩世姻緣》）、五十四回的「據著俺老母親」（《迷青瑣倩女離魂》）、五十八回的「夜去明來，倒有個天長地久」（《西廂記》）、六十一回的「半萬賊兵」（《西廂記》）、七十回的「水晶宮，鮫綃帳」（《宋太祖龍虎風雲會》）、七十二回的「翠簾深護小房櫳」（《月下老問世間配偶》）、七十四回的「玉驄驕馬出皇都」（《西廂記》）等等，都是藝人用琵琶、箏、阮、三弦等樂器伴奏彈唱之曲。而沈德符《顧曲雜言》「絃索入曲」一節亦記載：

嘉、隆間度曲知音者，有松江何元朗，蓄家僮習唱，一時優人俱避舍，以所唱俱北詞，尚得金元遺風。予幼時猶見老樂工二三人，其歌童也，俱善絃索，今絕響矣。〔註40〕

這些都是明人以弦樂伴唱北曲的資料。

但這並不表示所有元雜劇或北曲，都可以用絃索來伴唱的，或用弦樂伴

〔註39〕徐扶明《元代雜劇藝術》第十八章〈演出〉，台北：學海出版社，1997 年，頁 434。
〔註40〕同註31，頁 204。

唱之北曲即爲元人所唱之北曲。何良俊《曲論》便道：

> 鄭德輝雜劇，《太和正音譜》所載總十八本，然入絃索者惟《㑳梅香》、
> 《倩女離魂》、《王粲登樓》三本。〔註41〕

而在其中所謂可入絃索的三個劇本當中，又點出《㑳梅香》第三折越調，不入
絃索。〔註42〕沈德符《顧曲雜言》亦道：

> 況北詞亦有不協絃索者，如鄭德輝、王實甫間亦不免。今人一例通
> 用，遂入笑海。〔註43〕

可見明代用絃索伴奏唱的北曲，與元雜劇原來的演唱方式，並不相同，所以
元雜劇原詞的用韻格律，未必都能夠符合用絃索伴奏的歌唱。如沈寵綏《度
曲須知》之言：

> 祝枝山，博雅君子也，猶歎四十年來接賓友，鮮及古律者。何元朗
> 亦憂更數世後，北曲必且失傳，而音隨澤斬，可慨也夫！至如「絃
> 索」曲音，俗固呼爲「北調」，然腔嫌嬝娜，字涉土音，則名北而曲
> 不眞北也。〔註44〕

更說明了明人用絃索伴奏所演唱的北曲，和元人所唱的北曲，在腔調叶音上，
已經有所差別了。

其實「絃索」並不是北曲的專屬代名詞，在明人的記錄中，亦偶然可見
以弦樂伴唱南曲的資料。如《金瓶梅詞話》中第二十回《呂蒙正》「喜得功名
完送」、第二十七回《唐伯亨因禍致福》「赤帝當權耀太虛」、《琵琶記》「向晚
來雨過南軒」、第四十六回《子母冤家》「東野翠煙沿」等，在小說中，這些
南曲戲文均是可以用絃索伴奏的。而何良俊《曲論》道：

> 南戲自《拜月亭》之外，如《呂蒙正》「紅妝豔質」、「喜得功名遂」，
> 《王祥》內「夏日炎炎」、「今日個最關情處」、「路遠迢遙」，《殺狗》
> 內「千紅百翠」，《江流兒》內「崎嶇路賒」，《南西廂》內「團團皎
> 皎」、「巴到西廂」，《翫江樓》內「花底黃鸝」，《子母冤家》內「東
> 野翠煙消」，《詐妮子》內「春來麗日長」，皆上弦索。〔註45〕

〔註41〕同註4。
〔註42〕何良俊：「《㑳梅香》第三折越調，雖不入絃索，自是妙。」同註4，頁8。
〔註43〕同註31，頁205。
〔註44〕沈寵綏《度曲須知》，收錄於《中國古典戲曲論著集成》五，北京：中國戲劇
　　　　出版社，1959年，頁198。
〔註45〕同註4，頁12。

這段文字，正好與《金瓶梅詞話》互相輝映，說明南曲亦可上絃索，沈德符《顧曲雜言》甚至讚揚：「《拜月》則字字穩帖，與彈觔膠黏，蓋南詞全本可上弦索者惟此耳。」〔註46〕亦是呼應何良俊所論。南曲戲文，確實可入絃索曲唱。

　　所以明人所謂「絃索」，並不單指北曲，絃索有時也可以用來伴唱南曲。只是當時用絃索伴奏北曲的情況較南曲頻繁，給人一種絃索便是專爲北曲而設的感覺，但其實絃索與北曲並不是完全等同的。關於絃樂伴唱的諸多問題，目前尚具爭議，在此暫且不論。但從以上資料可以確定，北曲在明代的歌唱，是可以在絃索中聞得的，而欣賞絃索伴唱的元雜劇曲文，也是明代文人雅士回味元雜劇的方法之一。

（二）明傳奇中的元雜劇

　　明人保存元雜劇遺音的努力，展現在舞台上，便是將北曲音樂曲文融入南曲的歌唱中，使其成爲明傳奇舞台表演的一環。沈寵綏甚至認爲，明代曲壇上，眞正的北音是保留在劇場之中的，他指出：

> 絃索之「碧雲天」，與優場之「不念法華經」，聲情迥判，雖淨旦脣吻不等，而格律固已逕庭矣！夫然，則北劇遺音，有未盡消亡者，疑尚留乎優者之口。蓋南詞中每帶北調一折，如《林沖夜泊》、《蕭相追賢》、《蚵蚄下海》、《子胥自刎》之類，其詞皆北。當時新聲初改，古格猶存，南曲則演南腔，北曲固仍北調，口口相傳，燈燈遞續，勝國元聲，依然嫡派。〔註47〕

可見沈氏認爲，相較於絃索之唱北曲，劇場中實保留更爲純粹的北曲唱法，而這種唱法即爲元雜劇的嫡派眞傳。

　　沈寵綏的說法，可能帶有其個人的主觀看法，並不見得完全反映實際情況，至少清代的徐大椿便表示了不同的意見：

> 至明之中葉，崑腔盛行，迄今守之不失，其偶唱北曲一二調，亦改爲崑腔之北曲，非當時之北曲矣。〔註48〕

說明他認爲明清時所唱的北曲已和元代不同。或許我們可以說徐大椿所見的

〔註46〕同註31，「拜月亭」，頁210。
〔註47〕同註44，「曲運衰隆」，頁199。
〔註48〕徐大椿《樂府傳聲》「源流」，收錄於《中國古典戲曲論著集成》七，北京：中國戲劇出版社，1959年，頁157。

清代劇場，與沈寵綏所見的明代劇場，已經有所不同，但由於缺乏其它可以
証明的資料，對於沈寵綏所言，恐怕仍應謹慎保留。〔註49〕

　　無論劇場中的北曲是否爲元人遺響，明傳奇中保有元雜劇的折子，而其
表演的方式也的確留有元曲特色，與南曲有所區隔，這是可容檢驗的事實。
究竟元雜劇如何進入明傳奇，成爲其演出的一部分，根據可靠的資料，必須
從魏良輔改良崑曲說起。

　　崑曲的改良運動，早從元末便已開啓，明太祖朱元璋甚至有「聞崑山腔
甚嘉」〔註50〕之語，可知崑山腔在明初便已盛名在外，不僅是吳地的土腔而
已。但要到它真正成爲全國流行的腔調，仍有一段很長距離，中間還經過一
些有心者的提昇改良，〔註51〕直到明嘉靖年間，魏良輔出，才「憤南曲之訛
陋」〔註52〕，集結了一些志同道合的夥伴，共同完成了崑腔的革新運動。

　　魏良輔的腔調改良，雖然是以崑腔爲主，但卻不局限於南曲，而是融入
了北曲的諸多優點，真正起著南北調和的作用，將中國戲曲帶入一個嶄新的
階段。據資料顯示，魏良輔學過北曲，且對北曲有相當程度的了解。他曾在
自己所著的《曲律》中，對北曲有詳盡的敘述：

> 北曲與南曲大相懸絕，有磨調、絃索之分。北曲字多而調促，促處
> 見筋，故詞情多而聲情少。南曲字少而調緩，緩處見眼，故詞情少
> 而聲情多。北力在絃索，宜和歌，故氣易粗。南力在磨調，宜獨奏，
> 故氣易弱。近有絃索唱作磨調，又有南曲配入絃索，誠爲方底圓蓋，

〔註49〕　關於明代演唱北曲的情況，歷來研究者不少，多數學者較認同崑曲保留了北
　　　　曲的演唱特色，但與真正的北曲仍然有所差別。如楊蔭瀏《中國古代音樂史
　　　　稿》：「現存的元雜劇，雖已經過相當的發展，但在很大程度上，還保存著它
　　　　的本來面目。」（北京：人民音樂出版社，1981 年，頁 589）徐扶明則以爲：
　　　　「今日崑劇中有的北雜劇劇目的北曲唱法，與一般崑曲唱法確實存在著明顯
　　　　差別。」（〈崑劇中北雜劇劇目初探〉，《藝術百家》，1995 年第四期，頁 53～
　　　　60）王守泰主編《崑曲曲牌及套數範例集》〈楔子〉中則有：「雜劇在崑化中
　　　　有所發展和變化，這就導致北曲套式、詞式與雜劇之不能盡同。」（上海：上
　　　　海古籍出版社，1997 年）
〔註50〕　周元暐《涇林續記》正編〈姑蘇志〉，收錄於《百部叢書集成》第 69 冊，台
　　　　北：藝文出版社，1968 年，頁 11。
〔註51〕　據曾師永義的研究，祝允明、陸采、沈壽卿、李開先、邵燦等人，可能都對
　　　　崑劇的形成，起過相當程度的作用。見《從腔調說到崑劇》〈貳、從崑腔說到
　　　　崑劇〉，台北：國家出版社，2002 年，頁 207～217。
〔註52〕　同註 44，「曲運隆衰」，頁 198。

亦以坐中無周郎耳。〔註53〕

由此可以看出他對北曲流派及彈唱的熟悉。李開先在《詞謔‧詞樂》「彈唱」一節，亦曾如此記述：

> 人有絃索上學來者，單唱則窒；善單唱者，以之應絃索則不協。……
>
> 太倉魏上泉……皆長於歌而劣於彈。〔註54〕

這一段話，應即意謂魏良輔是個不善彈奏，卻長於歌唱的北曲清唱家。清初余懷〈寄暢園聞歌記〉也曾提及「良輔初習北音」〔註55〕之事。種種可見魏良輔既是一個北曲中「善單唱者」，又對於北曲的各種流派唱法非常熟悉，那麼他在改良崑曲時會想要融入北曲的優點，也是極為自然之事。

事實說明，魏良輔除了運用自身對北曲的瞭解之外，還努力吸收善於北曲歌唱的人才，為其腔調改良注入新血，張野塘即為其中最重要的北曲彈唱家。關於張野塘，清葉夢珠《閱世編》曾經記載：

> 因考絃索之入江南，由戌卒張野塘始。野塘河北人，以罪謫發蘇州太倉衛；素工絃索。既至吳，時為吳人歌北曲，人皆笑之。崑山魏良輔者，善南曲，為吳中國工。一日至太倉聞野塘歌，心異之，留聽三日夜，大稱善，遂與野塘定交。時良輔年五十餘，有一女亦善歌，諸貴爭求之，良輔不與，至是遂以妻野塘。吳中諸少年聞之，稍稍稱絃索矣。野塘既得魏氏，並習南曲，更定絃索音，使與南音相近。並改三絃之式，身稍細而其鼓圓，以文木製之，名曰絃子。

〔註56〕

魏良輔極力拉攏野塘，為崑腔之歌唱，加入了北曲絃索的要素。北曲從此融入崑腔的曲唱之中，成為崑劇演出中的重要組成部分之一；三弦也成為崑曲重要的伴奏樂器，使南音漸近於絃索。至此，南北曲唱漸趨於調和。

音樂的問題得到解決，那麼前朝大量的雜劇劇本，便可以為崑劇所用了。從此崑劇的舞台上，不時採用北曲以調節氣氛的方式，使舞台的演出更為活潑，有些全用北套，有些南北混用，有些則南北合套。其中更有一大部分的

〔註53〕魏良輔《曲律》，收錄於《中國古典戲曲論著集成》五，北京：中國戲劇出版社，1959年，頁7。

〔註54〕李開先《詞謔‧詞樂》，收錄於《中國古典戲曲論著集成》三，北京：中國戲劇出版社，1959年，頁354。

〔註55〕張潮輯《虞初新志》卷四，台北：廣文書局，1968年，頁3。

〔註56〕葉夢珠《閱世編》卷十〈紀聞〉，收錄於《叢書集成續編》第十二冊，台北：新文豐出版社，1989年，頁178。

北套，是直接吸收元雜劇中著名的折子，加以改編運用的，如崑曲劇目中的「刀會」、「女彈」、「激良」、「認子」、「借扇」、「胖姑」、「北樵」、「北詐」、「訪普」、「追賢」、「掃秦」諸折，都是著名的例子。而運用的方式，有些是在原來北曲套數的前後加上南曲，有些則改換演唱的角色，或採用分唱的形式等等，使之完全融入明傳奇的演出。陸萼庭曾對這些運用模式加以分析，他道：

> 對於戲場、唱壇上歷來膾炙人口的傳統北曲，一些編寫相同題材的傳奇作者都很重視，注意吸收，但在處理方法上並不一致。有趣的是，凡尊重羣眾欣賞習慣，對那些傳統名曲照單全收，只是約略粧點出傳奇面目的，往往得到成功。反之，一心想重起爐灶，獨出手眼改北爲南的，往往吃力不討好。〔註57〕

並於文末結論道：「藝人們對待傳統北曲絕不是照搬了事，而是有所加工整理，要讓它合理而自然地安插在崑劇的統一體中，畢竟時代不同了。」〔註58〕足見時代的推移、載體的改變，雖然使得明傳奇不可能對原有北曲照單全收，但捨棄原本曲目、另起爐灶的改編，卻也無法得到觀眾的認同（如《精忠記》第二十八齣「誅心」）。反倒是約略粧點使其符合傳奇的演出，而又能保留原劇大部分曲目的運用模式，才是最受歡迎的改編（如沈采的《千金記》第二十二齣「北追」）。

　　可見藝人用盡各種方法，就是要努力保存元雜劇折子在崑劇中的合理地位，從各種文獻看來，這種方式是確實可行的。明代曾留下一批當時崑劇搬演的折子記錄，其中便有大量的北套戲，如明代萬曆前期胡文煥編《羣音類選》，所選以官腔（崑腔）爲主，但也選了北腔元雜劇數折；萬曆三十年（1602）秦淮墨客所編《樂府紅珊》，則選有《黃袍記》「宋太祖雪夜訪趙普」、《三國志》「關雲長赴單刀會」、《千金記》「蕭何月下追韓信」等折；明末崇禎青溪菰蘆釣叟選編《醉怡情》，選有《馬陵道》「擺陣」、「刖足」、「詐瘋」、「馬陵山」四折，便是來自北雜劇《馬陵道》全本（僅少開場及過場楔子）；而天啓四年（1624）止雲居士之《萬壑清音》刊本，更是以北調爲主，其中《負薪記》「漁樵閑話」、「逼寫休書」、「訴離贈婿」、「認妻重聚」、《粧盒記》「拷問承玉」等折，均與《元曲選》內容大同小異，其它如「敬德妝瘋」、「諸侯餞行」、「回回迎僧」、「月下追信」、「單刀赴會」數折，也都是從元雜劇而來。

〔註57〕陸萼庭〈崑曲曲牌及套數範例集・序〉，收錄於王守泰主編《崑曲曲牌及套數範例集》，上海：學林出版社，1997年，頁11。
〔註58〕同前註。

明崑劇折子演出元雜劇套數的情形，可見一斑。

其實不僅是崑劇折子，就連弋陽、青陽腔劇本選集如《詞林一枝》、《摘錦奇音》等，亦選有北雜劇劇目（如《詐瘋》、《追信》之類），僅是「改調歌之」而已。可見爲了廣泛吸引觀眾，適時的移植元雜劇的折子，做好繼承北雜劇遺產的工作，以增加競爭的本錢，在當時也是必要的。

現存的傳統戲劇曲譜，如《九宮大成南北詞宮譜》、《納書楹曲譜》、《六也曲譜》、《南北詞簡譜》、《集成曲譜》等，大都是一些崑曲曲譜，在這些曲譜中，收錄了不少北套和南北合套的曲子，其中有不少是直接承自元雜劇者，元雜劇曲套的演唱方式，便藉此流傳下來了。試想，如果崑劇中沒有吸收元雜劇的折子作爲自身演出的養分，那麼今人要聽到元雜劇的曲唱，可能比登天還難，更遑論其是否爲純粹北曲的問題了，足見明人在保存元雜劇劇目及音樂的貢獻。

第二節　研究範圍之確立及明代流傳本元雜劇之重要性

由上一節的討論可知，明人曾經爲保存元雜劇遺產做過諸多的努力，而其中影響最深刻最久遠的一項，莫過於對元雜劇劇本的收藏與傳刻。故本節即針對明代所流傳的元雜劇版本對於後人的影響，進一步加以討論，並從中說明本文選擇「元雜劇在明代流傳之版本」爲題材，研究其改編之緣由及其重要性。

一、「元雜劇」之範疇界定

何謂「元雜劇」，以及該如何切割「元雜劇」與「明雜劇」，從明代至今，始終眾說紛紜，莫衷一是。最主要的有三種不同的界定方式：一是認爲應以作品形式作切割，凡依照「元曲雜劇」體例創作的劇本，皆可視爲「元雜劇」；二是認爲應以作品年代作切割，將元代的結束作爲元明雜劇的分界線，創作年代屬元者稱爲「元雜劇」；三則認爲應以作家生年作切割，凡於元代出生的作家，不論其生年是否跨越至明，其作品皆可稱爲「元雜劇」。由於每個人的認定不同，所以界定「元雜劇」的範疇，成爲所有以此爲題的研究者，首先應該面對的問題。

　　以現今所見可能被稱爲「元雜劇」之劇目而言，多半出於《錄鬼簿》、《錄鬼簿續編》及《太和正音譜》等三部最早記錄元雜劇的作品，以下便依其增補情形，依序條列：〔註59〕

【表 1-1】元雜劇劇目總表

	錄　鬼　簿	太和正音譜	其　它
關漢卿	關張雙赴西蜀夢、董解元醉走柳絲亭、丙吉教子立宣帝、薄太后走馬救周勃、太常公主認先皇、曹太后死哭劉夫人、荒墳梅竹鬼團圓、閨怨佳人拜月庭、風月狀元二負心、沒興風有獨馬記、金銀交鈔三告狀、蘇氏進織錦回紋、介休縣敬德降唐、昇仙橋相如題柱、金谷園綠珠墜樓、漢匡衡鑿壁偷光、劉夫人書寫萬花堂、呂蒙正風雪破窰記、晏叔元風月鷓鴣天、錢大尹智寵謝天香、姑蘇臺范蠡進西施、開封府蕭王勘龍衣、杜蕊娘智賞金線池、柳花亭李婉復落娼、望江亭中秋切鱠旦、甲馬營降生趙太祖、賢孝婦風雪雙駕車、雙揭屍冤報汴河冤、老女婿金馬玉堂春、宋上皇御斷姻緣簿、崔玉簫擔水澆花旦（盧亭亭挑水澆花旦）、晉國公裴度還帶、隋煬帝牽龍舟、風雪狄梁公、屈勘宣華妃（宣花妃）、月落紅梅怨、煙月救風塵、終南山管寧割席、白衣相高鳳漂麥、孫康映雪、唐明皇哭香囊、唐太宗哭魏徵、鄧夫人哭存孝、關大王單刀會、溫太真玉鏡臺、武則天肉醉王皇后、翠華妃對玉釵、漢元帝哭昭君、劉夫人救啞子、劉盼盼鬧衡州（鬧荊州）、呂無雙銅瓦記、風流孔目春衫記（春秋記）、萱草堂玉簪記、錢大尹鬼報緋衣夢（非衣夢）、楚雲公主酢江月、魯元公主三噉赦（三嚇嚇）、醉娘子三撇嵌、詐妮子調風月、包待制三勘蝴蝶夢、狀元堂陳母教子、秦少花酒惜春堂、感天動地竇娥冤、藏闍會。	著錄《錢大尹鬼報》、《緋衣夢》二劇，與《錄》中《錢大尹鬼報緋衣夢》一劇不知關係爲何	《古名家雜劇》、《脈望館鈔校古今雜劇》、《元曲選》：包待制智斬魯齋郎 《脈望館鈔校本》：劉夫人慶賞五侯宴 《北詞廣正譜》：孟良盜骨
高文秀	黑旋風詩酒麗春園、黑旋風大鬧牡丹園、黑旋風敷演劉耍和、老郎君養子不及父、黑旋風鬥雞會、黑旋風窮風月、黑旋風喬教學、黑旋風雙獻頭、黑旋風借屍還魂、禹王廟霸王舉鼎、		《元人雜劇選》、《元曲選》：須賈大夫誶范雎（未著錄名氏）

〔註59〕《錄鬼簿》採清人曹寅校輯《棟亭藏書十二種》所收本爲主，再以他本對照，關者補入，名稱則取通用者，不另註明簡名或異名。《太和正音譜》則以涵芬樓祕笈內現存最古影鈔明初洪武間原刻本爲主，《錄鬼簿續編》則以鄭長樂、趙萬里、馬廉三人所影寫的天一閣舊藏明藍格鈔本爲底本。此表以《錄鬼簿》、《錄鬼簿續編》、《太和正音譜》三本所著錄作品，依序補入，並於「其它」欄中，補入他處所見劇目，以見劇目之增補概況，及今日所有元雜劇存目。

	忠義士班超投筆、五鳳樓潘安擲果、好酒趙元遇上皇、木叉行者鎖水母、豹子尚書謊秀才、豹子秀才不當差、豹子令史干請俸、病樊噲打呂青、劉先主襄陽會、窮秀才雙棄瓢、煙月門神訴冤、須賈誶范睢、周瑜謁魯肅、風月害夫人、伍子胥棄子走樊城、太液池兒女並頭蓮、鄭元和風雪打瓦罐、醉秀才戒酒論杜康、相府門廉頗負荊、御史臺趙堯辭金、志公和尚開啞禪、宣帝問張敞畫眉。		《也是園書目》：雙獻頭武松大報讎
鄭廷玉	楚昭王疎者下船、齊景公駟馬奔陣、采石渡漁父辭劍、冷臉劉斌料到底、布袋和尚忍字記、孟縣宰因禍致福、風月郎君雙教化、冤報冤貧兒乍富、宋上皇御斷金鳳釵、包待制智勘後庭花、吹簫女悔教鳳皇兒、尉遲公鞭打李道煥、子父夢秋夜欒城驛、賣兒女沒興王公綽、一百二十行販揚州、看錢奴買冤家債主、奴殺主因禍折福、曹伯明復勘贓、漢高祖哭韓信、蕭丞相復勘贓、孟姜女送寒衣、風月七眞堂、孫恪遇猨。	《錄鬼簿》著錄《蕭伯明復勘贓》、《曹丞相復勘贓》二劇，此處僅註《復勘贓》一劇，不知是爲何者。	《脈望館鈔校古今雜劇》、《元曲選》：崔府君斷冤家債主
白仁甫	秋江鳳皇船、鴛鴦簡牆頭馬上、蕭翼智賺蘭亭記、唐明皇秋夜梧桐雨、韓翠蘋御水流紅葉、董秀英花月東牆記、祝英臺死嫁梁山伯、楚莊王夜宴絕纓會、蘇小小月夜錢塘夢、薛瓊月夜銀箏怨、唐明皇游月宮、漢祖斬白蛇、閻師道趕江、高祖歸莊、崔護謁漿。		《詞林摘豔》：李克用箭射雙雕
庾吉甫	隋煬帝江月錦帆舟、孟嘗君雞鳴度關、會稽山買臣負薪、薛昭誤入蘭昌客、封騭先生罵上元、英烈士周處三害、楊太眞霓裳怨、楊太眞華清宮、常何薦馬周、裴航遇雲英、列女青綾臺、玉女琵琶怨、秋夜凌波夢、秋月藥珠宮、蘇小春麗春園。		
馬致遠	劉阮誤入桃源洞、江州司馬青衫淚、風雪騎驢孟浩然、太華山陳摶高臥、凍吟詩踏雪尋梅、大人先生酒德頌、呂太后人彘戚夫人、呂洞賓三醉岳陽樓、王祖師三度馬丹陽、孟朝雲風雪歲寒亭、呂蒙正風雪飯後鐘、孤雁漢宮秋、半夜雷轟薦福碑、馬丹陽三度任風子、開壇教黃粱夢（與李時中、花李郎、紅字李二同著）		
李文蔚	漢武帝死哭李夫人、蔡逍遙醉寫石州慢、盧亭亭擔水澆花旦、張子房圯橋進履、報冤臺燕青撲魚、濯錦江魚雁傳情、謝安東山高臥、謝玄破苻堅、金水題紅怨、秋夜芭蕉雨、風雪推車記、燕青射雁。		

李直夫	念奴教樂府、便宜行事虎頭牌、穎考叔孝諫莊公、鄧伯通棄子留姪、風月郎君怕媳婦、尾生期女湋藍橋、宦門子弟錯立身、歹鬥娘子勸丈夫、俏郎君占斷風光好、謊郎君敗壞盡風光好、晏叔原風月夕陽樓。	火燒祆廟	
吳昌齡	唐三藏西天取經、張天師夜祭辰鉤月、浣花女抱石投江、那吒太子眼睛記、浪子回回賞黃花、鬼子母揭鉢記、月夜走昭君、狄青撲馬、貨郎末泥、老回回探狐洞、雲門五派老婆禪(東坡夢)。		《脈望館鈔校古今雜劇》、《元曲選》：《張天師斷風花雪月》(可能即《張天師夜祭辰鉤月》)
王實甫	東海郡于公高門、孝父母明達賣子、曹子建七步成章、才子佳人拜月庭、韓彩雲絲竹芙蓉亭、崔鶯鶯待月西廂記、蘇小郎月夜販茶船、四大王歌舞麗春臺、呂蒙正風雪破窰記、趙光普進梅諫、詩酒麗春園、陸績懷橘、雙渠怨、嬌紅記。		
武漢臣	抱姪攜男魯義姑、虎牢關三戰呂布、女元帥挂甲朝天、曹伯明錯勘贓、窮韓信登壇拜將、趙太子枊立天子班、鄭瓊梅雪玉堂春、謝瓊雙千里關山怨、散家財天賜老生兒、四哥哥神助。	提頭鬼	《元人雜劇選》、《元曲選》：包待制智賺生金閣(《錄鬼簿續編》中有「失載名氏」同名之劇)
工仲文	淮陰縣韓信乞食、洛陽令董宣強項、感天地土祥臥冰、七星壇諸葛祭風、漢張良辭朝歸山、齊賢母三教王孫賈、諸葛亮秋風五丈原、趙太祖夜斬石守信、救孝子賢母不認屍、孟月梅寫恨錦江亭。		
李壽卿	說專諸伍員吹簫、月明三度臨岐柳、船子和尚秋蓮夢、呂太后定計斬韓信、呂太后夜鎮鑑湖亭、司馬昭復奪受禪臺、鼓盆莊子歎骷髏、呂太后祭濊水、呂無雙遠波亭、辜負呂無雙。		
尙仲賢	張生煮海、崔護謁漿、尉遲恭三奪槊、陶淵明歸去來辭、鳳皇波越娘背燈、洞庭湖柳毅傳書、沒興花前秉燭旦、武成廟諸葛論功、海神廟王魁負桂英、漢高祖濯足氣英布。	古今無名雜劇：氣英布	
石君寶	士女秋香怨、呂太后醢彭越、柳眉兒金錢花、窮解子紅綃驛、魯大夫秋胡戲妻、東吳小喬哭周瑜、李亞仙詩酒曲江池、趙二世醉走雪香亭、張天師斷歲寒三友、諸宮調風月紫雲亭。		
楊顯之	劉泉進瓜、黑旋風喬斷案、醜駙馬射金錢、臨江驛瀟湘夜雨、蕭縣君(鄭孔目)風雪酷寒亭、薄魯忽劉屠大拜門、大報冤兩世辨劉屠、借通縣跳神師婆旦。		
紀君祥	驢皮記、曹伯明錯勘贓、李元眞松陰記、趙氏孤兒冤報冤、韓湘子三度韓退之、信安王斷復販茶船。		

于伯淵	白門斬呂布、呂太后餓劉友、丁香回回鬼風月、莽和尚復奪珍珠旗、尉遲公病立小秦王、狄梁公智斬武三思。		
戴善甫	伯俞泣杖、宮調風月紫雲亭、關大王三捉紅衣怪、陶學士醉寫風光好、柳耆卿詩酒翫江樓。		
王廷秀	鹽客三告狀、秦始皇坑儒焚典、周亞夫屯細柳營、石頭和尚草菴歌。		
張時起	昭君出塞、賽花月秋千記、霸王垓下別虞姬、沈香太子劈華山。		
費唐臣	斬鄧通、漢丞相韋賢篡金、蘇子瞻風雪貶黃州。		
趙予祥	崔和擔土、風月害夫人、太祖夜斬石守信。		
姚守中	漢太守郝連留錢、神武門逢萌挂冠、褚遂良扯詔立東宮。		
李好古	張生煮海、巨靈劈華嶽、趙太祖鎮凶宅。		
趙文殷	渡孟津武王伐紂、宦門子弟錯立身、張果老度脫啞觀音。		
張國賓	漢高祖衣錦還鄉、薛仁貴衣錦還鄉、相國寺公孫汗衫記、嚴子陵垂釣七里灘。		
紅字李二	病楊雄、板踏兒黑旋風、析擔兒武松打虎、全火兒張弘、窄袖兒武松。		
花李郎	憨懆判官釘一釘、莽張飛大鬧相府院、相府院曹公勘吉平、象生孿子酷寒亭。		
趙天賜	試湯餅何郎傅粉、賈愛卿金錢剪燭。		
梁進之	趙光普進梅諫、東海郡于公高門。		
王伯成	張騫泛浮槎、李太白貶夜郎。		
孫仲章	卓文君白頭吟、金章宗斷遺留文書。		脈望館就于小穀校《古名家雜劇》、《元曲選》:河南府張鼎勘頭巾（《錄鬼簿續編》列入「未載名氏」）
趙明道	陶朱公范蠡歸湖、韓湘子三赴牡丹亭。		
趙公輔	晉謝安東山高臥、樓鳳堂倩女離魂。		
李子中	崔子弒齊君、賈充宅韓壽偷香。		
李進取	窮解子破傘雨、神龍殿欒巴噀酒、司馬昭復奪受禪臺。		
岳伯川	羅光遠夢斷楊貴妃、呂洞賓度鐵枴李岳。		
康進之	黑旋風老收心、梁山泊黑旋風負荊。		

顧仲清	陵母伏劍、滎陽城火燒紀信。		
石子章	秦脩然竹塢聽琴、黃貴娘秋夜竹窗雨。		
侯正卿	關盼盼春風燕子樓。		
史九散人	破鶯燕蜂蝶莊周夢。		
孟漢卿	張鼎智勘魔合羅。		
李寬甫	漢丞相丙吉問牛喘。		
李行甫	包待制智賺灰闌記。		
費君祥	才子佳人菊花會。		
江澤民	糊突包待制。		
陳寧甫	風月兩無功。		
陸顯之	宋上皇碎多凌。		
狄君厚	晉文公火燒介子推。		
孔文卿	秦太師東窗事犯。		
張壽卿	謝金蓮詩酒紅梨花。		
劉唐卿	蔡順摘棋養母、李三娘麻地捧印。		
彭伯成	四不知月夜京娘怨（《錄鬼簿續編》失載名氏有《四个知刑娘怨》）、灰闌記。		
宮天挺	嚴子陵釣魚臺、會稽山越王嘗膽、死生交范張雞黍、濟飢民汲黯開倉、宋仁宗御覽托公書、宋上皇御賞鳳凰樓。		
鄭光祖	紫雲娘、齊景公哭晏嬰、周亞夫細柳營、李太白醉寫秦樓月、醜齊后無鹽破連環、陳後主玉樹後庭花、三落水鬼泛采蓮船、王太后捧印哭孺子、放太甲伊尹扶湯、秦趙高指鹿為馬、㑳梅香翰林風月、醉思鄉王粲登樓、周公輔成王攝政、迷青瑣倩女離魂、虎牢關三戰呂布、謝阿蠻梨園樂府、崔懷寶月夜聞箏。	哭孫子	
金仁傑	蔡琰還朝、秦太師東窗事犯、周公旦抱子設朝、蕭何月夜追韓信、長孫皇后鼎鑊諫、玉津園智斬韓太師、蘇東坡夜宴西湖夢。		
范康	曲江池杜甫遊春、陳季卿悟道竹葉舟。		
曾瑞	才子佳人誤元宵。		
沈和	祈甘雨貨郎朱蛇記、徐駙馬樂昌分鏡記、鄭玉娥燕山逢故人、鬧法場郭興何楊、歡喜冤家。		
鮑天佑	王妙妙死哭秦少游、史魚屍諫衛靈公、忠義士班超投筆、貪財漢為富不仁、摘星樓比干剖腹、英雄士楊震辭金、漢丞相宋弘不諧、孝烈女曹娥泣江（汪勉之作二折）。		

陳以仁	錦堂風月、十八騎誤入長安。		
趙良弼	春夜梨花雨。		
喬吉甫	怨風月嬌雲認玉釵、杜牧之詩酒揚州夢、玉簫女兩世姻緣、死生交托妻寄子（《錄鬼簿續編》列入失載名氏）、馬光祖勘風月、荊公遣妾、唐明皇御斷（李太白匹配）金錢記、節婦牌、賢孝婦、九龍廟、燕樂毅黃金臺。	古今無名雜劇：托妻寄子	
睢景臣	千里投人、鶯鶯牡丹記、楚大夫屈原投江		
周文質	孫武子教女兵、春風杜韋娘、持漢節蘇武還鄉、敬新磨戲諫唐莊宗。		
吳仁卿	子房貨劍、火燒正陽門、醉遊阿房宮、楚大夫屈原投江。	手卷記	
秦簡夫	東堂老勸破家子弟、天壽太子邢臺記（《錄鬼簿續編》列入失載名氏）、玉溪館、義士死趙禮讓肥、陶賢母剪髮待賓。	古今無名雜劇：邢臺記	
趙善慶	孫武子教女兵、唐太宗驪山七德舞、醉寫滿庭芳、村學堂、燒樊城糜竺收資、敦友愛姜肱共被、負親沈子、褚遂良擲笏諫。		
屈子敬	田單復齊、孟宗哭竹、敬德撲馬、昇仙橋相如題柱、宋上皇三恨李師師。	古今無名雜劇：田單火牛	
蕭德祥	四春園、小孫屠（《錄鬼簿續編》失載名氏有《犯押獄盆吊小孫屠》）、王脩斷殺狗勸夫（《錄鬼簿續編》失載名氏有《賢達婦殺狗勸夫》）、四大王歌舞麗春園、包待制三勘蝴蝶夢。	古今無名雜劇：殺狗勸夫	
陸登善	開倉糶米、張鼎勘頭巾（《錄鬼簿續編》失載名氏《開封府張鼎勘頭巾》）。	古今無名雜劇：張鼎勘頭巾	
朱凱	孟良盜骨殖（《錄鬼簿續編》失載名氏有《放火孟良盜骨殖》）、黃鶴樓。	古今無名雜劇：孟良盜骨、醉走黃鶴樓、搥碎黃鶴樓	
王曄	臥龍崗、雙賣華、破陰陽八卦桃花女（《錄鬼簿續編》註「失載名氏」）。		
王仲元	東海郡于公高門、袁盎卻坐、私下三關（《錄鬼簿續編》失載名氏有《楊六郎私下三關》）。	古今無名雜劇：私下三關	
孫子羽	杜秋娘月夜紫鸞簫。		
張鳴善	包待制判斷煙花鬼、黨金蓮夜月瑤琴怨。（《錄鬼簿續編》另有《十八公子大鬧草園閣》一劇）		
范冰壺	鵝霜裘（與施惠、黃天澤、沈琪同作）。		

	錄 鬼 簿 續 編	太和正音譜	其 它
鍾嗣成	寄情韓翊章臺柳、譏貨賂魯褒錢神論、宴瑤池王母蟠桃會、孝諫鄭莊公、韓信泜水斬陳餘、漢高祖詐遊雲夢、馮驩燒券。	古今無名雜劇：章臺柳、蟠桃會、斬陳餘、馮驩燒券、詐遊雲夢	
羅貫中	趙太祖龍虎風雲會、忠正孝子連環諫、三平章死哭蜚虎子。	古今無名雜劇：龍虎風雲會	
汪元亨	娥皇女英斑竹記、仁宗認母、劉晨阮肇桃源洞。		
谷子敬	呂洞賓三度城南柳、邯鄲道盧生枕中記、呂孔目雪恨鬧陰司、司牡丹借屍還魂、下將軍一門忠孝。		
丁埜夫	俊憨子、月夜賞西湖、寫畫清風嶺、遊賞浙江亭、碧梧堂雙鸞棲鳳。		
郄仲誼	西湖三塔記、胭脂女子鬼推門、死葬鴛鴦塚。		
陸進之	韓湘子引度升仙會、血骷髏大鬧百花亭。	古今無名雜劇：昇仙會	
李上英	拆征衣、量化會、金卓宗御賽詩禪記。		
須子壽	四州大聖济水母、雙鸞棲鳳碧梧堂。		
金文質	松陰記、誓死生錦片嬌紅記、三官齋。		
湯舜民	瑞仙亭、嬌紅紀。		
楊景賢	盧時長老天台夢、生死夫妻、柳耆卿詩酒翫江樓、偓時救駕、月夜西湖怨、貪財漢爲富不仁、佛印燒豬待子瞻、感天地田眞泣樹、西遊記、紅白蜘蛛、楚襄王夢會巫娥女、一箭保韓莊、王祖師三化劉行首、磨勒盜紅綃、陶秀英鴛鴦宴、大鬧東嶽殿、月夜海棠亭、兩團圓。	古今無名雜劇：夢天台	
楊梓			《樂郊私語》：豫讓吞炭、霍光鬼諫、不伏老
李唐賓	梨花夢、李雲英風送梧桐葉。		
陳伯將	晉劉阮誤入桃源		
高茂卿	翠紅鄉兒女兩團圓。		
劉君錫	賢大夫疏廣東門宴、石曼卿三喪不舉、龐居士誤放來生債。		
陶國瑛	四鬼魂大鬧森羅殿。		
唐以初	陳子春四女爭夫。		
詹時雨	西廂奕棋。		
劉東生	月下老定世間配偶。	嬌紅記	

賈仲明	紫竹瓊梅雙坐化、山神廟裴度還帶、荊楚臣重對玉梳記、上林苑梅杏爭春、花柳仙姑調風月、癩曹司七世冤家、丘長三度碧桃花、蕭叔蘭寄情菩薩蠻、李素蘭風月玉壺春、正性佳人雙獻頭、湯汝梅秋夜燕山怨、順時秀月夜英山夢、志烈夫人節婦牌、屈死鬼雙告狀。	度金童玉女	《古名家雜劇》：呂洞賓桃柳昇仙夢
王子一		海棠風、楚臺雲、劉阮天台、鶯燕蜂蝶	
楊文奎		玉盒記、兩團圓、王魁不負心、封涉遇上元	
丹丘先生		瑤天笙鶴、白日飛昇、獨步大羅天、辯三教、九合諸侯、私奔相如、豫章三害、蕭清瀚海、勘妒婦、煙花判、楊娭復落娼、客窗夜話。	
無名氏	秦從僧大鬧相國寺、馬丹陽三化劉行首、風雨像生貨郎旦、鄭月蓮秋夜雲窗夢、賣兒女從倖王公綽、張古老度脫啞觀音、包待制斷丁丁當當盆兒鬼、硃砂擔涪水浮漚記、張小屠智賺鬼擘口、風風魔魔紙扇記、玉清庵錯送鴛鴦被、十樣錦像生四國旦、龐涓夜走馬陵道、鎮山夫人還守旦、王月英元夜留鞋記、凍蘇秦衣錦還鄉、刎頭張千替殺妻、賢達婦孟光舉案、藍采和鎖心猿意馬、賢達婦荊娘盜果（《北詞廣正譜》註春牛張作）、行孝道蔡順分椹、狄青復奪衣襖車、張順水裏報冤、諸葛亮博望燒屯、神奴兒大鬧開封府、拂塵子仁義禮智、四顆頭任千鬧法場、莫離支飛刀對箭、楚金仙月夜杜鵑啼、雁門關存孝打虎、包待制智賺三件寶、羅李郎相國寺、疏財漢天賜妳負心、暗團圓智藏花下子、王鼎臣風雪漁樵記、病李buddhistscript酒酖江亭、馬均祥沒倖血手記、冤家債主鬧陰司、風月郎君三負心、沒倖呆驢大報讎、屍鴛鴦雙鎮梧桐樹、海門張仲村樂堂、包待制智賺生金閣、黃廷道走千里流星馬（依《脈望館鈔校于小穀本》應爲黃元吉所作）、村姑兒鬧元宵、清廉司吏鬼提牢、阮提舉鬼鬧森羅殿、孫孔目智賺明昌夢、孟姜女千里送寒衣、老敬德撾怨鼓、清官斷合同文字、女學士三勸後姚婆、人	有《蘇秦還鄉》、《張儀凍蘇秦》二劇與《錄鬼簿續編》之《凍蘇秦衣錦還鄉》不知關係爲何。霍光鬼諫、豫讓吞炭、敬德不伏老(以上三劇《樂郊私語》註楊梓作)、抱妝盒、望思臺、燕山夢、火燒阿房宮、綵扇題詩、智賺蒯文通、王允連環記、袁覺拖笆、醉寫赤壁賦、趙宗讓肥、咼咼旦、朱砂記、任貴五顆頭、繼母大賢、劉弘嫁婢、還牢末、一丈青鬧元宵、智賺桃花女、錢神論、	《青樓集志》：管鮑分金《元刊雜劇三十種》：小張屠焚兒救母《元人雜劇選》：張公藝九世同居（脈望館）、包待制智賺合同文字（臧選）、須賈大夫誶范睢（臧選）、薩眞人夜斷碧桃花（臧選）、趙匡義智娶符金錠《古名家雜劇》：尉遲恭單鞭奪槊（脈望館、臧選）、漢鍾離度脫藍采和、龍濟山野猿聽經、二郎神醉射鎖魔鏡《元曲選》：小尉遲將鬥將認父歸

不知大鬧雲臺觀、孝順子磨刀勸婦（《青樓集志》亦曾提及）、孝王貴救鬧法場、清官斷永不分別、感藥王神救婢生子、魯智深大鬧消災寺、劉千和尚病打獨角牛、行孝道目連救母、像生番語括罟旦、十探子大鬧延安府、爭報恩三虎下山、魯智深大鬧黃花峪、豫章城人月兩團圓、交場廟四聖歸天、申包胥興兵完楚、人頭峯崔生盜虎皮、斬蔡陽、犯押獄盆吊小孫屠、四不知荊娘怨、死生交托妻寄子、天壽太子刑臺記、賢達婦殺狗勸夫、開封府張鼎勘頭巾、放火孟良盜骨殖、楊六郎私下三關。	包待制雙勘丁、賢孝牌、千里獨行、盧全七碗茶、夜月荊娘墓、卓文君駕車、白蓮池、打毬會、刀劈史鴉霞、打陳平、祭三王、楊香跨虎、田真泣樹、螺螄末尼、魯元公主、三賢婦、聖姑姑、策立陰皇后、雙鬥醫、明皇村院會佳期、黃魯直打到底、風流娘子兩相宜、搬運太湖石、風雪包待制、柳成錯背妻、桂花精、黃花寨、水簾寨、化胡成佛、雪裏報冤、銷金帳、望香亭、仕人寫怨、才子留情、哀哀怨怨後庭花、危太樸衣錦還鄉、郭桓盜官糧、陶侃拿蘇峻、氣英布、田單火牛、醉走黃鶴樓、搥碎黃鶴樓、章臺柳、蟠桃會、斬陳餘、馮驩燒券、詐遊雲夢、龍虎風雲會、昇仙會、夢天台、藍關記（此劇僅見於所收曲譜中）。	朝（脈望館）、崔府君斷冤家債主（脈望館）、逞風流王煥百花亭（脈望館）、包待制陳州糶米、謝金吾詐拆清風府、兩軍師隔江鬥智、馮玉蘭夜月泣江舟 《盛世新聲》：董永 《也是園書目》：捽袁祥、郭巨埋兒另有《脈望館鈔校古今雜劇》中無名氏作品未列入者，請參見【附錄一】

　　以上所列，《錄鬼簿》、《錄鬼簿續編》、《太和正音譜》三本著錄知名作者共計一百零八人，作品約計七百一十本〔註60〕，扣除朱權一人及其作品十二

〔註60〕計算方式：作家，協同作者亦併入計算；作品，《錄鬼簿續編》、《太和正音譜》中無名氏雜劇可能重複於前者，不再重複計算。

部，其餘則幾乎含括了所有可能被稱為「元雜劇」的作品﹝註 61﹞，往後著錄元雜劇劇目者，所能增補者已然有限，大多見於明代流傳的元雜劇選本及曲選（見上列「其它」）。

在這三部作品之中，《錄鬼簿》由於作者鍾嗣成本身生年未跨明代，故以之界定元雜劇，絕對不會混入明朝劇作，但缺點是有一些元末作家或作品無法完整列入；《錄鬼簿續編》因為是接續鍾氏《錄鬼簿》之作，其所載作家多不與之重複，僅針對個別作家增補劇目﹝註62﹞，並有「諸公傳奇，失載名氏」者七十八劇，可補《錄鬼簿》之闕，但也由於作者賈仲明並不刻意區分元明，其中作家不免含括元明兩代，令人不知歸屬；而《太和正音譜》中所載，人名與《錄鬼簿》重複者，作者皆歸之元人作品，另外增加明朝作家八人，劇作三十本，古今無名雜劇一百一十本，其中包含三本明人劇作，但未說明是為何者。

就以上三者而言，所載於《錄鬼簿》者，無疑皆可稱之為「元雜劇」，但若以之統括元雜劇，範圍太窄，不免有所疏漏；但若依《錄鬼簿續編》、《太和正音譜》補入，二者之間又多含混模糊之處，《太和正音譜》明列為「國朝」作家者，《錄鬼簿續編》則雜入於鍾嗣成、周德清等元朝作家之間，由於其所錄作者大多生卒年不詳，無法確實區分，最複雜的是其間總計一百二十七本﹝註 63﹞的無名氏作品，更是無從歸類。這也是歷來學者在界定「元雜劇」時，最為混亂不清的地帶。

這種混亂的情形，我們從明代至今的一些知名元雜劇選本中，可見一二。在明朝流傳之數種有劇目可察的元雜劇選本中，除《元刊雜劇三十種》確定為元雜劇作品外，其它如《脈望館鈔校古今雜劇》、《陽春奏》、《元明雜劇》、《童雲野刻雜劇》、《古今名劇合選》等五種，由於其名皆不論古今，即可能元明雜劇皆收，故其間不但包含了元人作品，連遠至明中晚期的徐渭、汪道昆等人作品亦在其列，而孟稱舜的《古今名劇合選》更羅列其個人作品，使得是選劇作年代晚至明末。可見這些選本，已經不以「元代」雜劇為其搜

﹝註61﹞ 另外，劇目下註明「次本」或「旦本」、「末本」者，可能為作者據同名劇目改編之作，果真如此，則元雜劇總目應多於此數。

﹝註62﹞ 如在「張鳴善」條下增入鍾氏未載之《草園閣》一劇。

﹝註63﹞ 其數乃扣除其間與上述知名作家劇本重複者（已列入上述諸作家作品之後），及將與《錄鬼簿續編》之《凍蘇秦衣錦還鄉》視為《蘇秦還鄉》、《張儀凍蘇秦》其中一劇所得。

尋範疇，故可暫且不論。值得討論的是李開先《改定元賢傳奇》、息機子《元
人雜劇選》、玉陽仙史《古名家雜劇》、顧曲齋《古雜劇》及臧懋循《元曲選》
等選本，由於其名稱上的界定，故所選乃爲編者認定爲「元代」雜劇，或與
編者生年相懸的「古代」雜劇，其意義上較接近一般人認同的「元雜劇」。
究竟這些編者是如何界定其心目中的「元雜劇」呢？這一點可以從選本中所
收錄的作家進行觀察。在扣除《錄鬼簿》所載的元代作家之後，各本所錄者
尚有：

1、《改定元賢傳奇》（就目前殘存的六個劇目而言）：王子一《劉晨阮肇
　　誤入天台》。

2、《元人雜劇選》：羅貫中《宋太祖龍虎風雲會》、楊文奎《翠紅鄉兒女
　　兩團圓》、谷子敬《呂洞賓三度城南柳》、王子一《劉晨阮肇誤入天
　　台》等人作品，及無名氏《錦雲堂美女連環記》、《張公藝九世同居》、
　　《趙匡義智娶符金錠》、《包待制智賺合同文字》、《薩眞人夜斷碧桃
　　花》、《月明和尚度柳翠》、《玉清庵錯送鴛鴦被》、《王鼎臣風雪漁樵
　　記》等。

3、《古名家雜劇》（以孫楷第界定的四十九劇爲主）〔註64〕：羅貫中《宋
　　太祖龍虎風雲會》、王了一《劉晨阮肇誤入天台》、谷子敬《呂洞賓三
　　度城南柳》、賈仲明《李鐵拐度金童玉女》、《蕭淑蘭情寄菩薩蠻》、《呂
　　洞賓桃柳昇仙夢》、《荊楚臣重對玉梳》、楊景賢《馬丹陽度脫劉行首》
　　等人作品，及無名氏《大婦小妻還牢末》、《羅李郎大鬧相國寺》、《漢
　　鍾離度脫藍采和》、《龍濟山野猿聽經》、《玉清庵錯送鴛鴦被》、《二郎
　　神醉射鎖魔鏡》、《忠義士豫讓吞炭》、《蘇子瞻醉寫赤壁賦》、《尉遲恭
　　單鞭奪槊》等。

4、《古雜劇》：羅貫中《宋太祖龍虎風雲會》、賈仲明《荊楚臣重對玉梳》
　　等人作品。

5、《元曲選》：楊文奎《翠紅鄉兒女兩團圓》、賈仲明《鐵拐李度金童玉
　　女》、《荊楚臣重對玉梳記》、谷子敬《呂洞賓三度城南柳》、楊景賢《馬
　　丹陽度脫劉行首》、王子一《月明和尚度柳翠》等，及無名氏《包待

〔註64〕孫楷第《也是園古今雜劇考》中認爲，在現存七十三中可見《古名家雜劇》劇
　　　　目中，應扣除楊愼一種，徐渭汪道昆程士廉各四種、葉憲祖二種，及周憲王《誠
　　　　齋傳奇》九種，所餘四十九種，方是《古名家雜劇》所收劇的實際數目。

制陳州糶米》、《玉清庵錯送鴛鴦被》、《楊氏女殺狗勸夫》、《朱砂擔滴水浮漚記》、《包龍圖智賺合同文字》、《凍蘇秦衣錦還鄉》、《小尉遲將鬥將認父歸朝》、《神奴兒大鬧開封府》、《謝金吾詐拆清風府》、《龐涓夜走馬陵道》、《昊天塔孟良盜骨》、《朱太守風雪漁樵記》、《孟德耀舉案齊眉》、《桃花女破法嫁周公》、《崔府君斷冤家債主》、《須賈大夫誶范叔》、《漢高皇濯足氣英布》、《兩軍師隔江鬥智》、《月明和尚度柳翠》、《逞風流王煥百花亭》、《金水橋陳琳抱妝盒》、《錦雲堂暗定連環計》、《風雨像生貨郎旦》、《馮玉蘭夜月泣江舟》等作品。

可見在這批明代流傳，題名爲「元」或「古」的雜劇選本中，其所包含的範疇，實與《錄鬼簿續編》及《太和正音譜》中的多數作品相吻合，在無名氏作品中，甚至有所增益。

再觀察今人所收元雜劇的總集，以「全」爲稱者有盧冀野主編的《元人雜劇全集》、楊家駱主編的《全元雜劇》、王季思主編的《全元戲曲》、徐征主編的《全元曲》、張月中主編《全元曲》等五種。其中由盧冀野主編之《元人雜劇全集》一書，吳梅曾作序曰：

> 臧晉叔雕蟲館元曲選百種從黃州劉延伯假錄共二百種出自御戲監，
>
> 晉叔選其半、去其半，而未選之百種遂世逸不可閱，深可惋惜，且
>
> 百種中如王子一、谷子敬、藍楚芳（按：觀今臧選百種之中，未見
>
> 此人作品，恐有誤）諸子實爲明人，晉叔混爲元賢尤爲未考。〔註65〕

書中未見盧冀野本人自序，但從吳梅所言之中，可見盧氏並未將王子一、谷子敬等元末明初作家視爲元人，故其作品皆不在此選之中，總集中亦未收元明間無名氏作品，其所收錄作者均在《錄鬼簿》之列。

楊家駱主編之《全元雜劇》的收錄標準則是：

> 見於錄鬼簿上卷諸作家爲初編，下卷諸作家爲二編，佚名諸作之出
>
> 於元者爲三編，出於元明間者爲外編。〔註66〕

其所收者乃以《錄鬼簿》所收元人作家爲主，再加上元代及元明間無名氏作品，但未收《錄鬼簿續編》中雜劇作家，及《太和正音譜》所謂「國朝」作家之雜劇作品。

王季思主編之《全元戲曲》的收錄原則爲：

〔註65〕盧冀野《元人雜劇全集》，上海：上海雜劇，1935年，頁1。
〔註66〕楊家駱《全元雜劇初二編述例》，台北：世界書局，1962年。

以世祖中統元年（1260）至順帝至正二十八年（1368）爲斷。凡跨
越金元、宋元之間的作家、劇作，一並收入；元明之間的作家，其
戲劇活動主要在元代者，其劇作亦予以收入。至於元明之間無名氏
的作品，除有確鑿証據証明其非元人所作者，均予收錄。對暫時無
法確定者，以存疑態度收入。〔註67〕

故所收雜劇作品始自關漢卿終於春牛張，其中包括元末明初作家羅貫中、谷
子敬、邾仲誼、陸進之、楊景賢、李唐賓、高茂卿、劉君錫、詹時雨、賈仲
明、王子一、黃元吉、春牛張等人雜劇，並收錄元代及元明間無名氏雜劇。

　　徐征主編之《全元曲》雖未說明其收錄原則，然其〈凡例〉道：

作家編次基本上依曹寅校輯的鍾嗣成《錄鬼簿》、賈仲明《錄鬼簿續
編》以及朱權《太和正音譜》的排名順序，先排雜劇作家，後排散
曲作家；對不見於上述諸書的個別作家（按：指散曲作家，其所列
雜劇作家均在三書之中），則斟酌其生活年代將其排列於適當位置；
諸佚名曲作者（署無名氏）排於最後，僅存散曲佚目的作者則未予
收錄。〔註68〕

可見其亦以《錄鬼簿》、《錄鬼簿續編》、《太和正音譜》三書所收作家爲收錄
範圍，其中包括鍾嗣成、羅貫中、邾仲誼、楊景賢、李唐賓、高茂卿、劉君
錫、陸進之、王子一、賈仲明等元末明初作家，並收錄元代及元明間無名氏
作品。

　　而張月中、王鋼所主編之《全元曲》，在〈前言〉中雖未詳細說明收錄範
圍，但由其所收雜劇目錄得見王子一、谷子敬、楊景賢、李唐賓、高茂卿、
劉君錫、詹時雨、賈仲明等人及無名氏作品亦在其列，故知其所謂「元人」
之標準，當包括元末明初之作家。

　　可見在今人所選錄的五部元雜劇總集中，除了盧冀野主編之《元人雜劇
全集》外，其它均無法完全捨棄可能爲元人作品的無名氏雜劇，而《全元戲
曲》及兩部《全元曲》之編者，更將王子一、谷子敬等元末明初作家所作雜
劇，視爲元雜劇而一併收入。

　　由以上觀察可知，從明代至今，多數的元雜劇選本，其界定元雜劇的範
疇，幾乎皆游移在《錄鬼簿》、《錄鬼簿續編》及《太和正音譜》三者之間，

〔註67〕王季思《全元戲曲·凡例》，北京：人民文學出版社，1990～1999年。
〔註68〕徐征等主編，《全元曲》，石家庄：河北教育出版社，1998年，頁1。

有的是直接以《錄鬼簿》所載作者爲收錄標準，而大部分編者則選擇加上《錄鬼簿續編》與《太和正音譜》（包括其所謂「國朝」除去朱權本人）所載劇作家的作品。如進一步針對此三書所著錄雜劇作者之生卒年代作考察，便可發現這些選集的編排是合理而且可作爲依據的。

在《錄鬼簿》、《錄鬼簿續編》及《太和正音譜》所著錄之一百零八位知名作家中，除了《錄鬼簿》所著錄的作家及作品確定爲元代之外，其他在《錄鬼簿續編》的雜劇作家與《太和正音譜》中所謂「國朝」的雜劇作家中，總共還有鍾嗣成、羅貫中、汪元亨、谷子敬、丁埜夫、邾仲誼、陸進之、李士英、須子壽、金文質、湯舜民、楊景賢、李唐賓、陳伯將、高茂卿、劉君錫、陶國瑛、唐以初、詹時雨、劉東生、賈仲明、王子一、楊文奎及丹丘先生等二十四人。其中鍾嗣成、羅貫中、丁埜夫、朱仲誼、金文質、陳伯將等六人，經孫楷第考証，皆應屬元代作家〔註69〕；而朱權生於明太祖洪武十一年，卒於明英宗正統二年，則未跨於元，確屬明朝；其他人雖然生卒年不詳，但可考的是汪元亨、谷子敬、李士英、李唐賓四人曾活動於元朝，陸進之、金文質、高茂卿、劉君錫、陶國瑛、唐以初、詹時雨、劉東生、王子一、楊文奎十一人則於明太祖洪武前後在世，湯舜民、楊景賢、賈仲明三人則曾受明成祖寵遇。〔註70〕所以在這二十四人之中，除了朱權一人之生年不及於元朝外，其他人則活動於明初，極有可能跨越元明兩代。而以上所述不論是明人或今人所收有關元雜劇的總集中，亦只有一個「丹丘先生」（即朱權）的作品，被完全的排除在外。故明人選本心目中的「元雜劇」或「古雜劇」，實是有跡可尋，而今人選本元雜劇，亦是在相同考量下所產生的作品。

綜上所論，鄙意以爲如將廣義的「元雜劇」，細分爲三：一是以作品形式作切割，凡依照「元曲雜劇」體例創作的劇本，不刻意區分元明，皆可視爲「元曲雜劇」；一是以作品年代作切割，將元代的結束作爲元明雜劇的分界線，創作年代屬元者稱爲「元代雜劇」；一是以作家生年作切割，凡於元代出生的作家，不論其生年是否跨越至明，其作品皆可稱爲「元人雜劇」。那麼明代所謂「元雜劇」或「古雜劇」，實皆以「元人雜劇」爲收錄原則，而今人亦多接受此標準，將元末明初作家所作，納入「元雜劇」的範疇。故本文之討論，亦依此爲準的，採用第三種定義，將研究範圍鎖定爲「元人雜劇」，以求

〔註69〕見孫楷第《元曲家考略》，上海：上海古籍出版社，1981年。
〔註70〕見莊一拂《古典戲曲存目彙考》，上海：上海古籍出版社，1982年。

完整的探討明人心目中的「元雜劇」。

二、從今本元雜劇選看明代流傳之版本

現今可見的元雜劇版本，除了《元刊雜劇三十種》外，其它如《改定元賢傳奇》、《脈望館鈔校古今雜劇》、《元人雜劇選》、《古名家雜劇》、《陽春奏》、《元明雜劇》、《古雜劇》、《元曲選》及《古今名劇合選》等皆於明代刊行，清代則僅見《復莊今樂府選》〔註71〕一書。直至民國以後，才又陸續有一些學者注意到元雜劇的價值，重新整理，以總集或選集的形式，再現於世。特別值得一提的是，這些近代刊行的總集及選集，其選錄或用以校正之劇本的主要源頭，又恰巧都是明代流傳的幾種版本。所以除了《西廂記》有其不同的版本系統，暫且不列入討論外，其它各種總集或選集之元雜劇版本來源，主要如下：

（一）古本重新影印刊行

1、《古本戲曲叢刊》第四集，古本戲曲叢刊編輯委員會編輯，北京：
　　中華書局，1958年。

內容包括：（1）元刊雜劇三十種（2）古雜劇（3）脈望館鈔校本古今雜劇（4）古名家雜劇（5）元人雜劇選（6）陽春奏（7）元明雜劇（8）古今名劇合選等八種以元雜劇為主的選集。編者此輯意在收錄所有元雜劇現在最早的版本，故除了不重複刊錄已收入《脈望館鈔校古今雜劇》的《古名家雜劇》及《元人雜劇選》外，其它現存劇本，俱都影印收藏，盡量保存原貌，堪稱是今日研究觀察元雜劇的最大寶庫。而其間包含多種明代劇作家及教坊編演雜劇，不得全然視為元雜劇之資料。

〔註71〕〔清〕姚燮選編，內容除了清人樂府及金董解元的《西廂記》諸宮調外，多為元雜劇，劇目有《漢宮秋》、《陳搏高臥》、《黃粱夢》、《岳陽樓》、《青衫淚》、《薦福碑》、《任風子》、《竇娥冤》、《中秋切鱠》、《魯齋郎》、《玉鏡臺》、《救風塵》、《蝴蝶夢》、《謝天香》、《金線池》、《牆頭馬上》、《梧桐雨》、《兩世姻緣》、《金錢記》、《揚州夢》、《風花雪月》、《東坡夢》、《玉壺春》、《老生兒》、《鐵拐李》、《麗春堂》、《倩女離魂》、《王粲登樓》、《㑳梅香》、《黑旋風》、《後庭花》、《楚昭公》、《看錢奴》、《范張雞黍》、《留鞋記》、《度柳翠》、《張生煮海》、《羅李郎》、《薛仁貴》、《合汗衫》、《秋胡戲妻》、《曲江池》、《魔合羅》、《酷寒亭》、《瀟湘雨》、《東堂老》、《趙禮讓肥》、《柳毅傳書》、《氣英布》、《單鞭奪槊》、《竹葉舟》、《風光好》、《趙氏孤兒》、《灰闌記》、《救孝子》、《燕青搏魚》、《兒女團圓》等，但亦非全本選錄。

2、《全元雜劇》初、二、三、外編，楊家駱主編，台北：世界書局，
　　1962～1974 年。

　　以《錄鬼簿》所刊作者爲主要收錄對象，加上元明間無名氏雜劇數十種，
從《元刊雜劇三十種》、《脈望館鈔校本》、《顧曲齋古雜劇》、《古名家雜劇》、
《息機子雜劇選》、《尊生館陽春奏》、《繼志齋元明雜劇》、《雕蟲館元曲選》、
《古今名劇合選》等版本中，影印刊行。

3、《續修四庫全書》，上海：上海古籍出版社，2002 年。

　　收錄《元刊雜劇三十種》（據日本大正三年京都帝國大學影元刻本影印）、
《改定元賢傳奇》（殘存六種）、《元曲選》、《古雜劇》、《古今名劇合選》等雜
劇選。

4、《元刊雜劇三十種》，除《古本戲曲叢刊》、《全元雜劇》及《續修四庫
　　全書》影印本外，另有北京（出版者不詳）1924 年出版據日本大正三
　　年京都帝國大學影印之版本，及北京圖書館 1998 年出版之《日本藏元
　　刊古今雜劇三十種》。

5、《古名家雜劇》，除《古本戲曲叢刊》及《全元雜劇》之影印其部分存
　　本外，另於 1929 年南京國學圖書館亦將其殘本選錄，輯爲《元明雜劇》
　　二十七種，1992 年合肥市黃山書社又據之重印。

6、《元曲選》，爲重印次數最頻繁之版本。除《續修四庫全書》據明萬
　　曆刻本全數影印，及《全元雜劇》據雕蟲館影印其孤本外，另有 1918
　　年上海商務印書館、1936 年上海涵芬樓、台北藝文印書館（出版年
　　不詳，約在民國四十年左右）等版本，皆據明代萬曆年間刻本影印出
　　版。

（二）重新校正編排之元雜劇總集

1、《元人雜劇全集》，盧冀野編，上海：上海雜誌，1935 年。

　　吳梅序云：「陳與郊《古名家雜劇》、丁氏八千卷樓所藏《元明雜劇》零
種、皆是補臧選所未及，日本帝國大學所藏《古今雜劇》三十種，爲上虞羅
氏所刊者有十七種，不入臧選，惜科白多未全，字跡多俗體，不易辨識。至
涵芬樓所藏關漢卿《緋衣夢》爲各選本所未及，更爲瑰寶。」〔註 72〕可見此
集所依據的選本有《元曲選》、《古名家雜劇》、《元明雜劇》、《元刊雜劇三十
種》及《古雜劇》等版本。

〔註 72〕盧冀野《元人雜劇全集》，上海：上海雜誌，1935 年，頁 2。

2、《元曲選外編》，隋樹森主編，北平：中華書局，1959 年。

編者有鑒於近代所見元雜劇，僅臧懋循的《元曲選》最為通行，其它劇本則得之不易，故將未見於《元曲選》之「元曲雜劇」劇本，重新編輯收錄，總計六十二種，其目的應是在於使《元曲選》與《元曲選外編》二書合看，能成一套完整元雜劇全集。其收錄內容參考《古本戲曲叢刊四集》之《元刊雜劇三十種》、《脈望館鈔校古今》、《古雜劇》、民國上海影印元刊《古今雜劇》、《孤本元明雜劇》、《古本戲曲叢刊初集》中之《金貂記》附刻本（《功臣宴敬德不伏老》）、日本覆排明刊楊東來批評本（《西遊記》）等。

3、《孤本元明雜劇》，（明）趙元度集，王季烈校刊，涵芬樓刻印，台南：
　　平平出版社，1974 年。

王季烈序云：「茲者也是園所藏元明雜劇，忽發現於海上，全書七十二冊，都二百六十九種，缺八冊，凡二十七種，除已見之《元曲選》及近日印本者九十四種，重複之本四種，計得往昔未見之本，百四十四種，涵芬樓假而印之，名曰《孤本元明雜劇》。」〔註73〕說明此集乃以《脈望館鈔校古今雜劇》為主，扣除他處可見的劇目，以元明間獨一無二的孤本　百四十四種刊印，但其間包含明朝朱權、朱有燉、康海、楊慎、陳自得、桑紹良及教坊編演的諸種明人雜劇，研究元雜劇時當有所取抉。

4、《全元戲曲》，王季思主編，北京：人民文學出版社，1990～1999 年。

版本選擇，雜劇部分凡《元曲選》刊載者，則以之為底本，其它則擇善而從，並將《元刊雜劇三十種》分別附於各劇足本之後。其它參考版本則有《脈望館鈔校本古今雜劇》、《孤本元明雜劇》、《元曲選外編》、《古名家雜劇》、《古今名劇合選》等。

5、《全元曲》，張月中、王鋼主編，鄭州：中州古籍出版社，1996 年。

以編者王鋼「前言」之意歸納，在雜劇收錄部分，所根據者應有《脈望館鈔校本古今雜劇》、《元曲選》、《古雜劇》、《陽春奏》、《古今名劇合選》、《孤本元明雜劇》、《元曲選外編》等版本。

6、《全元曲》，徐征等主編，石家庄：河北教育出版社，1998 年。

以《元刊雜劇三十種》、明萬曆丙辰年臧懋循雕蟲館交由博古堂刊刻的《元曲選》、《脈望館鈔校本》等為底本，並以明代其他各刊本作校本。另外參考

〔註73〕趙元度集、王季烈校刊《孤本元明雜劇》，涵芬樓刻印，台南：平平出版社，
　　　　1974 年，頁 1。

隋樹森先生所編《元曲選外編》、《全元散曲》，趙景深先生所輯《元人雜劇鉤沈》及其他今賢時俊的整理本加以校正。

（三）元雜劇選集及校注本

關於元雜劇的選集，數量繁多，以下便選擇其中曾經明確標註版本出處者，略作說明：

1、《校訂元刊雜劇三十種》，鄭騫校訂，台北：世界書局，1962 年。

以羅振玉收藏之《元刊雜劇三十種》複刻影本爲底本，有明刻或明鈔之劇，則以《脈望館鈔校古今雜劇》（包括《孤本元明雜劇》）、《元人雜劇選》、《古名家雜劇》、《陽春奏》、《元曲選》、《古今名劇合選》、《詞林摘豔》、《雍熙樂府》等明本校訂，孤本則以《詞林摘豔》、《雍熙樂府》、王季烈《集成曲譜》等曲選校訂，再輔以盧前《元人雜劇全集》校勘之。

2、《新校元刊雜劇三十種》，徐沁君校點，北京：中華書局，1980 年。

以《古本戲曲叢刊》四集影印本爲底本，中國書店影印日本覆刻本以及屬於元刊本系統的後出版本爲校本，明刻、明抄本以及其後出版本爲參校本，有《脈望館鈔校古今雜劇》、《古名家雜劇》、《元人雜劇選》、《陽春奏》、《元曲選》、《古今名劇合選》、《孤本元明雜劇》、《盛世新聲》、《詞林摘豔》、《雍熙樂府》、《詞謔》等。

3、《元刊雜劇三十種新校》，寧希元校點，蘭州：蘭州大學出版社，
　　1988 年。

以《古本戲曲叢刊》第四集《元刊雜劇三十種》之影印本爲底本，日本複刻本如有當心之處，間亦采用，并入校記。另以明刊各雜劇總集、曲選、曲譜爲首要參校資料，如《古名家雜劇》、《元人雜劇選》、《陽春奏》、《元曲選》、《脈望館鈔校古今雜劇》、《古今名劇合選》、《詞謔》、《盛世新聲》、《詞林摘豔》、《雍熙樂府》、《萬壑清音》、《太和正音譜》、《北詞廣正譜》等。

4、《元雜劇選注》，王季思等，北京：北京出版社，1980 年。

此書所選各劇除了西廂、單刀會等《元曲選》不錄的版本之外，其它各劇均以《元曲選》爲底本，並以《古今名劇合選》、《元刊雜劇三十種》、《元人雜劇選》、《雍熙樂府》所錄曲文參校。

5、《元曲選校注》，王學奇主編，河北：河北教育出版社，1994 年。

此書乃以雕蟲館校定之明萬曆博古堂刻本爲底本，並採用《元刊雜劇三十種》、《古雜劇》、《元人雜劇選》、《古名家雜劇》、《元明雜劇》、《陽春奏》、

《古今名劇合選》等，於注釋中予以訂正說明，另外參考今本王季烈《孤本元明雜劇》、盧冀野《元人雜劇全集》、吳曉玲等《關漢卿戲曲集》、北大編校《關漢卿戲劇集》、徐沁君《新校元刊雜劇三十種》、王季思等《中國戲曲選》等書。

　　6、《元曲選釋》，京都大學人文科學研究所編，田中謙二、入矢義高、
　　　　吉川幸次郎注，京都：京都大學人文科學研究所，1951 年。

　　以《元曲選》為底本，採《古雜劇》、《古名家雜劇》、《古今名劇合選》等版本相互校正。

　　7、《元曲四大家名劇選》，徐沁君、陳紹華、熊文欽校注，濟南：齊魯書
　　　　社，1987 年。

　　《元刊本》（《古本戲曲叢刊四集》影印本、徐沁君《新校元刊雜劇三十種》）、李開先鈔本（何煌校《古名家雜劇》本轉錄）、趙琦美抄本（《脈望館抄校本古今雜劇》、《孤本元明雜劇》）、《古雜劇》、《古名家雜劇》、《元人雜劇選》、《陽春奏》、《元明雜劇》（繼志齋）、《元曲選》、《古今名劇合選》。有《元曲選》本者皆以之為底本，再以其它版本校勘。

　　8、《關漢卿戲劇集》北京：人民出版社，1976 年。

　　採用《元刊雜劇三十種》、《古名家雜劇》、《元人雜劇選》、《古雜劇》、《脈望館抄校本古今雜劇》、《古今名劇合選》、《元曲選》，再以近人整理編校的一些本子，作為校勘資料加以參考利用。

　　9、《關漢卿名劇賞析》　李漢秋著，合肥：安徽文藝出版社，1986 年。

　　以《元曲選》作底本，以《古名家雜劇》、《古雜劇》、《脈望館抄校本古今雜劇》、《元刊雜劇三十種》、《古今名劇酹江集》等為校本。

　　10、《關漢卿全集》，吳國欽校注，廣州：廣東高等教育出版社，1988 年。

　　《古名家雜劇》、《元曲選》、《元人雜劇選》、《古今名劇合選》、《元刊雜劇三十種》、《脈望館抄校本古今雜劇》、《孤本元明雜劇》。

　　11、《關漢卿全集校注》，王學奇、吳振清、王靜竹校注，石家庄：河北教
　　　　育出版社，1988 年。

　　分別選用《元刊雜劇三十種》、《元曲選》、《脈望館抄校本古今雜劇》、《古名家雜劇》等為底本，並互相參校，另校以《古雜劇》、《元人雜劇選》、《古今名劇合選》。參考校本有《孤本元明雜劇》、《世界文庫》（鄭振鐸編）、《元人雜劇全集》（盧冀野編）、《關漢卿戲曲集》（吳曉鈴編校）、《新校元刊雜劇

三十種》（徐沁君校點）、《關漢卿戲曲選》（人民文學出版社）、《〈詐妮子調風
月〉寫定本》（王季思）、《覆元槧古今雜劇三十種》等。

12、《關漢卿集》馬來欣輯校，太原：山西人民，1996 年。

《元刊雜劇三十種》、《古名家雜劇》、《元人雜劇選》、《古雜劇》、《脈望
館鈔校古今雜劇》、《元曲選》、《古今名劇合選》。

13、《關漢卿戲曲集》，吳國欽校注，台北：里仁書局，1998 年。

認爲臧懋循曾參照多種藏本進行加工校訂，爲諸版本中最佳者，故以《元
曲選》爲底本，再以《古名家雜劇》、《古今名劇合選》、《元人雜劇選》、《脈
望館鈔校古今雜劇》、《元刊雜劇三十種》、《孤本元明雜劇》參考補充。

14、《鄭廷玉集》，顏慧云、陳襄民校注，鄭州：中州古籍出版社，1997 年。

以中華書局一九五八年十月第一版《元曲選》做爲重印的底本。同時以
《脈望館鈔校本古今雜劇》和《孤本元明雜劇》、《元刊雜劇三十種》等爲參
考進行勘校。

15、《白樸戲曲集校注》，王文才校注，北京：人民文學出版社，1984 年。

羅列《古名家雜劇》、《古雜劇》、《元明雜劇》、《元曲選》、《古今名劇合
選》、《脈望館鈔本》、《盛世新聲》、《詞林摘豔》、《雍熙樂府》等版本。並言
明茲所輯錄，以《元曲選》爲底本，它所沒有的雜劇，則採用鈔本節本。

16、《馬致遠集》，蕭善因、北嬰、蕭敏點校，太原：山西古籍出版社，
    1993 年。

以《元曲選》爲底本，以《元刊雜劇三十種》、《古名家雜劇》、《元人雜
劇選》、《古雜劇》、《脈望館鈔校古今雜劇》、《古今名劇合選》、《元明雜劇》（繼
志齋）、《陽春奏》等校勘，並參校《太和正音譜》、《雍熙樂府》、《詞林摘豔》、
《盛世新聲》。

17、《馬致遠全集校注》，傅麗英、馬恒君校注，北京：語文出版社，
    2002 年。

以《元曲選》爲主，校本主要是《元刊雜劇三十種》、《古名家雜劇》、《古
今名劇合選》、《元人雜劇選》、《古雜劇》、《陽春奏》、《脈望館鈔校本古今雜
劇》。參校本有王季思《全元戲曲》、徐沁君《新校元刊雜劇三十種》、王學奇
《元曲選校注》。

18、《石君寶戲曲集》，黃竹三校注，太原：山西人民出版社，1992 年。

《元曲選》、《元刊古今雜劇》、《古雜劇》互校。原則上以《元曲選》爲

底本。

19、《鄭光祖集》，馮俊杰校注，太原：山西人民出版社，1992 年。

《元刊雜劇三十種》、《古名家雜劇》、《古雜劇》、《元曲選》、《古今名劇合選》

20、《喬吉集》，李修生校注，太原：山西人民出版社，1988 年。

以明萬間博古堂藏版《元人百種曲》（商務印書館影印）爲底本，並以《古本戲曲叢刊》第四集所收各本《古名家雜劇》、《元明雜劇》、《古今名劇合選》、《古雜劇》、《元人雜劇選》校訂。

觀察以上各種版本的收錄及校注情況，發現今本元雜劇總集或選集所採用的底本，幾乎全都是直接或間接來自於明代流傳的十種元雜劇版本，有些總集或選集則更審愼的校正以《盛世新聲》、《詞林摘豔》、《雍熙樂府》、《詞謔》中的曲套。由此可知，明代所流傳元雜劇之選本或曲選，是今日所有元雜劇總集及選集的主要源頭，更是今日研究元雜劇的重要底本。這些版本，不但補充了《錄鬼簿》、《錄鬼簿續編》及《太和正音譜》三書之劇本總目，更保留了各種面貌的元雜劇劇本，成爲今日元雜劇總集或選集用以校對的主要材料，也是所有元雜劇研究必須追溯的重要源頭。

在確定元雜劇版本及討論劇目之後，再進一步分析元雜劇的體製內涵。發現元雜劇的體製過於龐大，劇本所包含的元素眾多，包含題目、正名、折數、曲文、賓白、科介、腳色、情節、上場詩、下場詩等各個部分，欲就其各個階段的演變，一一比較分析，做出有意義的探討，恐非一人一時之力可及。故筆者本文選擇就其「曲文」部分進行研究，做爲全面探討明人改編元雜劇問題的第一步。主要考量乃在於目前可見的十六種文本中，所共同保留的部分即爲「曲文」，其它則非各階段文本所能共有，如元刊本之賓白及情節的缺漏〔註 74〕、過渡曲本之僅能提供曲文部分，這些都可能導致該元素之探

〔註 74〕由於元刊本雜劇刊刻的粗糙，引起後人對其刊刻目的之諸多揣測，就現今可見的《元刊雜劇三十種》而言，有人以其爲作者底稿，而賓白則由伶人臨場自作。有人則以爲這些劇本，乃爲提供觀眾賞戲而印製，因賓白容易聽懂，故多數劇本僅刊印曲文。更有人依其版面的不同，細膩的將此三十種劇本分爲關目本、的本、曲本、及觀眾本四種不同刊行目的之版本，其中「關目本」是爲舞台指示本，故只有數量不多、主要是正末／正旦的說白段落；「的本」則爲基礎排練使用的本子，故僅提供必要的說白；「曲本」則只錄曲文，無有說白；「觀眾本」則爲一般通行本，說白數量偏多。（汪詩佩，《從元刊本重探元雜劇——以版本、體製、劇場三個面向爲範疇》，台灣清華大學中國文學博

討，無法慮及重要階段的演變，而使問題無法有效的獲得解決。故筆者以爲，針對不同版本的「曲文」進行比較研究，乃目前最能看出元雜劇演變端倪的一個先行步驟，也是日後全面觀察元雜劇改編重要前導。

由以上討論可知，明人對元雜劇地位的穩固與提昇，貢獻極大，他們不僅在舞台上相當程度的保留了元雜劇的表演，更讓我們有機會聽到元曲（或接近元曲）的音樂，更重要的是他們收藏、整理、改編元雜劇劇本，爲後世留下許多不同面貌的元人雜劇，這些都是元人自己所忽略，或來不及保留的，透過明人的努力，得以重現於世人面前，所以想要研究元雜劇，就必須由明代這個重要階段開始。故本文以下之討論，便以明代流傳的十一種版本〔註75〕所選錄之「元人雜劇」爲研究中心，並校勘以當時流行的數種曲選，試圖釐清所有元雜劇研究的基礎材料，並一一分判其曲文之演變過程，以求進一步探索明代之元雜劇改編的階段性面貌及其所顯示的重要意義。

士，2006 年 2 月）但不論其刊刻目的爲何，各種不同版面的元刊本，唯一不變的，便是曲文的刊刻。

〔註75〕除本章第二節第二點前言所提到的《元刊雜劇三十種》、《改定元賢傳奇》、《脈望館鈔校古今雜劇》、《元人雜劇選》、《古名家雜劇》、《陽春奏》、《元明雜劇》、《古雜劇》、《元曲選》及《古今名劇合選》十種之外，再加上《李開先鈔本元雜劇》一種，計流傳於明代的元雜劇選本共有十一種。

第二章 明代流傳之元雜劇版本

　　元雜劇得以流傳，主要是靠明人的收藏整編。由於明人對元雜劇濃厚的閱讀及觀賞興趣，以至明代相關刊印鈔錄的元雜劇版本種類繁多，傳流至今，可見者至少約有十一種之多，其數尚不包含多種與元雜劇相關的選曲本。這些版本都是明代所保存下來有關元雜劇劇本或曲文的重要線索，其中有不少版本，由於流傳个廣，以至輾轉流離，失落不全。雖然其間歷經不少愛好者保存收藏，但也難免由於戰亂、政治等各種時空因素，搜羅不易，此種情況尤以年代久遠的元刊本及只有單本行世的明代手鈔本最爲嚴重。

　　現存明代流傳的元雜劇版本共計全本刊刻者有：《元刊雜劇三十種》、李開先《改定元賢傳奇》、息機子《元人雜劇選》、陳與郊《古名家雜劇》（包括《新續古名家雜劇》）、黃正位《陽春奏》、王驥德《古雜劇》、繼志齋《元明雜劇》、臧懋循《元曲選》、孟稱舜《古今名劇合選》等九種；全本鈔錄者有：《李開先鈔本元雜劇》、《脈望館鈔校本古今雜劇》（不包括其中收錄之刊本《古名家雜劇》與《元人雜劇選》）等兩種；另外，尚有具指標性參考價值的選曲本：《太和正音譜》、《詞謔》、《盛世新聲》、《詞林摘豔》、《雍熙樂府》等五種。但由於明人不甚注重原著內容的保眞，更有擅以己意改動作品的風氣，以至這些版本內容參差不齊，難辨眞假，造成後人追尋元劇精神面貌的種種困難。現在便依其內容改動情況，約略分爲以下幾類不同的版本。

第一節　元雜劇的近眞本

　　在明代流傳的眾多元雜劇版本中，有一類是較少改動，尚能夠保留元人精

神、接近元人劇作面貌，甚至可以視爲原著作品的版本，現存包括《元刊雜劇三十種》、《太和正音譜》、《李開先鈔本元雜劇》及《詞謔》等四種。〔註1〕

以下分別針對此四種版本的內容保存情況加以討論：

一、《元刊雜劇三十種》

《元刊雜劇三十種》是目前唯一能夠見到的元刻本雜劇作品集，也是元雜劇現存的最早刊本，因此被視爲現今研究元雜劇最重要的第一手資料。

這個版本得來不易，最初是由明代知名藏書家李開先所保存，上有「李氏中麓草堂圖籍記」、「李開先印」等印記。其間不知經過多少愛好者收藏，到清代方才落入何煌、元和顧等人之手，最後歸於著名藏書家黃丕烈所有，現今所見之三十種雜劇，即黃丕烈先生的完整收藏。黃氏將之收歸於其藏書的「乙編」之列〔註2〕，完整保存，今人於是得以重見、覆刻，使之廣爲流播，再無增減。但不知黃氏所得的元雜劇之數，是否爲李開先所藏元刊本雜劇之全數？此一版本是否在明代流傳之初便已裝訂成冊，亦或以單行劇本流傳，以致在流傳過程中，失散亡佚？這些都非常值得懷疑。至少我們可知清代何煌從李開先處得來的元雜劇劇本數目實不止於此，其中失落的李鈔本《王粲登樓》便是一例（此書留待後文討論）。

現在通行的《元刊雜劇三十種》一書，亦並非此一刻本的原始面目。它曾經由日本京都帝國大學向上虞羅氏借出原書，請湖北著名刻書家陶子麟（子林）覆刻，但因所印部數甚少，並不通行。後上海中國書店又將此覆刻本照像石印，方才成爲通行讀物。所幸原書仍然存有珂羅版影印本，並未亡佚。

〔註1〕 嚴格說來還有周德清的《中原音韻》一書，其中曾經保留三支尚具原貌的元雜劇曲文，分別是《黃粱夢》第一折的【雁兒】、《岳陽樓》第一折的【金盞兒】及《王粲登樓》第三折的【迎仙客】三曲，由於數量不多，而且已確定爲元人周德清所收錄，並於元代刊行，是未經明人改竄的作品，無有異議，故此先不加以討論，僅列出曲牌名，以資對照。另外可能還有一些劇本，或曾刊印出版，或僅在藝人之間流傳，於明初爲四方獻與朝廷，直接由宮廷收編，成爲宮廷演出的來源之一。

〔註2〕 此「乙編」之註，曾引起王國維的誤解，以爲：「題曰乙編，則必尚有甲編，丙丁以降亦容有之。」認爲黃丕烈所藏元刊雜劇之數應該更多。經鄭騫考釋，實乃黃氏藏書，依版本分類，宋本曰甲編，元本曰乙編，皆刻於書匣上。此三十種爲元刊本，故是乙編，非謂其書尚有甲丙等編也。（見鄭騫校訂，《校訂元刊雜劇三十種‧序》，台北：世界書局，1962年，頁7。）

將之與陶子麟刻本比對，發現覆刻本雖有若干誤刻或漏刻之處，但基本上仍可算是惟妙惟肖，與原書差別不大。〔註3〕

　　關於這三十種雜劇的來源，王國維曾道：「右雜劇三十種，題大都新編者三，大都新刊者一，古杭新刊者七，又小字二十六種，大字四種，似元人集各處刊本爲一帙者。然其紙墨與板式大小，大略相同，知仍是元季一處彙刊；其署大都新刊或古杭新刊者，乃仍舊本標題耳。」〔註4〕而鄭騫則曰：「全書三十種雜劇，版式字體均不相同，有大字本，有小字本，有題大都新編者，有題古杭新刊者。據此可知是書坊雜湊而成的本子；可能原來是每種單行，藏書者把他們裝訂在一起。」〔註5〕綜合兩位學者意見，認爲這三十種雜劇非同出一源的推論並無差別，但王國維認爲這三十種雜劇紙墨、版心大小約略相同，所以應該仍是在一處刊刻，其標題不同只是因刻者仍舊原本標題刊刻而已；而鄭騫則認爲版式字體並不相同，所以應該不是在一處刊刻，而是由書坊雜湊而成，或是後來藏書者將之裝訂在一起。

　　仔細觀察此三十種雜劇的刻本，其標題計有：「古杭新刊」一種、「古杭新刊的本」二種、「古杭新刊關目」二種、「古杭新刊關目的本」一種、「古杭新刊的本關目」一種、「大都新編」三種、「大都新刊關目的本」一種、「新刊關目」十一種、「新刊關目全」一種、「新刊的本」三種、「新編足本關目」一種、「新編」一種、「新刊」一種，另有直題「趙氏孤兒」一種。而這些劇本，雖然不見得依其標目之不同，完全出自於十四間相異的刻書坊，但某幾類劇本之間，確實存在著字體上的差異，不僅大小不同、字型有分別，就連排版方式亦不盡相同。所以，這三十種雜劇源自不同刻書坊的判斷，應該是比較接近眞相的推論。

　　由此可知，《元刊雜劇三十種》也不可能是它最初的定名。王國維在民國初年見到此書時，書匣上所刻的還是黃丕烈的十二字楷書「元刻古今雜劇，乙編，士禮居藏」〔註6〕，後來日本覆刻本將之題名曰「覆元槧古今雜劇三十種」，上海石印本改題爲「元刻古今雜劇三十種」，珂羅版影印本則題爲「元刊雜劇三十種」，最後，「元刊雜劇三十種」成爲學術界公認的名稱。目前有三種不同的校訂本，分別是鄭騫的《校訂元刊雜劇三十種》、徐沁君的《新校

〔註3〕　鄭騫校訂，《校訂元刊雜劇三十種・序》，台北：世界書局，1962年，頁1～2
〔註4〕　同註3，《校訂元刊雜劇三十種・敘錄》，頁6。
〔註5〕　同註3，《校訂元刊雜劇三十種・序》，頁2。
〔註6〕　同註3，《校訂元刊雜劇三十種・敘錄》，頁1。

元刊雜劇三十種》，及寧希元的《元刊雜劇三十種新校》，皆是統一以此爲定名。

《元刊雜劇三十種》雖然是今傳最古的元雜劇版本，但是由於當時對小說、戲曲等通俗文學不甚重視，這些刊本的主要販售對象爲一些文化程度不高的民眾，所以爲了降低成本，並不十分重視質量，導致這些刊本普遍都存有刻工拙劣草率的現象。根據鄭騫指出此書在文字上有，錯字、掉字、同音假借字、簡體俗字，甚至刻不成字形等缺點；在行款格式上，則是賓白與曲文夾混，曲調牌名誤刻、漏刻；另外，賓白不全或全無賓白，更是此書的嚴重缺點。〔註7〕也因此，徐朔方道：「孫氏（楷第）認爲《元曲選》所保存的原作不過「十之五、六或十之四、五」，其實這句話只有用在元刊本上才合適。因爲至少它把占全劇十之四、五的科白都刪節了。」〔註8〕而認爲《元刊雜劇三十種》不能算是最接近元人雜劇原貌的版本。

雖則如此，然這些失誤，並非來自於刊刻者的師心自用。文字、曲牌、調名的脫誤，實乃由於當時刊刻條件的種種限制；賓白的缺漏，也是由其刊刻目的所決定。所以基本上，它仍保有元雜劇的古樸、本色，也留下不少元代的口語資料，讓世人得於明刊本元雜劇的虛飾文字之外，重見元雜劇的清新面貌。正因如此，雖然其版本本身存在著許多粗陋的缺點，而它的出現仍使得學術界驚喜萬分。

二、《太和正音譜》

《太和正音譜》乃明初朱權所著。朱權，別號臞仙、涵虛子、丹邱先生，爲明太祖朱元璋第十七子〔註9〕，生於太祖洪武十一年（1378 年），卒於英宗正統十三年（1448 年），享年七十一歲，死後諡獻王，世稱寧獻王。《明史》記載：

> 寧獻王權，太祖第十七子，洪武二十四年封，踰二年，就藩大寧。

〔註7〕 同註3，《校訂元刊雜劇三十種・序》，頁2。
〔註8〕 徐朔方著，《元曲選家臧懋循》，北京：中國戲劇出版社，1985 年，頁 19。
〔註9〕 《中國古典戲曲論著集成》、《太和正音譜提要》、鄭振鐸《插圖本中國文學史》均以朱權爲朱元璋之第十六子。這中間的差別在於是否應該把皇太子朱標計算在內的問題，如不計算皇太子的話，則朱權爲第十六子，但這種算法較不合理，實際上，朱權仍是朱元璋所有皇子中的第十七位，《明史》亦載明朱權爲「太祖第十七子」。

　　大寧在喜峰口外，古會州地，東連遼左，西接宣府，爲巨鎮，帶甲
　　八萬，革車六千，所屬朵顏三衛騎兵皆驍勇善戰，權數會諸王出塞，
　　以善謀稱。〔註10〕

可見朱權在年輕時善於領兵，頗具謀略，充分展現其政治野心。於靖難之變時，歸於燕軍，時時爲燕王草檄，但事竟反爲成祖極力防範的對象。爲破除成祖對他的疑心，從此他閉門靜修，韜光養晦，不問政事，直至身歿。

　　在最後的這段時間裏，戲曲成了他最佳的消遣，也是他表明自己已無政治野心的遁身之法。他潛心研究戲曲，陸續完成了許多理論與創作，總計研究戲曲的作品有《太和正音譜》、《務頭集韻》、《瓊林雅韻》三種，雜劇創作則有《沖漠子獨步大羅天》、《文君私奔相如》、《淮南王白日飛昇》、《周武帝辯三教》、《齊桓公九合諸侯》、《蕭清瀚海平胡傳》、《北酆大王勘妒婦》、《楊娥復落娼》、《瑤天笙鶴》、《豫章三害》、《煙花鬼判》、《客窗夜話》等十二種，目前僅見《沖漠子獨步大羅天》、《文君私奔相如》二種傳世。爲明代初期的劇壇，注入一股動力，起著領導作用，也爲後世留下了許多重要的戲曲史料，其中《太和正音譜》便是影響最大的一部專書。

　　《太和正音譜》內容約可分爲兩部分：上卷包括「樂府體式」、「古今英賢樂府格勢」、「雜劇十二科」、「群英所編雜劇」、「善歌之士」、「音律宮調」、「詞林須知」等項目，這些記錄對於我們了解古典戲曲的體制、流派、製曲方法、北雜劇題材的分類、古劇腳色的源流等內涵，有重要的理論貢獻，尤其是它對元代至明初時戲曲作家的評語，和「雜劇」作家及作品的載錄，更是提供了後世學者不少研究北雜劇的資料。下卷「樂府」，則分析了北雜劇的曲譜，其中共載十二宮調，分別列舉其中曲牌的句格譜式，注明四聲平仄，標清正字襯字，每支曲牌並選錄元人或明初的雜劇、散曲作品爲例，共收三百三十五支曲牌。這些曲牌的譜式，是專門填製北曲雜劇的規範，也是現存唯一最古的北曲曲譜。由此可知，《太和正音譜》是研究北曲雜劇的重要典籍，更是明代人賞析、製作、歌唱北曲重要譜本。

　　有關《太和正音譜》的作者及成書時間，由於其書中自序最後標明爲「時歲龍集戊寅序」〔註11〕，導致一般讀者誤認此書作於明洪武三十一年（1398

〔註10〕張廷玉等撰，《明史》，卷一百一十七，〈列傳第五〉，台北：中華書局，1966
　　　年，頁3591。
〔註11〕《太和正音譜・序》，收錄於《中國古典戲曲論著集成》三，北京：中國戲劇

年），而造成後人對此書作者的一些質疑。近年來兩岸學者提出不少可貴意見，化解了內容上的矛盾之處。首先，曾師永義最早在其博士論文中對此提出了四個疑點，証明此書絕不可能成書於洪武三十一年，並提出自序所署年代的三個可能解釋。〔註 12〕後來大陸學者黃文實、夏寫時、洛地也陸續提出質疑，〔註 13〕其結論也與曾師大致相同。根據幾位學者的推論內容，我們可以確信《太和正音譜》爲朱權晚年的著作無誤。

由於太祖與成祖等帝王對於戲劇的愛好〔註 14〕，明初宮中即設有鐘鼓司及教坊司等官職，其中鐘鼓司「掌印太監一員，僉書、司房、學藝官無定員，掌管出朝鐘鼓，及內樂、傳奇、過錦、打稻諸雜戲。」〔註 15〕教坊司「奉鑾一人，正九品，左、右韶舞各一人，左、右司樂各一人，並從九品，掌樂舞承應，以樂戶充之，隸禮部。」〔註 16〕這些官府的設置，讓宮中的戲劇環境，得以蓬勃發展，並將政治犯的妻女，藉機打入樂戶。〔註 17〕在這種情形之下，

出版社，1959 年，頁 11。

〔註 12〕 四個疑點分別是：「一、以一個二十一歲的王爺，正威震北荒，熱衷功名的時候，會有閒情逸致去做那種刻板的譜律工作，是不可思議的。二、正音譜明署「丹丘先生涵虛子編」，那是他晚年嚮慕沖舉所取的別號。三、正音譜樂府體式十五家，第一體即爲「丹丘體」；雜劇十二科，第一科即爲「神仙道化」；也都可以看出係晚年著作的跡象。四、「國朝三十三本」中以「丹丘先生」爲首，列雜劇目十二種：……其中瑤天笙鶴、白日飛昇、獨步大羅、辯三教等四種，顯然是屬於「神仙道化」一科，獨步大羅尚存，我們可以很清楚看出那是他晚年的寄託。」而三個可能：「一是洪武戊寅前後，他有志編著正音譜，先把序寫了，可是一直沒有動手編著，直到晚年才重拾舊業，編好之後，把原先寫好的序放在前面，沒有改動年月。二是戊寅那年確已完成大部分，然後逐年增訂，晚年才成爲定稿。三是序文根本是假的，正音譜只有抄本而無刻本，抄寫者因爲沒有序文就給它僞作一篇，同時爲了提高正音譜的價值，也把時代提前，但卻沒考慮到洪武戊寅時，王才二十一歲，與他所署的「丹丘先生涵虛子」是矛盾的。」而這三點可能以第三點爲最大。（曾師永義著，《明雜劇概論》，台北：學海出版社，1979 年，頁 118，此書爲作者 1971 年台灣大學中文博士論文重新出版。）

〔註 13〕 黃文實著〈《太和正音譜》曲論部分與曲譜非作於同時〉，見於《文學遺產》，1989 年第一期；夏寫時著〈朱權評傳〉，見《戲劇藝術》，1989 年第一期；洛地著〈《太和正音譜》寫作年代質疑〉，見《江西社會科學》，1989 年第二期。

〔註 14〕 如明太祖「日令優人進演」《琵琶記》，又令中使將女樂入實宮中，皆可見他對伎樂戲劇的喜愛；而由明成祖對明初雜劇十六子的禮遇可見，他對戲劇的喜好也是明顯的。

〔註 15〕 同註 10，卷七十四，志第五十〈職官三〉，頁 1820。

〔註 16〕 同前註，頁 1818。

〔註 17〕 如明太祖時，曾先後興起胡黨、藍黨兩次大獄，將文武功臣一網打盡，而他

官府必然多方收集劇本，以供宴樂之用。這種演出的舞台並非僅侷限於皇帝周圍，明中葉李開先便曾記錄：「洪武初年親王之國，必以詞曲一千七百本賜之。」〔註18〕而且除了贈與劇本外，還賜予演員，清談遷《國榷》卷一二和卷一九即分別記載了建文四年和宣德元年「賜諸王樂戶」之史實〔註19〕。如此皆表明宮廷戲班還擴展到了藩府，身爲藩府親王的朱權，所能接觸到的元雜劇劇本，自然較一般人更多，而其中某部分則可能是未經修改的第一手資料，這或許便是他能廣列元雜劇劇目的主要原因之一。

在《太和正音譜》卷下「樂府」所收錄的曲譜中，有不少即以元雜劇曲牌作爲範例，其中共有五支曲文與元刊本重複，分別是《陳搏高臥》第二折的【牧羊關】與【紅芍藥】，《竹葉舟》第二折的【新水令】、【梅花酒】與第三折的【煞】。其中【牧羊關】僅有「打的金鐘煞緊」（《太和》）與「打的金鐘鳴緊」（《元刊》）之差、【紅芍藥】僅有「舜德堯仁」（《太和》）與「舜跡堯仁」（《元刊》）之差、【新水令】僅有「共仙子上瀛州，散淡優游」（《太和》）與「同仙子上瀛州，散誕優悠」之差、【梅花酒】除《元刊》多一襯字「呀」之外，則有「俺三人是故友」（《太和》）與「俺二個是故友」之差，而《太和》【煞】曲，《元刊》作【三煞】，差別亦僅在《元刊》多「那」一襯字而已。另外，將其《黃粱夢》第一折【雁兒】與《中原音韻》（嘯餘本）作對比，除了《太和正音譜》多六個襯字之外，正文部分則完全相同。可見其與元代刊本元雜劇曲文相似程度之高。

《太和正音譜》所選可與元刻本比對的雜劇曲文雖然不多，但比對其與現存明刊及明鈔本元雜劇，則可發現其中經常有未見於明本的曲牌，如：《王粲登樓》第一折的【醉扶歸】、《黑旋風負荊》第四折的【漢江秋】、《連環記》第四折的【秋蓮曲】、《麗春堂》第四折的【離亭宴煞】等〔註20〕。這些不見

們的妻女則充爲樂戶；明成祖靖難之變，也大行殺戮建文舊臣，他們的妻女也一樣充入樂戶。

〔註18〕李開先著，《李中麓閒居集》，卷十一〈藏書萬卷樓記〉，收錄於《續修四庫全書》第1341冊，上海：上海古籍出版社，1995年，頁52。

〔註19〕談遷《國榷》卷一二、卷一九，《續修四庫全書》史部編年類，上海：上海古籍出版社，1995年。

〔註20〕有人也以此認定，如《黑旋風負荊》及《連環記》等劇，實與《元曲選》等版本所收作者不同，是另一個不同的劇本。但若將這些曲子所屬的宮調，對照於現存劇本相同折數之宮調，二者是完全吻合的，故仍然不無原屬其中一曲的可能。由於現存資料不足，在此僅羅列現象，留待日後作更詳盡的考証。

於明本之曲，極可能爲明人專意刪削，而爲《太和正音譜》所保存的元雜劇曲文。若此論成立，則又是《太和正音譜》接近元人著作的另一例証。

三、《李開先鈔本元雜劇》

李開先親筆鈔錄的元雜劇原本現已不存，但透過何煌校錄的《王粲登樓》一劇，我們尚可大約窺見《李鈔本》的樣貌。《也是園古今雜劇》中收有清代何煌校訂脈望館藏古名家本《王粲登樓》一劇，後有何氏跋云：

> 雍正三年乙巳八月十八日，用李中麓鈔本校，改正數百字，此又脱曲二十二，倒曲二，悉據鈔本改正補錄。鈔本不具全白，白之繆陋不堪更倍於曲，無從勘正。冀世有好事通人，爲之依科添白，更有眞知眞好之客，力足致名優演唱之，亦一快事。書以俟之。小山何仲子記。〔註21〕

中麓乃李開先別號，可見何煌是根據李開先鈔本來校訂此劇的。

李開先是明代著名的文學家、戲劇家，更是一個偉大的藏書家。《皇明詞林人物考》卷八〈李開先〉曾道他：「積書好客，豪宕不羈，著作甚富。」〔註22〕而在《明史》短短一行的記載中，便已提到：「性好蓄書，李氏藏書之名聞天下。」〔註23〕可見李開先身爲一藏書家的歷史地位，甚至比他的文名更受重視。

李開先藏書之名，常爲世人所稱道。而他自己便曾經在〈藏書萬卷樓記〉中道：

> 藏書不啻萬卷，止以萬卷名樓。以四庫盰類不盡，乃仿劉氏《七略》，分而藏之。樓獨藏經學時務，總之不下萬卷，余置別所凡五。〔註24〕

可見他搜書之勤，藏書之富。文友唐順之也對他的求書精神加以讚揚：

> 中麓子，最好奇，平生苦心只自知。破家將尋姬氏籍，鑿山欲出禹王碑。鳥篆蚪文焚後字，白雲黃竹刪前詩。〔註25〕

〔註21〕楊家駱主編，《全元雜劇》，台北：世界書局，1962～1974年。二編一，《醉思鄉王粲登樓》，頁96。

〔註22〕王兆雲、焦竑、李維楨等著，《皇明詞林人物考》卷八〈李開先〉，明萬曆間刊本，頁6。

〔註23〕同註10，「李開先傳」，卷二百八十七，列傳第一百七十五〈文苑三〉，頁7371。

〔註24〕同註18，頁317。

〔註25〕唐順之著，《荊川先生文集》卷二〈李中麓文選藏書歌〉，清光緒三十年（1904）

朱彝尊《明詩綜》卷四十一則道：

> 中麓撰述潦倒犒疎，然最爲好事，藏書之富，甲於齊東。詩所云：「豈
> 但三車富，還過萬卷餘。」又云：「借抄先祕閣，博覽及瞿曇。」是
> 也。〔註26〕

並提及當時同樣以藏書聞名的邊尙書世泉和劉太常西橋，其圖書皆不幸燒毀
或散佚，只有李開先之藏書歷經百餘年而無恙。後來由徐尙書原一購得其半，
朱氏方得借觀。可見李開先所保存的這批圖書，價值實在不斐。

由於李開先之勤於收藏書籍，善於保存，爲中國文化保留了不少重要的
珍本善書。錢曾《讀書敏求記》中曾道：

> 斧季從輦下還，解裝出書二百餘帙，皆祕本也。……今斧季所購，
> 乃中麓祕藏之物也。〔註27〕

姜松澗〈寶劍記後序〉中亦道：

> （李開先）藏書古刻三千卷，歌壇新聲四十人。〔註28〕

對一個藏書家而言，「古刻三千」並不是一個小數目。這些記錄都仕仕顯示了
李開先對中國文化保存的重要貢獻。

另外，李開先〈寶劍記序〉曾自述：

> 有時註書，有時摘文，有時對客調笑，聚童放歌，而編捏南北詞曲，
> 則時時有之。〔註29〕

由於對詞曲的特殊愛好，對於詞曲書更是多方搜求，倍加愛護，而且編輯成
集，予以刊刻，以便廣爲流傳，故有「詞山曲海」之稱。毛斧季跋《新刊張
小山北曲聯東樂府》中便記道：

> 章丘李中麓開先曉音律，善作詞，最愛張小山，謂其超出塵俗。其
> 家藏詞山曲海不下千卷。〔註30〕

江南書局刊本，頁38。

〔註26〕朱彝尊著，《明詩綜》卷四十一，收錄於《四庫全書薈要》集部，第145卷，
　　　　總集類，第492冊，台北：世界書局，1988年，頁348。

〔註27〕錢曾《讀書敏求記》，收於《叢書集成新編》第二冊，台北：新文豐出版社，
　　　　1985年，頁62。

〔註28〕李開先著，《寶劍記》，收錄於《續修四庫全書》第1774冊，上海：上海古籍
　　　　出版社，2002年，頁314。

〔註29〕同註28，頁249。

〔註30〕張小山，《新刊張小山北曲聯東樂府》，收錄於《續修四庫全書》第1738冊，
　　　　上海：上海古籍出版社，2002年，頁301。

姜松澗〈寶劍記後序〉中也說：

> 年幾七十歌猶半，曲有三千調轉高，久負詩山曲海之名。〔註31〕

鄭振鐸在〈跋脈望館抄校本古今雜劇〉則云：

> 物常聚於所好，山東于氏、李氏和清代的孔氏都是藏曲的大家。今
> 所見許多重要的曲本，殆多數源出於山東。〔註32〕

由此可知李開先所藏曲本之豐富。據《閒居集》記載，他曾搜集、整理、刊刻元曲及時令小調多種，包括《市井豔詞》、《歇指調古今詞》、《張小山小令》、《喬夢符小令》、《改定元賢傳奇》等數種。〔註 33〕還有前文提及的《元刊古今雜劇》也是經過李開先的收藏，才得以保存下來，可見李開先在中國曲學史上的地位，是十分重要的。

何煌據以校訂的李開先鈔本《王粲登樓》，現已不存，只能從他校訂古名家本的內容中，窺其一斑。鄭騫曾從中歸納出李鈔本形式的三個要點：1、只有正末之白，且甚為簡略質俚，其他角色之白皆僅以「某云」或「某云了」代之，又多「某人一折了」或「某上開住」等語。2、各曲文字簡勁，所用襯字遠較古名家及元曲選二本少。3、曲數多於上述二本，全劇合計，較古名家多十七曲，（何校云多二十二曲，計數錯誤），較《元曲選》多十二曲，又有數曲文字與《元曲選》完全不同。因而結論：「凡此三者，皆為元刊本雜劇與一切明人刊本之主要區別。」並推論：

> 此鈔本若非元鈔，即是自元刊或元鈔傳錄，蓋與元刊三十種可以等
> 量齊觀者。〔註34〕

其所論甚是。唯何煌所說「脫曲二十二」，應該還包括他在文末所補充之「【水仙子】下有【殿前歡】【喬牌兒】【掛玉鉤】【沽美酒】【太平令】五曲。」〔註35〕因為未及鈔錄，導致鄭騫之誤計，所以實際上古名家本仍較李鈔本少曲二十二支，《元曲選》少曲十七支才是。但總體而言，明刊本的曲文較元刊或元鈔本的數目為少，脫落、刪削的情況嚴重，仍是不變的事實。

〔註31〕同註 28，頁 314。
〔註32〕蔡毅編著，《中國古典戲曲序跋彙編》，卷四，鄭振鐸〈跋脈望館鈔校古今雜劇〉，北京：齊魯書社，1989 年，頁 367。
〔註33〕另有《詞謔》一書，由於成書年代較晚，並未及載錄於《閒居集》中，故衍生一些作者的問題，詳細情形，且容留待後文再詳加探討。
〔註34〕同註 3，頁 457。
〔註35〕同註 3，頁 95。

須要特別注意的是，何煌雖然以李鈔本元雜劇校訂古名家本《王粲登樓》一劇，鄭騫亦依其校訂，恢復李鈔本《王粲登樓》的原文，但我們仍不應將此本文字完全視爲李鈔本的原始面貌，因爲在何煌校訂脈望館本時，未必是將脈望館本與李鈔本相異之處完全註記，有時他也會根據自己意思，決定維持古名家本的原文，而不另作校訂，這一點我們可以從他拿元刊本校訂《死生交范張雞黍》、《張孔目智勘魔合羅》、《看錢奴賣冤家債主》及《關大王單刀記》等四劇的情形，便可略知一二。所以我們看待這本由何煌據以校訂古名家本《王粲登樓》所恢復出來的李鈔本時，只能視爲接近元代鈔本面貌的劇作，而不應完全等同視之。

另外，何煌又於此劇跋語後列「謔梅香、竹葉舟、倩女離魂、漢宮秋、梧桐雨、梧桐葉、留鞋記、借屍還魂」等八個劇目，未知何意，鄭騫認爲此「或係與此類似之鈔本」，可能性極大。如若當眞，那麼李開先鈔本元雜劇，則又增八劇可堪校對，實爲戲曲界之一大幸事。而且此八劇與現存《元刊雜劇三十種》僅重複《竹葉舟》、《借屍還魂》二種，如能得見，對於恢復元劇面貌，則有更多可靠的線索。只可惜何煌未曾加以校訂，原鈔本亦不知流落何方，尚待有心者繼續發掘。

四、《詞謔》

由以上敘述，我們可以說李開先是目前所見明本元雜劇的出版者或鈔錄者中，唯一可以確信眞正見過元刊雜劇眞貌之人。他所收藏之元刊本雜劇，絕對超過我們現在所見到的三十種，至少得加上其所鈔錄而未與《元刊雜劇三十種》重複者。而李開先曾自述：「乃盡發所藏千餘本付之門人誠菴張自愼選取。」〔註36〕令人不禁好奇，在所藏千餘本之元雜劇中，究竟有多少是未經明人改動的？或許李開先所見之元刊雜劇的實際數目，更遠遠超過我們的想像。果眞如此，那麼他目前所遺留下來的元刊本或元鈔本數目，就未免使人難以感到滿足。

搜尋李開先的所有編著，目前可知與元雜劇最具關聯的是《改定元賢傳奇》及《詞謔》二種。據《李中麓閒居集》收錄序文中可知，他曾經刊行《改定元賢傳奇》十六種，是明代第一部元雜劇的刊行本。但由其題目可知，這

〔註36〕同註18，卷五，序文五之一百七，頁666。

是經過改訂的版本，故不在本節討論之中。另外，他還著有《詞謔》一書，內容分爲〈詞謔〉、〈詞套〉、〈詞樂〉及〈詞尾〉四個部分，其中〈詞套〉與〈詞尾〉中均可找到不少元雜劇的曲文。

　　根據《中國古典戲曲論著集成》所收錄之〈詞謔提要〉〔註37〕一文所載，《詞謔》一書目前計有四種版本傳世，但實際只見三種：一是明嘉靖間刻本。北平圖書館藏。此本版式、行款、字體，和《閒居集》全同，只板心略小；一是清康熙間陸貽典據也是園藏本傳鈔本。此本題名《一笑散》，內容與明刻本互有出入；另外則有共讀樓藏本一部，如今不知流落何方。但此本曾經盧冀野校訂，由中華書局排印，內容和明刻本僅個別字句稍有差異。而在現存的這三種版本中，均無序文，亦不題著者姓名，故關於其作者問題，曾是一樁懸宕的公案。

　　1934 年，盧冀野曾借共讀樓藏本《詞謔》閱讀，且針對它的每一則都作了校訂，認爲此書的價值，不在《錄鬼簿》、《太和正音譜》之下，但對於此書作者是誰並未進行深考，只是說：「撰者雖佚其姓氏，其人必知嘉、正間，與關中王碧山（即王九思）交甚深。」〔註38〕至傅惜華、杜穎陶編輯《中國古典戲曲論著集成》時，才考証：

　　　《詞謔》一書，不題著作者姓名。書中曾説：『《市井艷詞》百餘，
　　　予所編集。』據《李中麓閒居集》，《市井艷詞》乃是明代李開先所
　　　編，由此証明，《詞謔》也是李開先所著。〔註39〕

成爲學界普遍認同的定論。

　　但近幾年大陸學者吳書蔭對此提出不同見解。他的疑慮主要來自於三個理由：其一是《詞謔》一書包含四個部分，內容自各成篇，彼此間並不連貫，作者可能並非同一人；其二，《詞謔》第二十六〈吃妓仗〉一文，按其事考証，則馮惟敏作〈十美人被仗〉套曲則應在隆慶二年左右，而李開先正病逝於此年，故不可能完成《詞謔》的寫作，或者是晚出的明人增入；其三，明代徐復祚《南北詞廣韻選》中，曾大量引用《詞套》中的資料，但卻標註所有評語出自康海之手，故認爲以徐復祚對李開先作品的熟悉程度，不可能會將李開先作品張冠李戴到康海身上的。故認爲《詞謔》一書，應是後人據李

〔註37〕李開先著，《詞謔》，收錄於《中國古典戲曲論著集成》三，北京：中國戲劇出版社，1959 年，頁 259。
〔註38〕明無名氏撰，盧冀野校訂，《詞謔》〈弁言〉，台北：中華書局，1936 年，頁 1。
〔註39〕同註 37，頁 259。

開先和康海的遺作合編之書。〔註40〕

　　對此，黃仕忠曾針對其疑慮，具體提出反駁。第一，《詞謔》四部分內容聯繫不密，各自成篇，是其未完稿之面貌；第二，馮惟敏之詩應是作於嘉靖三十七年群妓受杖責之際，而其記則是其編散曲集時附記十年前撰曲之緣起；第三，徐復祚《南北詞廣韻選》中有著錄之訛，並且指出徐復祚並非完全熟悉李開先作品的具體事証，認爲他將未署作者之《詞謔》誤以爲是康海所作，也應屬此類。〔註41〕

　　所以，不論目前提出的事証，是否能証實《詞謔》出自李開先一人之手（不包括其未完補述的部分），但至少所有指証的反例，均難以成立。至今而論，李開先仍是《詞謔》一書的唯一可靠作者。且筆者在閱讀李開先的相關文章，及比對《詞謔》中所選曲套之後，更加確信此書的作者爲李開先應當無誤。

　　首先，李開先曾在其〈改定元賢傳奇序〉中提到：

　　　　選者如二段錦、四段錦、十段錦、百段錦、千家錦，美惡兼蓄，雜
　　　　亂無章，其選小令及套詞者，亦多類此，予嘗病焉，欲世之人得見
　　　　元詞，並知元詞之所以得名也，乃盡發所藏千餘本付之門人誠菴張
　　　　自慎選取，止得五十種，力又不能全刻，就中精選十六種，……因
　　　　名其刻爲《改定元賢傳奇》。泰泉黃詹事所謂以奇事爲傳者已，然又
　　　　謂之行家及雜劇昇平樂，今舍是三者而獨名以傳奇，以其字面稍雅
　　　　致云，俟有餘力，當再刻套及小令。〔註42〕

李開先不滿當世所編選曲本的情緒，溢於言表。他希望透過自己編選的曲本，讓世人能夠更加認識元雜劇的美好面貌，所以先刊刻了《改定元賢傳奇》一書，並期待之後能再刊刻有關元雜劇的曲套及小令。然細察李開先所有編著作品的年代及內容，最能完成他這一項期待的作品，仍應屬《詞謔》一書。

　　另外，筆者將《詞謔》中所選錄《王粲登樓》第三折中呂宮套曲，與何煌據以校訂脈望館藏古名家雜劇的李鈔本作比對，發現凡是何煌據李鈔本校訂古名家本之處，與《詞謔》所選之文字幾乎完全相同，曲數亦與李鈔本一

〔註40〕見吳書蔭著，〈《詞謔》的作者獻疑〉，《藝術百家》，2002 年第二期，頁 67～
　　　　70。
〔註41〕黃仕忠著，〈《詞謔》作者確爲李開先──與吳書蔭先生商榷〉，《藝術百家》，
　　　　2005 年第一期，頁 74～84。
〔註42〕同註18，卷五，序文五之一百七，頁 667。

致，較之古名家本皆多出五支曲子，而且所多出的曲子文字與李鈔本相似程度極高。這種現象在明本元雜劇中，是少見的，這就讓我們更加相信《詞謔》作者實與李開先密切相關了。

在《詞謔》所選的雜劇套數中，除了《王粲登樓》第三折中呂宮套外，尚有王伯成的《李太白貶夜郎》第一折仙呂宮套，及費唐臣《夜月追韓信》第三折雙調套，是與元刊本重複的。將之與元刊本實際比對後發現，《李太白貶夜郎》仙呂套與元刊本曲數完全一致，文字差別極小，所異幾乎僅在於襯字而已。在《詞謔》選錄鄭德輝《王粲登樓》中呂套時曾表明：

> 然白處太繁——詞外承上起下，一切應答言語，謂之白——又有不
> 甚整齊者，襯字亦多，大勢則不可及。〔註43〕

可見編者在選錄雜劇作品時，對於帶白、襯字造成曲文的不整齊現象，有所微詞，也可能因此加以調整。所以比較《詞謔》與元刊本之間，曲文差別不大，所異之處多在於襯字，而這是所有曲選與全本之間，普遍存在的一種差別。另外，將《夜月追韓信》雙調套與元刊本作比對，發現其中少了【水仙子】及【夜行船】二曲，但隨後即註明：

> 此套元刻有水仙子、夜行船，亦只平常，有尾聲，他刻皆不載，予
> 爲之刪其前而存其尾。〔註44〕

可見其編刻時的誠實態度，偶有改易，通常都能加以註明，並且從這段話中亦可見編者確實是見過元刻本的。

再將〈詞套〉中所選元雜劇曲文與周德清《中原音韻》作比對，發現重複者有二，分別是《岳陽樓》第一折的【金盞兒】及《王粲登樓》第三折的【迎仙客】，而兩者的差異，竟然只有【金盞兒】中「黃鶴送酒仙人唱」（《中原音韻》）與「黃鶴送酒仙童唱」（《詞謔》）的一字之差，其相似程度之高，令人頗感驚訝。

所以，從以上曲文的比對，我們大約可以確定，《詞謔》中所選的部分曲套，是接近元刊本眞貌的作品，作者也確實見過部分元刊本雜劇，故其態度謹愼，凡有改編之處，通常皆能據實以告，並說明原因，不爲盲刪瞎改，或掩人之美。如其選編王仁甫《梧桐雨》中呂宮時便記道：

> 白仁甫所製也，亦甚合調；但其間有數字誤入先天、桓歡、監咸等

〔註43〕同註37，頁297。
〔註44〕同註37，頁321。

韻，悉爲改之。〔註45〕

因此我們幾乎可以確定是編之中，未註明刪改之處，多半接近其所見之元雜劇，這也是筆者在比對《詞謔》所選曲套與他本差異時，經常能夠發現幾支他本不載之曲文的主要因素吧！

　　但《詞謔》的體系問題，在近眞本中，還是算比較複雜的。因爲如果進一步比對它與下列宮廷本或過渡曲本兩個體系版本重複的劇套，某些曲文仍是十分相似的。由於這些相近的套曲，缺乏元刊本或李鈔本可以作比對，所以無法確信這些曲文是否即爲這兩個體系較少改編的劇套，抑或是《詞謔》在某些劇套中，也因未能得見元人雜劇原貌，而採用了改編後的宮廷本或過渡曲本一系的曲文。由於缺乏可信的資料，故此姑且存疑。但從上述的幾個例子的觀察，我們幾乎可以相信，在它與後兩個體系相異的曲文當中，其接近原著的程度，應該高過於其它兩個體系。

　　以上幾個版本都是比較接近元雜劇眞貌的版本，但是它們有一個共同的缺點，那就是賓白很少或者根本沒有賓白。也就是說，目前保存下來最接近原貌的元雜劇版本，並沒有保留下完整的賓白，這就使得這些版本無法百分之百反映元雜劇之全貌，令人不無遺憾。要彌補這個遺憾，還是不得不有賴於明代刊本或鈔本的出現。

第二節　宮廷演出本及其嫡系

　　明代帝王對戲劇的喜好，對有明一代戲劇環境的發展，有絕大的影響。嚴格說來，明代除了英宗之外，其他帝王對於戲劇都是賞譽有加，甚至親身與之的。如熹宗便曾經自裝宋太祖，與高永壽等演出雪夜訪趙普一劇，而且爲求劇情逼眞，竟不辭暑熱而穿戴雲子披肩與扁辮等物，〔註46〕他對戲劇瘋狂的程度，在歷代帝王之中，實爲少見。

　　由於帝王對戲劇的愛好，以帝王之尊，欲收羅劇本，則爲極其便利之事。如憲宗、武宗時，多方進獻劇本的情形，便爲李開先〈張小山小令後序〉所記錄：

〔註45〕同註37，頁337。
〔註46〕見秦蘭徵《天啓宮詞》：「駐蹕回龍六角亭，海棠花下有歌聲；蔡黃雲子猩紅辮，天子更裝踏雪行。」一詩之描述，收錄於《叢書集成續編》第279冊，台北：新文豐出版社，1989年，頁494。

人言憲廟好聽雜劇及散詞，搜羅海內詞本殆盡。又武宗亦好之，有
進者，即蒙厚賞。如楊循吉、徐霖、陳符，所進不止數千本。〔註47〕

又王鏊《震澤紀聞》〈萬安條〉：

時上好新音，教坊日日進院本，以新事爲奇。〔註48〕

而神宗愛好戲劇亦不下於憲宗、武宗，他也曾廣搜曲本，明宦官劉若愚《酌
中志》卷一謂命中官於坊間尋買新書進覽，「凡竺典、丹經、醫卜、小說、畫
像、曲本，靡不購及。」〔註49〕宮中集其廣大的人力和財力，多方搜尋海內
曲本，在這種情況下，宮中所搜羅的劇本，自然較一般文人或百姓之家爲多。
所以，明代對於親王之國，動輒「以詞曲一千七百本賜之。」〔註50〕可見宮
中收藏之富。

　　當然，明代宮廷收藏劇本，原始用意並非爲了籠絡親王，最主要還是用
於宮中之表演活動。明代宮中設有鐘鼓司及教坊司等官署，以供帝王高官宴
饗娛樂之用，此時已發展成熟的表演藝術──元雜劇，便成了宮中演出的最
愛。而元雜劇的內容，爲了適應明代宮廷的演出，也悄悄的作了改變，異於
其原始面貌，成爲明代前中期最主要的流行版本。

一、《脈望館鈔本》

　　《脈望館鈔校本古今雜劇》的出現，可謂學術界一大盛事。鄭振鐸曾道：

這弘偉豐富的寶庫的打開，不僅在中國文學史上增添了許多本的名
著，不僅在中國戲劇史上是一個奇跡，一個極重要的消息，一個變
更了研究的種種傳統觀念的起點，而且在中國歷史，社會史，經濟
史，文化史上也是一個最可驚人的整批重要資料的加入。這發見，
在近五十年來，其重要，恐怕是僅次於敦煌石室與西陲的漢簡的出
世的。〔註51〕

而這批資料能夠重見於世，鄭振鐸則是首居其功。

　　早期研究元雜劇者，多半以《元曲選》爲唯一的對象，後來雖然陸陸續

〔註47〕 同註18，頁52。
〔註48〕 王鏊著，《震澤紀聞》卷下〈萬安條〉，明嘉靖三十年刊本。
〔註49〕 劉若愚著，《酌中志》〈憂危竑議前紀第一〉，台北：偉文圖書出版社，1976
　　　　年，頁17。
〔註50〕 同註18，〈張小山小令後序〉，頁52。
〔註51〕 同註32，卷四，鄭振鐸〈跋脈望館鈔校古今雜劇〉，頁367。

續發現一些其他版本，如獲珍寶，但其中可以補充的雜劇數量，實則有限。直至《元刊雜劇三十種》的發現，才又為可見的元雜劇，增加了十七個劇本。所以當鄭振鐸從《國立北平圖書館月刊》（第三卷第四號）中發現民初的丁初我，竟然曾經在趙氏舊山樓見過《脈望館鈔校本古今雜劇》的二百三十九個劇本。〔註52〕這個發現，震撼了他，因而引發了一連串的搜書救書行動，其間過程可謂驚險萬分。最後總算如願的將這批「國寶」，計六十四冊，二百四十二種（實為二百四十一種）的元明雜劇，歸還國有，使一般人皆能得見這批珍寶。〔註53〕鄭氏搶救遺物的至誠，及其不藏私的大公精神，實在令人感動。

綜觀《脈望館鈔校本古今雜劇》的收藏過程，好像看到了一部極其精彩的中國藏書史。首先，它是由明人趙琦美四處尋訪、鈔錄，方才得以產生。後來，這批圖書輾轉流入錢謙益之手，曾經收藏於錢氏藏書閣絳雲樓之中，這時候尚且保有鈔校本的全數。而後絳雲樓經過一場大火，錢謙益便將所存脈望館校藏本全數贈與其族孫錢曾，這批古今雜劇，也就被收入《也是園書目》中。後來又陸續經過季滄葦、何煌、黃丕烈、汪士鐘、趙宗建等人的收藏，最後則由丁初我親眼見於趙氏的舊山樓之中。原先丁氏只道：

> 時促不及詳錄，匆匆歸趙。曾題四絕句以志眼福，雲煙一過，今不
> 知流落何所矣。〔註54〕

但後來蘇城失陷，他的藏書被劫散出，而這批書卻赫然其中。丁氏收藏態度之神祕，令人難以理解。而這批藏書也因此四散流落，最後終於在鄭振鐸不懈的追索中，重見於世。

《脈望館鈔校本》所收藏的雜劇劇本，大致可分為兩個部分：一為鈔本，一為刻本。鈔本的來源包括內府本、于小穀本及不知來歷鈔本三種；刻本則有息機子本與古名家本兩種。唯其收錄息機子及古名家兩種刻本並不完整，而且另有來源，故將此二種納入後文一併討論，此處僅就趙氏鈔錄的雜劇劇本加以說明。

〔註52〕同前註，頁369。丁初我注云：「案也是園原目除重複外係三百四十種。菉圃所存為二百六十六種，實闕七十四種。……汪氏錄清現存目錄十四紙，依此書之次第另錄之，實存二百三十九種，又闕二十七種。」

〔註53〕現存《脈望館鈔校古今雜劇》已全數影印收錄於《古本戲曲叢刊》第四集，共計八十四冊，原書收藏於北京圖書館。

〔註54〕同註32，卷四，丁祖蔭〈跋脈望館鈔校古今雜劇〉，頁363。

（一）內府本

根據《明史》記載，明太祖定國之初，即十分注意文化教育事業，曾詔求四方遺書，並設秘書監丞掌之，後併入翰林院典籍，所掌管即內府藏書〔註 55〕。成祖時，亦曾命禮部尚書鄭賜遣使不計代價，四處訪購，以充實內府。到宣宗時，秘閣已得貯書約二萬餘部，近百萬卷，其刻本占十分之三，鈔本占十分之七。剛開始秘閣所收書籍多爲宋、元所遺，無不精美，內廷亦盡心保存，慎防蟲鼠蛀蝕。但後來因遭流賊之亂，以至「宋刻元鐫胥歸殘闕」。另外，內府還自行鏤板刻書，凡是有明一代，內容深醇大雅，足以傳世，或雖怪奇駁雜，然亦可考風氣之正變的書籍，皆付內府刻印典藏。〔註 56〕這些圖書，或由內府秘閣收藏，或由內府專司刻印，其與「內府」二字的關係，十分密切，可能爲趙琦美所謂「內府本」的由來。

但實際在文獻上曾經直接記載爲「內府本」者，則是指由司禮監掌管之經廠所刻印的圖書，又稱「經廠本」。明劉若愚《明宮史》曾載：

> 司禮監，提督一員，秩在監官之上，於本衙門居住，職掌古今書籍、
> 名畫、冊葉、手卷、筆、硯、墨、綾紗、絹布、紙箚，各有庫貯之
> 選，監工之老成敏者，掌其鎖鑰，所屬掌司四員或六七員，佐理之
> 并內室亦屬之。又經廠掌司四員或六七員，在經廠居住，只管一應
> 經書印板及印成書籍，佛藏、道藏、番藏皆佐理之。〔註 57〕

故知司禮監是職掌內府刻書的官署，屬內府二十四衙門之一，而「經廠」則是司禮監刻書重地。它是明代內府出版中心，皇帝制書多藉此經廠梓版刷印，方能廣爲流傳，內府刻書實濫觴於此。

關於內府所刻之書，明劉若愚《酌中志·內板經書紀略》、《明宮史·內板書數》、明周弘祖《古今刻書·內府》等篇皆有記載，約有二百多種，但其中卻不見有元雜劇的記錄。另外，在明代楊士奇的《文淵閣書目》及張萱《內閣藏書目錄》中，亦不見此批藏書的登錄，故令人不禁質疑，是因爲當局以爲元雜劇不登大雅之堂，故未載錄，抑或是內府根本未曾刻印或收藏過這批

〔註 55〕秘書監，洪武三年置，秩正六品，除監丞一人，直長二人，尋定設令一人，
　　　　丞、直長各二人，掌內府書籍，十三年併入翰林院典籍。（同註 10，卷七十三，
　　　　志第四十九，職官二，頁 1788。）
〔註 56〕同註 10，卷九十六，志第七十二，藝文一，頁 2343。
〔註 57〕劉若愚著，《明宮史》〈木集·內府職掌〉，收錄於《叢書集成新編》第八十五
　　　　冊，台北：新文豐出版社，1985 年，頁 677。

作品。然而，趙琦美所謂的「內府本」眞的是一種準確名詞的稱呼嗎？這個問題仍然是值得懷疑的。

孫楷第先生《也是園古今雜劇考》一書，亦曾經針對趙琦美所謂「內府本」加以考察。他從臧懋循《元曲選序》：「頃過黃從劉延伯借得二百種，云錄之御戲監。」〔註58〕進行推索，考之明宋幼清《九籥別集》卷三曾載鐘鼓司伎有「猨猊舞」、「擲索」、「疊七卓」、「齒跳板」等諸雜伎，及「御戲」；又從朱彝尊《日下舊聞》中得知，當時內府二十四衙門已通稱爲監。故而推論「御戲監即鐘鼓司也。」「鐘鼓司係內府衙門，故鐘鼓司所藏曲本可稱爲內本。」「劉承禧與趙琦美爲同時之人。萬曆時劉承禧錄內本雜劇既假之鐘鼓司，則萬曆時趙琦美錄內本亦必假之鐘鼓司。然則琦美所稱內本乃內府鐘鼓司藏本也。」〔註59〕另外，他分辨教坊司隸屬禮部，並非內府衙門，趙琦美所收劇本雖有署教坊司編演者，但這些劇本應該是鐘鼓司採之於教坊司，而後爲趙氏所見，方成今日所謂「內府本」之底本。

孫氏所稱「鐘鼓司」屬明代內府二十四衙門之一，其職掌乃「掌管出朝鐘鼓，及內樂、傳奇、過錦、打稻諸雜戲。」〔註60〕「若內庭曲宴，鐘鼓司承應。」〔註61〕可見鐘鼓司乃負責內庭曲宴時「內樂、傳奇、過錦、打稻諸雜戲」等表演的單位，其職務內容包含供演戲劇。明劉若愚《明宮史》更記載：

> 皆本司職掌，……又如雜劇故事之類，各有引旗一對鑼鼓送上，所扮備極世間騙局俗態，并閨房拙婦騃男，及市井商匠刁賴詞訟，雜耍把戲等項，皆其承應。〔註62〕

其所陳述之雜劇故事內容，雖然用詞偏於負面，但大體爲我們現在所見的元雜劇之故事類型。由此可見，鐘鼓司確實主掌宮中搬演雜劇之事，而且所演劇目雖有明代教坊所編演之喜慶承應雜劇，但恐怕多數還是以前朝的作品爲主要演出內容。以宮廷宴會之繁，其所需劇本必多，故鐘鼓司必然收藏可觀的劇本數量。這些劇本，有的來自教坊所編演，但多數劇本則應是整理改編前朝作品而來。因此，孫楷第先生推論趙琦美所鈔錄的「內府本」雜劇，即

〔註58〕臧懋循著，《負苞堂集》卷三〈元曲選序〉，台北：河洛圖書出版社，1975年，頁55。
〔註59〕孫楷第著，《也是園古今雜劇考》，上海：上雜出版社，頁100。另外，孫氏並詳考劉承禧之身世（頁97～99），說明其言必可據。
〔註60〕同註10，卷七十四，志第五十，職官三，頁1820。
〔註61〕同註10，卷一百八十二，列傳第七十，頁4841。
〔註62〕同註57，〈木集‧內府職掌〉，頁680。

爲「鐘鼓司所藏曲本」，的確不無可能。

綜上所論，所謂由內府秘閣所掌的藏書，或由司禮監所刻的圖書，及內官鐘鼓司所保留的劇本，均有可能爲趙琦美所謂的「內府本」雜劇。以琦美的家世〔註63〕，要借閱這些圖書，應該都是有路徑可循的。但因趙琦美脈望館所藏的這批雜劇，全是以鈔錄的形式呈現，無法得見其版本原貌，故而我們只能根據以上事實推論，趙琦美所見的「內府本」雜劇，其可能來源有四：一是由鐘鼓司收集改編，直接存放於鐘鼓司收藏，隨時取用；二是雖由鐘鼓司收集改編，交由內府刻印，甚至典藏；三則這批劇本或許是當初朝廷廣泛採集所得，直接藏之內府；四則朝廷採集典藏後，亦供鐘鼓司取用、收編。這四個「內府本」雜劇的可能出處，皆可作爲我們考察脈望館鈔校內府本雜劇時之追索方向。

經過筆者仔細比對趙琦美鈔校內府本雜劇與元刊本雜劇之後，發現其間內容有著一定的差距，可見這當中必然經過相當程度的改編，而這些改編內容，有其規模與條例，並非任意而爲，雜亂無章。最重要的是，我們現今所見的內府本雜劇，皆統一有「穿關」的鈔錄，而且這些「穿關」的順序，完全按照人物出場順序加以記錄，這應該是爲了演出的需求，特別整理載錄的內容。如果說由四方採集而來的劇本，其改編內容，便已呈現如此一致的面貌，則是令人難以相信的事實。故而想見，這整個改編的行動，必有專門的人士或機構負責，經過統一規範，最後呈現出今日所見的內府本雜劇面貌，這應該是比較接近事實的推斷。而這個負責的機構及專門人士，最有可能者即爲鐘鼓司及其所屬官員。

由此可知，趙琦美所見的「內府本」雜劇，不論是直接見之於內府秘閣或鐘鼓司之典藏，及其是否經過司禮監之刻印，這當中必然曾經通過鐘鼓司的整理改編。而鐘鼓司的整理改編，是爲了宮廷曲宴的演出，所以這批元雜劇無疑是因應宮廷演劇需要而產生的一批劇目。

（二）于小穀本

在趙琦美所鈔校的雜劇中，錄於「于小穀本」者，共有三十四種〔註64〕，

〔註63〕趙琦美之父趙用賢爲隆慶五年進士，歷任吏部、禮部侍郎、南京國子監祭酒等職，以風節勁直著名當時，風雅嗜書，曾蓄書萬卷。琦美亦曾任太常寺典簿、都察院都事、刑部郎中等職，亦以藏書之富聞名。孫楷第稱「琦美父子兩世搜書，著錄之富，甲于吳中。」（同註59，頁13）

〔註64〕孫楷第《也是園古今雜劇考》誤列《黃廷道夜走流星馬》一種爲「不知來歷

以之校對者有息機子本四種、古名家本九種。可見「于小穀本」為趙氏脈望館所採錄雜劇中的重要底本。然而，趙琦美是如何得到這批雜劇，並且這批雜劇的來源又是為何？孫楷第先生有如下考証。

首先，他從琦美題識：《眾僚友喜賞浣花溪》萬曆四十三年正月跋云：「山東于相公中舍小穀本抄校。」《董秀英花月東牆記》四十三年二月跋云：「校抄于小穀藏本。于即東阿谷峰于相公子也。」《司馬相如題橋記》四十三年七月跋云：「于相公云：不似元人矩度，縣隔一層。信然。」息機子刊本《布袋和尚忍字記》署名「鄭庭玉」下批云：「于穀峯先生查，元人孟壽卿作。」四種推論——于小穀本應是其父于慎行的遺物。再者，因趙父用賢於于父慎行二人同朝為官，志趣不遠，友誼甚篤，琦美與緯（小穀）二人俱因廕敘得官，且有通家之好，交往密切，故琦美得向之通假書籍，達三年之久。最後，以琦美所錄慎行曲本教坊編演本五種徵之〔註65〕，這五種教坊編演本，非慎行直接錄自教坊司，即間接錄自鐘鼓司，如錄自教坊司，則為教坊司庋藏本，如錄之鐘鼓司，則是內府庋藏本。而其無穿關者，蓋穿關非所重，錄時刪去之耳。〔註66〕

在錢謙益《絳雲樓書目》中有〈于定公書目〉，可見于慎行亦愛好藏書，于緯之書傳之於父，是很有可能的。再加上這批雜劇中時有慎行之批註，孫氏的推論就更具可信度了。根據《明史》記載，于慎行曾於萬曆三十五年擔任禮部尚書一職〔註67〕，而教坊司正是禮部所屬官府之一，所以于慎行要閱覽收藏教坊司的劇本，應該不困難。而既然鐘鼓司可能從教坊司得到劇本，教坊司從鐘鼓司得到劇本也並非不可能之事，或者二處收藏的劇本，是互相交流的。所以于氏所藏劇本，與琦美所見內府本，其來源可能甚近，抑或根本同出一源。這一點，我們還可以從脈望館所收劇本中，找到一點蛛絲馬跡。

在趙琦美脈望館所收劇本之中，最少有五種以上的版本，一是內府本，二是于小穀本，三是息機子本，四是古名家本，五是不知來歷者（可能不只

鈔本」，故誤計為三十三種。今查《古本戲曲叢刊》所收「脈望館古今雜劇」，其後有題「于小谷錄校」，應列為「鈔校于小穀本」，故共計三十四種。
〔註65〕包括《眾神聖慶賀元宵節》、《慶賀長生節》、《降丹墀三聖慶長生》、《祝聖壽萬國來朝》、《河嵩神靈芝慶壽》等五種。
〔註66〕同註59，頁109。
〔註67〕同註10，卷一百十表第十一宰輔年表二，頁3374。

一種）。在這五種版本中，不管是鈔本或刻本，琦美幾乎都會詳細加以校對。尤其是當其中有重覆的劇目時，琦美更是不厭其煩的彼此校對，所以在他收藏的劇目中，以內府本校對息機子本者有七種，以于小穀本校對息機子本者有四種，以不知名版本校對息機子本者有一種（現存脈望館收無題識者四種，僅一種有校對之跡），以于小穀本校對古名家本者有九種，以不知名版本校對古名家本者有十六種（現存脈望館收無題識之古名家本有四十五種〔註 68〕，其中十六種有校對之跡）。但其中卻不見以于小穀本校對內府本，或以內府本校對于小穀本的題識。這當中所顯示的訊息可能有二：一是二者未有重覆版本，無從比較；二是比對後發現，兩者內容完全一致，無須另行鈔錄或題識。

　　如果是第一種情形的話，那麼有可能是趙琦美鈔錄于小穀本時，並未見重複於內府本的劇目，故而無從比較；如果是第二種情況的話，則是當兩者重覆時，便因內容完全相同，無須改訂，故趙氏便不再另外鈔錄一本，亦不針對其比對內容加以題識。但筆者以爲，以二人見識之廣、收集劇本之多，完全不重複的可能較小；而果如後者所言，那麼兩種版本同出一源的事實便不言可喻了。

　　另外，在趙琦美以內府本校對息機子本的七個劇本，與以于小穀本校對息機子本的四個劇本的校對情況看來，其出入情況都不大，從 A≒（大約等於）B，B≒C 的情況推知，A≒C 的可能性也非常高，這也可以間接說明，內府本與于小穀本，應當是同出一源的。

（三）不知來歷鈔本

　　除了以二者之外，脈望館鈔校本雜劇尚有不知來歷者四十三種〔註 69〕，如果再加上趙琦美用以校對息機子本與古名家本而無題識之本至少十六種〔註 70〕，則脈望館所擁有不知來歷的劇本，應有五十九種以上。

〔註 68〕 孫楷第《也是園古今雜劇考》誤將《呂洞賓花月神仙會》一種列入「無識題不知來歷鈔本」，故僅列四十四種。今重查《古本戲曲叢刊》所收「脈望館古今雜劇」，《呂洞賓花月神仙會》一種應爲趙琦美所收古名家刻本，共計四十五種。

〔註 69〕 孫楷第《也是園古今雜劇考》原列四十五種，扣除註 63 之《黃廷道夜走流星馬》，及註 65 之《呂洞賓花月神仙會》兩種，共計僅有四十三種。

〔註 70〕 另有一些脈望館所收藏息機子本與古名家本，雖無有題識，但內容亦似乎未經校對，故不在此列。

　　鄭振鐸曾於〈跋脈望館鈔校本古今雜劇〉中提到其懷疑:「凡清常鈔本裏,沒有注明來源,而且也不附有『穿關』的,大抵都是于氏的藏本。」〔註71〕對於此一推斷,孫楷第則未置可否,僅言:「鄭氏之言亦想當然耳。」〔註72〕因現今已無直接証據可以証明鄭振鐸的說法為是,但是鄭氏的推論卻非完全空穴來風,而是有跡可尋的。

　　據筆者查驗今存《脈望館古今雜劇》中,其中有穿關而無題識的劇本共有二十二種,另有一種為趙氏校對息機子本而附穿關者,其文後亦乏題識,這些版本至今皆被判斷為趙氏鈔校內府本者而無疑義。如果以上推論可以被接受,那麼趙氏在校錄知名來歷的版本之後,確實有忽略題識的可能。只是其數量之多,甚至超過趙氏題識來自于小穀本者,則又令人不得不有所保留。

　　不論其是否確為于小穀本,其版本出處,應該與以上二類宮廷演出本相距不遠。孫楷第曾於《也是園古今雜劇考》中推論:

> 今存(《述古堂目》歷史劇)內府本二十八種,除舊本五種之外,既皆為教坊新編之本;則今存之于本四種無題識本十二種,各除舊本一種,餘亦當為教坊新編之本。既為教坊新編之本,則其書雖無題識,以意揣之,亦當直接間接自內府本出也。……其他非歷史之無題識鈔本劇,亦可作如是解。〔註73〕

其論述其為可取。

　　在今存脈望館無題識鈔校本四十三種之中,與元刊本重複者一種、與《元曲選》重複者九種、與古名家本重複者三種,另有校對息機子本一種、古名家本十五種,仔細比對觀察這幾個劇本,發現脈望館所藏不知來歷版本,文字與元刊本及《元曲選》均有較大的差別,但與古名家本相校對,則除了《王閨香夜月四春園》一種,與故事內容相同的古名家本《錢大尹智勘衣夢》有較大的歧異外,其它內容差別均不大,與息機子本校對的情況亦大約如此。所以,如果將《王閨香夜月四春園》與《錢大尹智勘衣夢》視為當時流傳的二種不同改本的話,其情況則如同脈望館鈔校于小穀本《雁門關存孝打虎》(另有鈔校內府本《飛虎峪存孝打虎》),及脈望館藏古名家本《二郎神醉射鎖魔鏡》(另有鈔校內府本《二郎神射鎖魔鏡》),那麼脈望館無題識鈔校本之出處,與宮廷演出本同出一系的結論,亦可推而致之。

〔註71〕同註32,頁407。
〔註72〕同註59,頁113。
〔註73〕同註59,頁115。

（四）其　它

除了以上三種版本之外，在脈望館所收手鈔本雜劇部分，還有一種稱之爲「內世合一」的版本，目前可見的有兩個劇本：一是《馬丹陽三度任風子》，一是《閱閱舞射柳蕤丸記》。在《任風子》鈔本後有「內本世本各有損益，今爲合作一家」，《蕤丸記》鈔本後有「內本與世本稍稍不同，爲歸正之者」，可見所謂「世本」，極有可能在內容上與內府本呈現較另外五種版本略大的差異，否則趙琦美大可以其處理其它版本的方式，直接校正即可，何故大費周章的斟酌損益、截長補短，將二者合併爲一？至於其所謂「世本」爲何，目前雖不可知，但可以肯定的是，它與內府本當屬不同體系，故此暫且不論，留待下節一併探討。

二、《改定元賢傳奇》

《改定元賢傳奇》是現存明代元雜劇最早的刊本，針對其藏書及著書、刻書情形，筆者在上文提及其鈔本及《詞謔》時，曾加以介紹，故此不再贅述。值得注意的是，李開先在序中自稱其所出版的《改定元賢傳奇》十六種，是「盡發所藏千餘本付之門人誠菴張自愼選取。」〔註74〕而來的。然這千餘本雜劇，究竟出自何處，其內容又爲何？是元人舊本，還是明初改本？此皆本文亟欲探究的事實。

由李開先收藏元刊本雜劇及其鈔本元雜劇的內容中，我們可以知道在他收藏的劇本中，必然包含許多未經明人刪改的元雜劇，而李開先何以能得到這批珍貴的版本，實在令人好奇。翻閱《明史》赫然發覺一則令人驚訝的記錄，即：

> 正德十年，大學士梁儲等請檢內閣並東閣藏書殘闕者，令原管主事
> 李繼先等次第修補。〔註75〕

巧合的是，在李開先的家族中，也有一位李繼先。李開先的祖父李聰，生子二人，長子李淳，即開先之父，次子李溫，即繼先之父。〔註76〕由此推斷，開先與繼先是爲從兄弟，年齡相距應該不大。

〔註74〕李開先著，《李中麓閒居集》卷五，收錄於《續修四庫全書》1340 冊，上海：上海古籍出版社，1995 年，頁 666。
〔註75〕同註 10，卷九十六，志第七十二，藝文一，頁 2343。
〔註76〕根據卜鍵《李開先傳略》所附「李氏世系圖」，李開先與李繼先同爲李氏自隴西遷章丘後之第十五世。北京：中國戲劇出版社，1989 年，頁 7。

　　在《明史》上有兩位李繼先，一位於建國之初，戰死南昌，爲太祖追封隴西郡侯；一位於世宗時，曾任文淵閣主事及通政司經歷。太祖時代的李繼先，由於年代相懸久遠，與李開先的從兄弟應無關聯。而孝宗時期的李繼先，雖然無法掌握其確切的生卒年代，但從他在正德十年（1515）尙主事文淵閣的事實可知，他與李開先生存的年代（1502～1568）應該是重疊的。因此推想，這位主事文淵閣的李繼先，極有可能與李開先的從兄弟李繼先爲同一人。

　　關於《明史》中李繼先的記載，《明會要》有更詳細的敘述：

> 正德十年，大學士梁儲等，請檢內閣並東閣藏書殘闕者，令原管主事李繼先等，次第脩補，從之。由是，其書爲繼先等所盜，亡失者多矣。〔註77〕

可見李繼先不僅曾經主事文淵閣，更藉著整理內閣藏書的機會，從中竊取圖書，而且可能爲數不少。可想而知，這批圖書的珍貴性，其中必然包括不少宋朝或元朝的舊刻，也不乏明初的善本。這些圖書後來流落何方，不得而知，合理的推論是，愛書如李開先，不可能錯過向自己從兄弟借閱這批珍本的機會，更或許這批圖書即流入李開先之手也未可知。如此想來，則便不難理解，爲何李開先的萬卷藏書樓，能保有「古刻三千」〔註78〕如此耀眼的藏書成績了。這個推論目前尙無更具體資料，可供証實，暫載於此，謹供學者參考，並期待有更進　步的發現。

　　本文之所以如此推論，尙有另外一項依據。許多研究元雜劇的專書，都曾經談到李開先的《改定元賢傳奇》，也標明其爲明代第一部刊刻出版元雜劇的重要圖書。但由於李開先的《改定元賢傳奇》一向行蹤成謎，就連孫楷第、徐朔方、鄭騫、吉川幸次郎等大學者，皆無緣得見其眞實面貌，所以一直以來便保留了一塊研究的空白。然筆者卻在偶然的機會下，幸運的發現這批珍寶──上海古籍出版社，2002年出版的《續修四庫全書》第1760冊，影印收錄《改定元賢傳奇》六種。雖然已經散佚舊刻十種，但這六種雜劇的保留，足以讓我們窺見一些眞相。

　　李開先曾在他的〈改定元賢傳奇序〉中表明：

> 欲世之人得見元詞并知元詞之所以得名也。乃盡發所藏千餘本，付之門人誠菴張自選取，止得五十種，力又不能全刻，就中又精選十

〔註77〕龍文彬著，《明會要》卷二十六〈學校下〉，台北：世界書局，1960年，頁421。
〔註78〕同註28，頁314。

六種。刪繁歸約，改韻正音，調有不協、句有不穩、白有不切及太

泛者，悉訂正之，且有代作者，因名其刻爲改定元賢傳奇。〔註79〕

由於其集直名「改定元賢傳奇」，序文中又表明「刪繁歸約，改韻正音，調有不協、句有不穩、白有不切及太泛者，悉訂正之，且有代作者」，令人不禁想像，其於元雜劇內容，必然改易不少。

但眞正見到《改定元賢傳奇》殘餘六種之後，將之與現存版本加以比對，赫然發現其內容竟與息機子、古名家、顧曲齋、尊生館等版本大同小異，幾乎一致，而這些版本中又有經過趙琦美與宮廷體系版本校對，而其間差異甚小者。可見李開先的改定本，與宮廷演出本源流甚近。這就讓人不禁聯想，李開先的千餘本收藏雜劇，也許包含來自內府刊刻或收藏的演出本。而這當中的關鍵，可能即在於李繼先從內閣盜出的這批圖書。

在比對過《改定元賢傳奇》與其它版本的差別之後，我們大約可以瞭解，李開先所謂「刪繁歸約，改韻正音，調有不協、句有不穩、白有不切及太泛者，悉訂正之，且有代作者」等內涵，應是言其改本與元刊本之間的差異，並非指他又將宮廷演出本改過一次。而其名「改定」，則爲其就前人所改，再加以詳察訂正，作成最後定本，期望這個經他精挑細選、努力校正過的版本，能夠成爲眞正的善本。也因爲李開先確實見過元刊之雜劇版本，所以他十分清楚，這些演出本已非舊時原貌，故爲其名曰《改定元賢傳奇》。

在李開先《改定元賢傳奇》與其它版本的少許差異中，我們約略可見《改定元賢傳奇》相較於其它版本的古老性，如「開」字的保留。「開」在雜劇中的用法，並非僅用於開場，它能用於每一折，每一支曲子間歇處，甚至每個腳色都能用，而不限於沖末一腳。「開」又叫「開呵」，它是一種有特定涵義的演出術語，是一種特定的表演程式。這種程式的存在，說明當時的舞台表演重視技藝性，及對觀眾的直接提示。這種表演形態，一直到明初還持續存在著，如周憲王等明初劇作家的劇本，仍然見得到這種語言。但隨著表演形態的改變，「開」的表演程式逐漸被刪除，「開」的意義也逐漸被遺忘，到了明萬曆年間，幾乎所有的刊本，皆鮮少出現「開」字。但李開先的《改定元賢傳奇》卻仍然多處保留這種程式語言，可見他應該曾經見過更加古老的元雜劇版本，而這古老的版本可能就是元刊本。

〔註79〕同註74，頁667。

三、《元人雜劇選》

　　《元人雜劇選》，為明萬曆戊戌夏六月，即明神宗萬曆二十六年（1598年），息機子所編刻。息機子，姓名已不可考，其選劇來源，目前唯一的線索在於〈雜劇選自序〉一文。他曾道：「□□□□□友人自京師來，所攜□□□□□□□續梓之。」〔註80〕由於文章恰在關鍵處殘破不明，故無法得知息機子所刊《元人雜劇選》究竟來自何人，根據何本。但從殘破中仍可約略得知，其所據之本，應該來自京師，這就使我們懷疑其是否與鐘鼓司演本有所關連。

　　據《彙刻書目》載，息機子《元人雜劇選》所收劇目共有三十種，今台北故宮博物院藏本保存二十五種，《也是園古今雜劇》保存十五種，其中一種不重複，故實存息機子本雜劇共有二十六種。在現存二十六種息機子《元人雜劇選》中，目前可見經過趙琦美校對者共有十二種，其中與內府本校者有七，與于小穀本校者有四，無題識而有校對之跡者有一。在脈望館現存這十二種雜劇的校刊本中，趙氏皆以息機子本為底本，直接在上校對塗改，故版本差異情形顯而易見。其中與內府校本，除補入穿關外，其餘塗改校正者甚少；與于小穀本校對者，除《死生交范張雞黍》一劇，因後又經過何煌據元刊本校改，已無法明確的分辨何為脈望館原校之外，其餘三本所校之跡亦甚少；無題識校本《㑳梅香騙翰林風月》一劇，也是相同的情況。可見息機子本與趙琦美所見內府本、于小穀本及不知來歷之版本，內容幾乎雷同，來源甚近。

　　另外，現存《也是園古今雜劇》中的《張公藝九世同居》雜劇中有趙琦美跋云：「此冊于小穀本大同小異，又別錄一冊。」〔註81〕可見當初趙琦美所收雜劇中有兩種《張公藝九世同居》，一種為鈔校于小穀本，一種為息機子本，而前者今已不存。但由其言「大同小異」，及其校息機子本之跡，可見二者相距甚微，同樣情形也發生在其所藏息機子《孝義士趙禮讓肥》一劇。在脈望館所收雜劇中，同時收入內府穿關本與息機子本《趙禮讓肥》之劇，經過實際比對，發現二者內容幾近相同，非如孫楷第所云：「此必以內府本校息機子本，察其文不同，故別錄一冊。」〔註82〕可見在脈望館中所存別錄者，並非以「其文不同」而錄之，其將刊本與抄本各錄一冊，可能是一種普遍情況，只是部分書目遺失，不得見其真相，或可能是抄錄後方才發現相同劇名刊本，

〔註80〕息機子《元人雜劇選・自序》，明萬曆戊戌（26 年）原刊本。
〔註81〕同註 21，《全元雜劇》三編三，《張公藝九世同居雜劇》，頁 18。
〔註82〕同註 59，頁 117。

故別錄一冊，並非以內容上差別大而別錄之。

由以上可以推知，息機子本與內府本等宮廷演出本，應是同出一源。

四、《古名家雜劇》

《古名家雜劇》今存本殘缺不全，未見其序，據清代顧修《彙刻書目》記載，爲「明玉陽仙史編刊」。王國維在《曲錄》卷六，斷定玉陽仙史即爲明代的陳與郊，成爲學術界的普遍共識。然而，鄭振鐸則因《也是園古今雜劇》所收《女狀元》卷末有一牌子曰：「萬曆戊子（十六年）夏五，西山樵者校正，龍峯徐氏刊行。」遂推斷《古名家雜劇》之「編刊者並非陳氏」〔註83〕，於是《古名家雜劇》編刊者的問題，又再度陷入未定狀態之中。

針對此一矛盾，孫楷第懷疑「龍峯徐氏」應是《古名家雜劇》的刊行者，而陳與郊則爲其選編者。孫氏認爲，《四聲猿》書後的「龍峯徐氏」與《帝妃春遊》書後的「書林徐□」當是同一人，進而推論「龍峯徐氏」應爲徽州歙縣人氏。而陳與郊則曾寓歙縣，其與徽州書商應當頗有往來，故揣測《古名家雜劇》雖是徐氏所刊，但其間「宜必有人代爲搜羅選輯」，而「《彙刻書目》注正續《古名家雜劇》並云『玉陽仙史編刊』，當所見本有玉陽仙史序，不知爲何人刊，因誤以編與刊屬之一人。……故余疑《古名家雜劇》等雖非與郊所刊，而其書當與與郊有關。」〔註84〕並推論其編刊時間應在萬曆十六七年前後。

孫氏此一推論，或可解決刊者問題，但對於「玉陽仙史」是否即爲陳與郊，則學術界仍有不同的看法。楊家駱在〈全元雜劇初二編述例〉提出：

> 從王氏伯良一章，可斷此玉陽僊史爲王驥德。古名家雜劇及新續古名家雜劇，清嘉慶間顧修撰彙刻書目曾著錄其全目，俱題明玉陽仙史編刊，駱以爲編者仍爲王驥德，刊者則龍峯徐氏也。……蓋靜安先生未見顧曲齋本，遂有此誤。〔註85〕

又舉陳與郊《蠛川集》卷七〈與王百朋文學書〉中：「前奉璧古名家雜劇，記有倩女離魂，更求惠借，數日即繳上，決不敢點浣。」一段爲証，認爲如果古名家本爲陳與郊所編，何須待假於人？故主張《古名家雜劇》應爲王驥德

〔註83〕同註32，頁403。
〔註84〕同註59，頁145。
〔註85〕同註21，《全元雜劇》初編一，〈全元雜劇初二編述例〉，頁9。

所編，《古名家雜劇》的書名應是於《古雜劇》增「名家」二字而得，編者實同一人，並以二本同劇互校，以其文並無違異，証得兩本俱出於驥德。

鄭騫亦提出不同的看法：

> 玉陽仙史原不知爲何人，王國維曲錄始考定爲明隆萬時海寧人陳與郊，與郊事跡見海寧州志、呂天成曲品、王驥德曲律諸書。諸書或稱之爲陳隅陽，或稱禺陽，或稱玉陽，但從無稱玉陽仙史者，故王氏之說，未成定論。近年發現之顧曲齋古雜劇，有序文一篇，署名爲玉陽仙史，序後有印章二，其一爲王氏伯良，其一爲白雪齋；伯良爲驥德之號，明末曲學大家，人所共知，據此此序文及印章定玉陽仙史爲王驥德，自較定爲陳與郊更合事實。〔註86〕

但接著又道：

> 此書收劇標準頗爲雜亂，文字脫落訛誤，亦較明代其他刻本爲多，乃坊刻之不精者，故予嘗疑『玉陽仙史編』之說乃書賈託名，未必眞出驥德之手。〔註87〕

所以，截至目前爲止，《古名家雜劇》的編刊者問題，仍是眾說紛紜。

對於《熲川集》〈與王百朋义學書〉一义的疑義，孫楷第早有所聞，他的看法是：

> 與郊《熲川集》所收皆尺牘，其尺牘作於萬曆三十三年以後者十之八九。當獄興時，其子祖皋擬大辟，家產亦被抄掠。……而難中被虜，與群書並失。〔註88〕

故以爲「與郊二十餘年前所編《古名家雜劇》，因難中失之轉向王百朋借此書，其事毫不足異，此固不足爲《古名家雜劇》非陳與郊編之證也。」堅持《古名家雜劇》仍爲陳與郊所編的可能性較大。

另外，對於鄭騫說法，孫氏亦曾經懷疑目前所存《古名家雜劇》七十三種之中，包含楊愼、徐渭、汪道昆、程士廉、葉憲祖及周憲王等明代人作品，與「古名家」之名義不符，故而進一步考証，發現這些劇本均可能爲徐氏另外刊行的孤行本，以其間另有序跋爲証。故而認爲現存七十三種《古名家雜劇》之中，應刪除明人所作二十四種，所餘四十九種方爲陳與郊所選編的《古

〔註86〕 鄭騫《景午叢編》〈元明鈔刻本元人雜劇九種提要〉，台北：台灣中華書局，1972年，頁427。

〔註87〕 同前註。

〔註88〕 同註59，頁149。

名家雜劇》。〔註 89〕

　　至於楊家駱以《古雜劇》和《古名家雜劇》互校，發現二者同劇之文並無違異，又爲二者同爲王驥德所編之証一事，筆者則重校二本同名之十四個劇本，發現其中十三個劇本，內文差異委實不大，但在體例上卻不盡相同，如《古雜劇》置正目於前，而《古名家雜劇》則置題目正名於後，而楔子的劃分與標記也有部分差異，然而最可疑的還是《漢宮秋》一劇，兩者從第三折開始，文字差異轉趨於大，並非完全如楊氏所言之「並無違異」。故筆者以爲，如欲証成《古雜劇》與《古名家雜劇》同出一人手，目前仍缺乏有力証據。

　　所以，對於《古名家雜劇》的選編者，目前各家說法雖然皆有所據，但都缺乏決定性的例証，無法成爲定論，仍然有待後人繼續考辯。但如不論其編者問題，《古名家雜劇》劇本從何而來，是否可以得知？孫楷第曾經以陳與郊爲編者，認爲新安徐氏所刊之《古名家雜劇》，可能是陳與郊在京師爲官之時，代爲蒐集之劇，又考証陳與郊在京師爲官之時，與于愼行、劉承禧等人均有往來，不無向二家借書之可能。果眞如此，則《古名家雜劇》與內府本或于小穀本，亦當有所淵源。

　　雖然在編者未定的情況下，我們無法確定此論爲實，但可知的是，在目前可見的七十三種《古名家雜劇》中，除去未可確定是否應列其中的明人作品外，所餘的四十九個劇本之中，趙琦美曾以之與于小穀本校者有九種，與不知來歷鈔本校者有十二種，其校對結果，文字差異均不大。由此可見，《古名家雜劇》所出應與宮廷演出本甚近，其結論與孫氏所言或可相互呼應，《古名家雜劇》應與脈望館鈔校雜劇，同出一源。

五、《古雜劇》

　　有關於顧曲齋本《古雜劇》的編者問題，經常被拿來與《古名家雜劇》混爲一談，原因在於其刊本前所附序文，恰巧亦署名爲「玉陽仙史」。面對此一現象，目前學者有以下幾種不同的解讀：

　　1、只說明「玉陽仙史」爲陳與郊之號，認爲《古名家雜劇》的編者應是
　　　　陳與郊，未論及其與《古雜劇》編者之間的矛盾問題，如王國維《曲

〔註89〕針對《古名家雜劇》的編者問題，孫楷第先生考據甚詳，具有相當高的參考
　　　　價值。內容請詳見《也是園古今雜劇考》，同註 59，頁 118～149。

錄》、孫楷第《也是園古今雜劇考》。

2、認為「玉陽仙史」為王驥德之號，《古雜劇》與《古名家雜劇》同出於王驥德之手，如楊家駱〈全元雜劇初二編述例〉。

3、認為「玉陽仙史」為王驥德之號，《古名家雜劇》則為書坊假借玉陽仙史編刊，如鄭騫〈元明鈔刻本元人雜劇九種提要〉。

4、認為「玉陽仙史」應是陳與郊之號，《古雜劇》雖為王驥德所編，但序文則為陳與郊所作，如蔡毅《中國古典戲曲序跋彙編》。

一般學者則未對此一問題深入探究，直接以《古名家雜劇》為陳與郊所編、《古雜劇》為王驥德所編者為最多。

的確，如果僅以「玉陽仙史」之號為線索，這實在是一個難以深究的問題。陳與郊及王驥德二人之號為「玉陽仙史」，亦皆有跡可尋〔註90〕，所以如果沒有其它更明確的証據，任意將二種刊本歸為其中一人之作，或否定另外一人編刊的可能，均難獲認同；但如以蔡毅之說將《古雜劇》視為王驥德之作，而以陳與郊為序者，則不符合明人用印習慣，亦令人難以相信。故筆者於此試由它處入手，尋求其可能的蛛絲馬跡。

在《古雜劇》序文之「玉陽仙史」署名之後，除了「王氏伯良」與「白雪齋」二枚大印之外，尚可見「黃德新鐫」四個小字，可見《古雜劇》是交由鐫工黃德新所刻。據查黃德新乃徽州新安刻工，從祖先黃文炳唐貞元時移居虬川算起，是為黃氏第二十六代孫。黃氏家族從第二十代開始，以刻書發跡，逐漸發展為其家族世代相傳的重要基業，黃家的世代子孫，幾乎皆精於刻工，許多明清時代重要的書籍，皆出黃氏族人之手。王驥德《新校注古本西廂記》萬曆四十一年香雪居刊本，即為黃氏第二十六代孫黃應光所刻，由此推知，王驥德之書交由黃氏族人刊刻，實有其淵源。

據張國標〈簡論徽派畫黃氏家族等主要刻工〉〔註91〕一文之研究顯示，《古雜劇》的刻工除黃德新外，另有黃德修、一鳳、一彬、應秋等，亦均為黃氏族人，其中一鳳、一彬亦曾與應光共同刊刻《明珠記》一書，這便加強

〔註90〕「玉陽」為陳與郊之號為明人普遍所知，又因其素富仙道思想，加入「仙史」二字為其道號，亦是可獲認同的結論。而對於王驥德之號為「玉陽僊史」，亦曾見於《鈔本舶載書目》稱《題紅記》為「古越玉陽僊史編」。

〔註91〕以下所論可能為張國標由新安黃玄豹編，《家刻刊本》八冊中整理所得，但因目前無法得見此書，暫時由此文轉引。（見張國標〈簡論徽派畫黃氏家族等主要刻工〉一文，《東南文化》，1994 年第一期，頁 152～167。）

了《古雜劇》爲王驥德交由其刊刻的可能性。再加上其文註明《古雜劇》刻於萬曆四十七年，彼時陳與郊過世約有十年之久，若言此書爲其生前交付刊刻，實爲牽強。故此推斷，《古雜劇》一書的編者，應爲王驥德。

王驥德曾於《新校注古本西廂記》自序：「余家藏元人雜可數百種計。」〔註92〕《曲律》〈雜論第三十九下〉云：「金、元雜劇甚多，……余家舊藏，及見沈光祿、毛孝廉所，可二三百種。」〔註93〕可見其所見元雜劇甚多，雖無法得知其所見之版本爲何，但由於其編選《古雜劇》之時代稍後，彼時《改定元賢傳奇》、《元人雜劇選》、《古名家雜劇》等版本，皆已見世，不無收藏可能。且據其見臧懋循所編選《元曲選》百種後所道「句字多所竄易，稍失本來，即音調亦間有未協，不無遺憾。」〔註94〕之言可知，王驥德所見必爲未經臧懋循改編過的劇本，而且從他對臧懋循改編的態度也可得知，他對於失卻「本來」的作品，並不認同。故王驥德所選，極可能屬脈望館一系未經臧懋循改編的宮廷演出本。而相同的結論，從筆者比對其與《古名家雜劇》同名劇本十四種之中，亦可得見。

六、《陽春奏》

明萬曆己酉年（即萬曆三十七年，1609 年）黃正位刻。黃正位，名叔，別署尊生館主人，安徽新都人（新安古地名），其書坊亦名「尊生館」。其所刻元明雜劇選《陽春奏》共計三十九種，今僅存《陶學士醉寫風光好》、《西華山陳摶高臥》及《宋太祖龍虎風雲會》三種。

黃正位與黃應光、黃德新等人同爲徽州新安刻工黃氏族人，有極佳的鐫刻工藝。曾刻有《草玄》、《虞初》諸書，于若瀛稱其「懸之國門，組價爲高」〔註95〕。他還對戲曲有濃厚興趣，除元明雜劇選《陽春奏》三十九種外，亦刊有《琵琶記》一書。

在黃氏家族的刻工事業中，曾經刻過的戲曲著作無數，如除上文所述之《古雜劇》、《新校注古本西廂記》、《明珠記》、《琵琶記》外，《北西廂》、《玉簪記》、《荊釵記》、《大雅堂雜劇》、《四聲猿》、《義烈記》、《彩丹記》、《天書

〔註92〕 王驥德《新校注古本西廂記・自序》，明香雪居刊本清初影印本。
〔註93〕 王驥德《曲律》〈雜論第三十九下〉，收錄於《中國古典戲曲論著集成》四，北京：中國戲劇出版社，1959 年，頁 169。
〔註94〕 同前註，頁 170。
〔註95〕 于若瀛《陽春奏・序》，明萬曆己酉（37 年）黃氏尊生館刊本。

記》、《元曲選》、《牡丹亭》、《昆侖奴》、《南琵琶記》、李卓吾評本《玉合記》、《幽閨記》、《琵琶記》、《金印記》等著名作品，其所刻劇本經常配合細緻的板畫，成爲坊間喜愛的版本，使得黃氏刻工在戲曲刊刻上，漸富盛名。生長在這樣的家族中，能夠得見的劇本自然不少，也逐漸累積出能夠刻出整套元明雜劇選集的實力。

　　至於黃正位《陽春奏》究竟據何版本而刻，目前並無確切資料可以証明。但從《彙刻書目》所載劇目三十九種中，竟有三十四個劇目與《古名家雜劇》重複，僅有明人許潮作品三種、及明代無名氏作品二種不重複的情況可以推想，他採用當時坊間流行的版本（尤其是元代作品）重刻的可能性極大。又，比較其現存三種劇本之文字，亦與古名家等版本相近，就連異文也十分雷同，如《西華山陳摶高臥》一劇，現存《元刊雜劇三十種》、《改定元賢傳奇》、《元人雜劇選》、《古名家雜劇選》、《元曲選》及《陽春奏》等六個版本，其中《元刊雜劇三十種》、《改定元賢傳奇》、《元人雜劇選》、《元曲選》等四本，第四折首曲均註明【雙調新水令】，僅有《古名家雜劇》與《陽春奏》二本題爲【雙朵花辰令】，由此更可以見得，《陽春奏》與《古名家雜劇》之淵源十分相近，甚至可能有直接相承的關係，故將尊生館《陽春奏》暫時歸入宮廷演出之嫡系版本，應該不至於誤。

七、《元明雜劇》

　　《元明雜劇》，編刊時間不詳，原無其名，因其所收雜劇包含元明兩代作品，故有此稱，一般皆以「繼志齋」爲其編刊者。「繼志齋」是萬曆年間金陵書肆，坊主爲陳邦泰，字大來。其所刊戲曲，除《元明雜劇》四種外，另有傳奇《香囊記》、《義俠記》、《埋劍記》、《雙魚記》、《玉簪記》、《錦箋記》、《旗亭記》、《荊釵記》、《金印記》、《題紅記》、《琵琶記》、《投筆記》、《竊符記》、《紫釵記》、《玉合記》、《紅拂記》、《黃粱夢境記》、《紅葉記》、《玉合記》、《量江記》、《祝髮記》等數種流傳，可謂晚明時期刊刻戲曲文學的重要書坊之一。

　　至於所刻元明雜劇劇目，則目前學界說法不一。有人以其所刻雜劇今存四種爲馬致遠《薦福碑》、喬吉《金錢記》、賈仲明《金童玉女》、王九思《沽酒遊春》，如孫崇濤；有人以其所存者爲馬致遠《薦福碑》、白樸《梧桐雨》、喬吉《揚州夢》、賈仲明《金童玉女》，如吉川幸次郎、鄭騫；亦有人將兩者

分別爲現存之兩種不同《元明雜劇》版本,前者爲繼志齋本,後者爲闕名輯選,如吳敢;俞爲民則提出其所刻元明雜劇爲《新鐫半夜雷轟薦福碑》、《梧桐雨》、《金錢記》、《鐵柺李度金童玉女》、《杜子美沽酒遊春》五種,但未說明其存佚情況。

由於目前所見《元明雜劇》僅存四劇,且皆與其它坊本重複,向來不爲學界所重,故諸家所論並未深入辨析。究竟諸家所論《元明雜劇》是一種版本,抑是兩種版本?繼志齋所刻者是否即今所見之《元明雜劇》四種?由於現存之《元明雜劇》版本,已無序跋可資辨認,其版心亦未註明版本,欲追究其編刊者,顯得格外困難。現在可以見到的《元明雜劇》版本,是爲《古本戲曲叢刊》第四集所收之《半夜雷轟薦福碑》、《唐明皇秋夜梧桐雨》、《杜牧之詩酒揚州夢》、《鐵柺李度金童玉女》四種,註明由「大興傅氏藏明萬曆繼志齋刊本影印」,姑且以之爲據,待將來有新的資料出土,再加以分辨。

現存之繼志齋《元明雜劇》四種,數量雖不多,但其重要性卻不容忽略。此一版本內容較上述六類版本情況複雜,嚴格說來,它並不完全屬於宮廷演出本之嫡系。其所收四種劇本,經過比對,大致雖與上述版本相差無幾,但其所收《杜牧之詩酒揚州夢》一劇中的第一折文字,卻與諸本相去甚遠,幾乎可以視爲不同的改編本。故此處姑且將其《薦福碑》、《梧桐雨》、《金童玉女》三劇視爲宮廷演出體系之作,而《揚州夢》一劇,則留待下文一併探討。

以上七類版本,內容相去無多,其彼此之間,偶有文字錯訛之別,異體字之別,或某一版本缺漏一二字,甚或一整句,也有缺漏曲牌名者;在某些文字上,甲版本與乙版本相同,卻有別於丙版本,但在同樣的劇本中,可能接著是甲版本與丙版本相同,而別於乙版本……,這種種情況,皆時而有之,七類版本之間,實非完全一致。但這些版本,基本上皆以宮廷演出本爲「原作」,不以己意另作調整修改,其間存在的差異,僅在於版本間有印刻精粗之別,或各版主心目中錯誤的「訂正」而已,甚少有以己作勝於原作的改編意圖。整體而言,這七類版本,儼然一系,大大別於元刊本一系的原始作品,是明代爲適應宮廷演出而改編原作的第一階段作品。

第三節　過渡時期之選曲本與明代後期之文人改編本

孫楷第曾道:「明人選元曲之刻於萬曆中者,除元曲選外,皆同系。」

〔註96〕這個結論在上節的討論中，彷彿得到初步的証實。但明代的元雜劇劇本，是否在《元曲選》出現之前，果眞如此整齊，宛如一系？這一點還是值得懷疑的。

在明初所編演的劇本中，我們可以發現明代前期，除了宮廷，一般民間亦同樣搬演著雜劇，其劇目包括元雜劇與明初新編的北雜劇。而其演員則多由妓女樂戶兼任，戲班之組織，仍以一家一戶爲基本單位。如周憲王的《香囊怨》一劇，便是根據宣德年間河南樂籍中樂工劉鳴高之女事而編演，由此可見當時以娼兼優的風氣。這種情況在《桃源景》、《復落娼》、《小天香》、《悟眞如》、《煙花夢》等劇中，亦皆可見。故知明代前期，民間搬演元雜劇的風氣仍盛，而其所用劇本是否皆爲宮廷系統的版本，則不可不慮。

在上一節的討論中，曾經遺留下兩條重要的線索：一是脈望館所收「內世合一本」《馬丹陽三度任風子》、《閥閱舞射柳蕤丸記》，一是繼志齋所鑴《杜牧之詩酒揚州夢》。其中關於脈望館「內世合一本」，孫楷第曾經推論：

> 按任風子有元曲選本，琦美校此劇，在萬曆四十三年正月，《元曲選》第一序作於四十三年二月，是琦美校此劇時，不得見《元曲選》，其所稱世本斷非《元曲選》本，考彙刻書目載任風子有古名家雜劇本，古名家雜劇，琦美藏有其書。今所見也是園古名家雜劇中有古名家雜劇五十三種，其書不全，似尚非琦美收藏之舊。則琦美此劇跋所稱世本，殆指古名家雜劇本無疑。〔註97〕

由於古名家本《任風子》今已不存，故我們無從考証孫氏之推論確否。

但從上一節的種種觀察可知，趙琦美在校對鈔本與刊本時，通常兩者差異不大，故皆以刊本爲底本，在文字上直接塗改校正；另有別錄一冊者，如《九世同居》、《趙禮讓肥》等劇，亦非爲其文字上有大差異而別錄之（詳述於第二節第三《元人雜劇選》）。所以，「內世合一」的作法，在趙琦美一系列的校鈔動作中，實可謂不尋常。故而推想，或許趙氏所謂「世本」，與宮廷演出體系的劇本，在內容上有相當程度的差別，屬另外一個體系的改編本，而不必然爲孫楷第判斷之「古名家本」。因爲，根據目前所能見到的古名家劇本，與內府等宮廷版本大致上沒有很大的差別，而另一個「內世合一」的劇本——《蕤丸記》，甚至未見於其同一體系的其它刊本中，所以，趙琦

〔註96〕同註59，頁 151。
〔註97〕同註59，頁 155。

美所謂「世本」，不一定要在現存劇目中找尋，它也有可能是一種至今未見
的版本。

　　果眞如此，是否說明在《元曲選》出現以前，明代便曾有過與宮廷演出
本不同體系的改編作品？這個想法，或許在觀察繼志齋本《杜牧之詩酒揚州
夢》一劇之後，可以得到進一步的証實。筆者曾將繼志齋《揚州夢》一劇，
校之於今存之《古名家雜劇》與《改定元賢傳奇》二種，發現劇中第一折文
字，與其它兩個版本差異頗大，顯然出自另一個系統。其於眉批上註明「此
一折爲楊升菴重訂」〔註 98〕，可見，繼志齋所錄之《揚州夢》第一折，是經
過明初大儒楊愼改編的作品，至於他是根據何種版本重訂？是元刊本或明初
宮廷演出本？則仍有待探討。但此一現象至少說明，明代前期除了宮廷系統
之外，確實存有不同系統的改編本。

　　只是一般所流傳的改編本，並不如宮中經過專人負責整理，保存較爲完
整，這些版本現在多半已渺茫難尋，而其實際劇目，亦難以掌握。它們或許
來自不同的改編者，所改編者亦不必然爲全本，而只是針對當時採唱北劇的
風氣，作單折或單套的修改，所以其間不必然有所關連，如果硬是將之稱作
一系，恐怕不免牽強。但它們是確實存在過的，而且對往後的元雜劇劇本，
發生了不小的影響，以下我們便從《盛世新聲》、《詞林摘豔》、《雍熙樂府》
等過渡時期的選曲本，與《元曲選》、《古今名劇合選》兩個文人改編本所受
到的影響，探求其遺留的痕跡。

一、過渡時期之選曲本

　　這種摘取單一劇套曲文的刊本，究竟出版的目的爲何？顯然，這種不錄
賓白、科介、腳色等指示的文本，很難做爲佐助演劇之用。所以考量當時的
社會狀況，最可能的情形是：做爲伶人廳堂表演的底本，或文人雅士清唱賞
曲之用。

　　明代中期以後，元雜劇由於體制僵化，再加上「古調既不諧於俗耳，南
人又不知北音」〔註 99〕，逐漸爲傳奇所取代，慢慢的退出了歷史的舞台。何
良俊曾道：

〔註98〕同註 21，《全元雜劇》二編四，《杜牧之詩酒揚州夢》，頁 2。
〔註99〕何良俊著《曲論》，收錄於《中國古典戲曲論著集成》四，北京：中國戲劇出
　　　　版社，1959 年，頁 6。

近日多尚海鹽南曲，士夫稟心房之精，從婉變之習者，風靡如一。
甚者，北土亦移而耽之。更數世後，北曲亦失傳矣。〔註100〕

余家小鬟記五十餘曲，而散套不過四五段，其餘皆金、元人雜劇詞
也，南京教坊人所不能知。老頓言：「頓仁在正德爺爺時隨駕至北
京，在教坊學得，懷之五十年。供筵所唱，皆是時曲，此時辭並無
人問及。不意垂死，遇一知音。」是雖曲藝然可不謂之一遭遇哉！
〔註101〕

沈寵綏亦云：

然世換聲移，作者漸寡，歌者寥寥，風聲所變，化北爲南，……而
北氣總已消亡矣。〔註102〕

這些記錄皆可看出，明中後期的劇壇，幾乎爲南傳奇的天下，已經很難看到
元雜劇的演出，就連北曲也漸成廣陵散了。

這種情勢引來了不少熱愛北曲者的感嘆與追憶，如「祝枝山，博雅君子
也，猶嘆四十年來接賓友，鮮及古律者。何元朗亦憂虞數世後，北曲必且失
傳，而音隨澤新，可慨也夫！」〔註103〕故何良俊請頓仁晚年來家教習北曲，
以保留北雜劇的演唱特點，並研究北曲音律，以保存重要的文化遺產。北曲
也因爲這些曲家的搶救，終於在有明一代，還能保留其歌唱的價值。

便因爲有這些人的不捨，在元雜劇演出沒落後，從元雜劇中摘曲或摘套
演唱，成爲明人保存、回味此一文化遺產的另一種方式。如《金瓶梅詞話》
中所描寫的諸多演唱絃索的情況，可知明代中後期，雖然伴奏樂器已經不同，
腔調也有了變化，但聆賞絃索伴奏摘套演唱元雜劇，依然是民間廳堂上的娛
樂活動之一。

只是這種摘套演唱，亦非尋常可見，許多好聽的段子，逐漸失傳，如何
良俊《曲論》所記載：

今教坊所唱，率多時曲。此等雜劇古詞，皆不傳習，三本中獨《倩梅
香》頭一折【點絳唇】，尚有人會唱，至第二折「驚飛幽鳥」，與《倩

〔註100〕 同前註。
〔註101〕 同註99，頁9。
〔註102〕 沈寵綏著《度曲須知》，收錄於《中國古典戲曲論著集成》五，北京：中國戲
　　　　 劇出版社，1959年，頁198。
〔註103〕 同前註。

女離魂》內「人去陽台」，《王粲登樓》內「塵滿狂衣」，人久不聞，
不知弦索中有此曲矣。〔註104〕

而《詞謔》、《盛世新聲》、《詞林摘豔》、《雍熙樂府》等曲選，便出現在此一
時期，這些選本，很可能即是明中葉一些愛曲之人，根據時人喜愛聆賞的曲
套，廣搜博採，集結而成，以便歌者或聽眾。而這些曲本，則在北曲音樂逐
漸消失之後，為後世遺留下一些時人唱曲的痕跡。

　　《詞謔》一書，已於上文中，略作介紹，由於其編者身分的特殊，故其
選本的部分內容，相對趨近於早期的文本，可視作元雜劇的近真本，與《盛
世新聲》、《詞林摘豔》、《雍熙樂府》三者實有所區別。所以此處暫且僅以《盛
世新聲》、《詞林摘豔》、《雍熙樂府》三部曲選作討論，以下便依其出版時間，
順序說明之。

（一）《盛世新聲》及《詞林摘豔》

　　《盛世新聲》，作於明正德十二年（1517）前後，其編者不詳，據劉楫
《詞林摘豔‧序》言道：

　　　　頃年梨園中搜輯，自元以及我朝，凡辭人騷客所作，長篇短章，並

　　　　傳奇中奇特者，宮分調析，萃為一書，名曰《盛世新聲》。〔註105〕

故其編者可能為梨園中人，抑或是愛好曲文之人，選自明代「演、唱」雜劇
過程中，經過伶人修改實踐的作品。

　　《盛世新聲》的編者亦曾自序其作是編原因：

　　　　予嘗留意詞曲，間有文鄙句俗，甚傷風雅，使人厭觀而惡聽。予於

　　　　暇日逐一檢閱，刪繁去冗，存其膾炙人口者四百餘章，小令五百餘

　　　　闋，題曰《盛世新聲》，命工鋟梓，以廣其傳。庶使人歌而善反和之

　　　　際，無聲律之病焉。〔註106〕

可見這部作品，乃編者於實際觀聽眾多曲目後，刪繁去冗而得，而其選曲標
準，應為「文詞佳、曲律合」者，是一部經過舞台考驗作品之薈萃。

　　另有《詞林摘豔》一書，編者張祿，刊於嘉靖乙酉年間（1525），因其慮
及《盛世新聲》之作乃「貪收之廣者，或不能擇其精粗，欲成之速者，或不

〔註104〕同註99。

〔註105〕劉楫《詞林摘豔‧序》，據明嘉靖乙酉年刊本影印，收錄於《續修四庫全書》
　　　　1740 冊，上海：上海古籍出版社，2002 年。

〔註106〕《盛世新聲‧引》，北京：文學古籍刊行社，1955 年，據明正德十二年刊本
　　　　影印。

暇考其訛舛，見之者往往病焉。」〔註107〕故而「去其失格，增其未備，訛者正之，勝者補之」〔註108〕，編成此書，其名曰《詞林摘豔》，取其「不減於前謂之林，少加於後謂之豔」〔註109〕之意。此書編纂方式較之《盛世新聲》已有所改進，一些《盛世新聲》中未注明作者姓名、劇目及折次的曲套，張祿多半加以補注，儘管補注得不十分完整，但卻也為我們留下不少重要資料，許多現今不傳的元雜劇，依賴著這批曲文及張祿的補注資料，使我們仍能略見一斑。

由上可知，《盛世新聲》與《詞林摘豔》二者有其著相承相續的關係。且經過二者所收曲文之比對，發現除了增加選錄曲目及補注作者、劇目、折數資料外，真正改動文字者並不多，二者內容相去不遠，其來源應該可以視為一處。由於《盛世新聲》未註編者，使我們無從考察其真正的出處，而查《詞林摘豔》編者張祿，則於嘉靖年間曾任御史一職。在孫楷第《也是園古今雜劇考》一書中，雖未見其詳考《盛世新聲》編者出處，但卻有：「今所見新安徐氏刊《古名家雜劇》息機子刊《元人雜劇選》以及《盛世新聲》《雍熙樂府》等書，皆自明內府本出。」〔註110〕之語，不知所據為何。但若以張祿的身分而言，應有接觸內府圖書的機會，不排除孫氏之說的可能性。

故而進一步將此二選本之曲文與宮廷演出系統的版本相比對，發現其間差異已轉趨於大，已不如上節諸本之整齊，雖然在元刊本與明宮廷演出本中，此二選本文字仍然近於後者，但從其異文之中仍隱然可見，其間已經受到其它版本的影響，或因其不同的刊刻用途而有所改編，慢慢脫離宮廷演出本的範圍了。這個現象在《雍熙樂府》中，將更加明顯的反應出來。

（二）《雍熙樂府》

王國維曾考察《雍熙樂府》一書編者曰：

> 《雍熙樂府》提要云：舊本題海西廣氏編。余所見嘉靖庚子、丙寅
> 二本，均無編者姓名。《曹棟亭書目》則云：蒼崑郭□輯，而失其名。
> 今閱日本毛利侯《草月樓書目》，始知為郭勛所輯也。勛，明武定侯
> 郭英曾孫，正德初嗣侯，嘉靖中以議大禮，功進翊國公，加太師。

〔註107〕同註105，張祿《詞林摘豔・自序》。
〔註108〕同註105。
〔註109〕同註106。
〔註110〕同註59，頁153。

後坐罪下獄死。史稱其桀黠有智數，頗涉書史，則此書必勖所輯也。
〔註111〕

故《雍熙樂府》編者爲郭勛，向來皆爲學術界的共識。

孫楷第《也是園古今雜劇》中則進一步推論：

《雍熙樂府》，據宋懋澄《九籥別集》卷三，謂是世宗時武定侯郭勛
所進。勛嘉靖初掌五軍營，爲世宗所嬖，其編此書，所據必是內本。
〔註112〕

他以郭勛的身分，及其得世宗寵幸的情況推論，其所編《雍熙樂府》一書，
所根據者必爲內府本藏書。此一推論有其可信的一面，但若言：「其書摘選元
明舊曲，本供清唱之用，故所錄有詞無白。其詞亦多節省，不盡存原文。然
即其所錄者考之，其文與新安徐氏本息機子本實大同小異。」〔註113〕則爲言
過其實。因爲如果將《雍熙樂府》所選錄元雜劇之曲文與《古名家雜劇》或
《元人雜劇選》等刊本加以比對，便可發現其間文字雖有雷同，但亦存在著
不小的差異，與上述所論諸本，面貌已是兩般。故孫氏所言，應該是其個人
想當然耳之推論結果，而非經過完全而確實的求証過程所得。

由於《雍熙樂府》一書中，並未註明其所選套曲之作者、劇目及折次，
令人不免感到遺憾。所幸近代學者隋樹森窮其畢生之力，作成《雍熙樂府曲
文作者考》一書，其中曾考証出五百三十八個套曲，及九百零七首小令的作
者或出處，帶給後來研究者極大的方便。但其中仍有五百八十三個套曲，及
九百九十首小令，作者出處仍無法考証，佔全書總數的一半以上。雖然如此，
在來歷可考的作品中，仍可析出三組套曲以資對照：一是《雍熙樂府》與《盛
世新聲》、《詞林摘豔》相同的套曲；一是《雍熙樂府》與「元刊本」並「宮
廷演出體系版本」重複的套曲；另一是《雍熙樂府》與「宮廷演出體系版本」
並臧懋循《元曲選》重複的套曲。筆者曾針對此三組版本之曲文進行比對，
發現《雍熙樂府》與《盛世新聲》、《詞林摘豔》之間文字的差異，雖不如後
二者之整齊，但差異僅在零星的文字上，鮮少有整句或整段的落差，偶有缺
漏一二支曲子，亦屬選曲本的正常現象，《雍熙樂府》應是《盛世新聲》、《詞
林摘豔》的增改本，三者之間體系仍然十分相近。

〔註111〕王國維著，《王國維戲曲論文集》〈錄曲餘談〉，台北：里仁書局，1993 年，
　　　　頁 316。
〔註112〕同註 59，頁 151。
〔註113〕同前註。

　　但若以《雍熙樂府》比之於元刊本及宮廷演出體系的版本，則發現《雍熙樂府》中的曲文，時而接近元刊本，時而接近宮廷演出本，有時則在二者之間，但亦有超出二本之外者。這個現象說明了兩種可能：一是《雍熙樂府》乃根據元刊本與宮廷演出本校訂，並時出己意而修改之；一是《雍熙樂府》乃選錄當時某種版本的曲文，或直接根據其曲文加以修訂，而其所依據版本則曾在元刊本與宮廷演出本的基礎上，進行某種程度的改編。其中以後者的可能性為大，因為《雍熙樂府》曾選錄喬夢符《杜牧之詩酒揚州夢》第一折仙呂宮之套曲，而比較其文字與古名家諸本歧異之處，居然與繼志齋本宣稱經過楊升菴改訂的曲文極為相似，這就使我們不禁要懷疑，《雍熙樂府》所選錄的曲文，其實來自於根據元刊本與宮廷演出本改編的另一種版本，而這個現象可能早在《盛世新聲》一書編輯時，便已發生。

　　最後，將《元曲選》與宮廷演出本並《雍熙樂府》作比較，發現在文字上，《元曲選》之曲文多半在二者之間，亦偶有超出二本之外者。而在曲牌上，時有宮廷演出本無，而《元曲選》多出者，這些曲牌以往皆被誤認為乃臧懋循妄自增作者，但比對之下，卻在《雍熙樂府》中赫然發現它們的身影。可見臧懋循的《元曲選》，乃根據此二體系的版本，加以校訂改編，其真正妄自增刪者，實不如以往研究者所言之多。

　　由以上的討論可知，《盛世新聲》、《詞林摘豔》及《雍熙樂府》三種選曲本，乃元雜劇明代宮廷演出本到臧懋循《元曲選》之間的重要過渡階段，或許選編者本身曾經同時見到元刊本與宮廷演出本而以之校訂改編，也或許他們是選錄或修訂當時曾經根據元刊本及宮廷演出本而改編的元雜劇曲套。不論答案屬於何者，這都說明了明代在宮廷演出本及《元曲選》之間，曾經出現過其它不同體系的元雜劇曲套。比對《盛世新聲》、《詞林摘豔》及《雍熙樂府》之曲文，使我們得以釐清不少長期以來學術界對元雜劇改編的模糊印象，此三種選曲本，實乃元雜劇改編版本的重要過渡階段，忽視它們，便不免對《元曲選》之改編充滿誤解，使得明代元雜劇的改編現象，無法得到正確的解讀。

二、文人改編本

　　中國文學如以創作者劃分，大致可以分為貴族、文人與民間等三類。貴族文學經常高不可攀，不見得每一類文學皆有機會進入貴族的世界，此處暫

且不論。但幾乎所有能成為中國主流文學者，大都經歷了民間與文人兩個階段。中國文學的萌芽經常是起於民間，作者大都為不知名者，有時是一種集體創作，作品往往只是呼應生活，並不刻意表彰個人。那是文學最為活躍的一個階段，無所拘束的創作環境與心態，使民間文學的發展，蘊含著無限的生命力，漸漸受到文人階層的重視，成為文壇上的主流。這種文學發展的模式，在中國文學史上，不計其數。如果我們把元雜劇的改編也視為一種特殊的文學類型，那麼其發展則亦有類於此。

剛開始，改編元代雜劇，只是明代藝人們因應演出環境的改變，作出必要的修改，其心態上認為沒有什麼大不了，也不刻意表彰自己的改編成就，一切都是為了適應舞台與演出環境的需要，所以改編者，多不留下姓名，它是一種集體創作，是演員和觀眾相互呼應下產生的作品。慢慢的，文人逐步介入改編的行列，於是元雜劇作品的改編，漸漸有與原作一較高下，或藉此體現個人戲劇觀的意味，期望留下一部較原作完美的作品，成為文人改編元雜劇的主要動機之一。

當然，改編的動機，並不僅僅來自於單純的文學發展歷程，同時，它也根源於明代劇壇的文人化風氣與出版業的興盛。明代劇壇的文人化風氣，除了造就「明清文人傳奇」的產生外，也影響著晚明人看待元雜劇的角度，那種純樸無華的文字風格，多多少少難合於明代文人的欣賞習慣，適當的修改，對當時而言，是絕對必要的。而刻書業興盛所帶來的競爭，也壓迫著各出版業者，除了印製精美外，努力求新求變、突顯特色，成為出版者謀求生存的致勝之道。於是各種版本之間，除了刻字、排版、插畫的區別外，又多了一種內容變化上的要求。

在這種時代氛圍下，產生了兩種不同以往的元雜劇改編本，一是臧懋循的《元曲選》，一是孟稱舜的《古今名劇合選》。在現今可見的明代選本元雜劇中，這兩個改本可說是真正有意識，且不諱言改作的「文人改編本」。孫楷第曾云：

> 明抄明刊雖不盡依原本，而去原本尚不甚遠；大抵曲有節省，字有竄易，而不至大改原文：皆刪潤本也。至臧懋循編《元曲選》，孟稱舜編《柳枝集》《酹江集》，皆以是正文字為主，於原文無所愛惜：其書乃重訂本也。凡刪潤之本，校以元刊本，大抵存原文十之七八。懋循重訂本，校以元刊本，其所存原文不過十之五六或十之四五。

〔註114〕

說明此二版本顯然有別於宮廷體系。以下便就其版本的來歷及屬性，作一初
步的探討。

（一）《元曲選》

《元曲選》編者臧懋循，他是一個地地道道的文人加出版業者。他的《元
曲選》共選雜劇百種，分兩次出版，大約在明萬曆四十三及四十四（1615～
1616）兩年之間，他曾自道：

> 刻元劇擬百種，而尚缺其半，蒐輯殊不易，乃先以五十種行之。且
> 空囊無以償梓人，姑藉此少資緩急，茲遣奴子費售都門。亦先以一
> 部呈覽，不佞吹噓交遊間，便不減伯樂之顧，可作買紙計矣。〔註115〕

其出版以求利的商業目的，十分明顯。而其必求百種之數的作法，亦可見其
包裝以求售的商業手段。故其間不免遭受批評，王驥德便曾道：

> 其百種之中，諸上乘從來膾炙人口者，已備十七八；第期於滿百，
> 頗參中駟，不免魚目、夜光之混。〔註116〕

言其百種之選，並非皆爲上乘，其中不免有魚目混珠者。

臧選元雜劇百種，實爲明代眾多元雜劇選本的出版者中，爲數最多者。
據上節所論諸本，李開先《改定元賢傳奇》共選十六種、息機子《元人雜劇
選》共選三十種、陳與郊《古名家雜劇》共六十種（實際應爲四十九種）、顧
曲齋《古雜劇》共二十種、繼志齋《元明雜劇》共四種，另有不知去向的童
雲野刻雜劇二十種。故知臧懋循《元曲選》百種之數，是爲諸本之冠，委實
得之不易。

至於百種之數，究竟從何而來，晉叔本人曾道：

> 予家藏雜劇多祕本，頃過黃從劉延伯借得二百五十種，云錄之御戲
> 監，與今坊本不同，因爲校訂，摘其佳者若干，以甲乙釐成十集，
> 藏之名山。〔註117〕

又云：

> 僕壬子冬攜幼孫就婚汝南，歸途出麻城，從劉延伯錦衣家借得元人

〔註114〕同註59，頁153。
〔註115〕同註58，頁85。
〔註116〕同註93，頁170。
〔註117〕同註58，卷三〈元曲選序〉，頁55。

雜劇二百種。〔註 118〕

還從麻城，於錦衣劉延伯家得抄本雜劇三百餘種，世所稱元人詞盡是矣。其去取出湯義仍手，然止二十餘種稍佳，餘甚鄙俚不足觀，反不如坊間諸刻，皆其最工者也。〔註 119〕

其言由劉延伯處所得之劇本，頃而二百五十種，頃而二百種，頃而三百餘種，實不知確切數目爲何。但他《元曲選》之選錄，與劉延伯的數百種收藏密切相關，則溢於言表。另外，臧懋循又提及這些劇本「與今坊本不同」、「反不如坊間諸刻」等語，可知他所見到的劇本，除了劉延伯的二三百種收藏外，還有其它未說明來歷的坊間版本。

關於劉延伯所藏數百種雜劇，來源爲何，孫楷第《也是園古今雜劇考》中，曾有詳細的考述。他考察「延伯」乃劉承禧字，劉承禧是黃州麻城人，明萬曆八年庚辰武進士，官錦衣衛指揮，即太保劉天和曾孫，其家自明正統初至萬曆中，七世科甲，文武濟濟，亦因此與錦衣衛關係至深。錦衣衛宿衛緝捕刑獄之事，日侍宮掖，號爲近臣，與宮廷內府往來之密切，可想而知。而臧懋循曾言其由劉延伯處所借得之雜劇，乃「錄之御戲監」。經孫氏推論，「御戲監」應爲內府二十四衙門中「鐘鼓司」之俗稱，而鐘鼓司則爲當時負責宮廷演劇的主要官署，故鐘鼓司所藏曲本可稱爲內本。〔註 120〕果眞如此，其來源與趙琦美所見內府本則屬一處，也可以說宮廷演出體系的劇本，亦是臧懋循選錄元雜劇的來源之一。

另外，孫楷第又道：

至臧懋循《元曲選》，本自內本出。而懋循，師心自用，改訂太多，故其書在明人所選元曲中自爲一系。凡懋循所訂與他一本不合者，校以其他諸本，皆不合。凡他一本所作與懋循本不合者，校以其他諸本，皆大致相合。故知明人選元曲之刻於萬曆中者，除元曲選外，皆同系。然懋循選元曲，謂其出於內本而不依內本也可，謂其不出於內本則不可。〔註 121〕

孫氏所言，乃將臧選元雜劇比對於其所見之版本，如內府本、于小穀本、息

〔註 118〕同註 58，卷四〈復李孟超書〉，頁 83。
〔註 119〕同註 58，卷四〈寄謝在杭書〉，頁 91。
〔註 120〕同註 59，頁 97。
〔註 121〕同註 59，頁 151

機子本、古名家本等，所得到的初步結論。而根據筆者上節之考述，孫氏所據之數種版本，原本即屬一系，故臧懋循《元曲選》若與其中一本異，當然也會不同於其它數本。但若從脈望館「內世合一本」《任風子》、《蕤丸記》和繼志齋《杜牧之詩酒揚州夢》諸劇，及《盛世新聲》、《詞林摘豔》、《雍熙樂府》等選曲本的來源及內容加以比對，則便有不同的發現，臧懋循的《元曲選》，實介於二者之間，真正出於己意修改者，並不如想像之多。可見，有明一代除了宮廷演出體系的劇本外，其實仍存在著不同體系的元雜劇版本。而臧氏《元曲選》與這些版本有無關係，則值得進一步探討。

臧懋循曾自道其借之於劉延伯處的二三百種雜劇「與今坊本不同」、「反不如坊間諸刻」，可見除了宮廷演出體系的版本之外，臧氏還曾經見到與之不同的「坊本」，而且由其所謂「坊間諸刻」之語可知，他所見到的「坊本」其實不止一種。據上節之討論可知，在晉叔《元曲選》出版之前，坊間至少已有李開先《改定元賢傳奇》、陳與郊《古名家雜劇》及息機子《元人雜劇選》等三種刻本傳世，臧懋循想要看到這些版本，應該不是什麼困難之事，故而推論，以上諸種，可能皆在臧氏所謂「坊間諸刻」之列。

但從臧懋循所謂「從劉延伯借得二百五十種，云錄之御戲監，與今坊本不同，因為校訂。」與「止二十餘種稍佳，餘甚鄙俚不足觀，反不如坊間諸刻，皆其最工者也。」之語推敲，其意可能有二：一方面可能是臧懋循見到了其它與宮廷演出體系不同的版本，而這些版本的文字，與劉延伯的抄本相較之下，顯得精良雅緻，故以之校訂；另一方面則是認為當時坊間諸刻所選劇目雖然不多，但卻皆為最好的劇本，並不像劉延伯之內府抄本，數量雖多，而其中實多濫竽之類。如果晉叔之意僅屬後者，那麼以上三種版本，或可滿足於「坊間諸刻」的含義；但如果其所言包含二者或者僅為前者，那麼上述三種版本，因其與劉延伯所藏抄本同屬宮廷體系，文字差異不大，則似乎並不吻合晉叔之意。故而懷疑，除了上述版本外，《元曲選》所據之本，是否還有其它來源？

徐朔方曾作《元曲選家臧懋循》一書，文中他反駁孫楷第以《元曲選》之所以異於諸本，是因為臧懋循「師心自用，改訂太多」的說法。他認為孫氏只見到問題的一面，而「他沒有看到的另一面是，這恰恰表明其它明刻本的編選者都沒有臧懋循那樣搜羅之勤，收藏之富，他們只有輾轉承襲的若干

本子以作底本和校勘之用。」〔註122〕在他比較過《元曲選》與其它諸本的異同之後，推論：

> 另有一類異文，《元曲選》明顯地比其它選本好。與其說是出於臧懋循的改訂，不如說是他在當時通行本之外，訪求到少見的更好或更忠于原作的別本所致。〔註123〕

堅持以爲《元曲選》之異於諸本，是因爲臧懋循勤於搜羅劇本，所以他所選用的版本，較其它「只有輾轉承襲的若干本子以作底本和校勘之用」的版本，都還來得好。雖然徐氏此文始終未指出臧懋循所「忠」的更好「原作」爲何，只是約略推測其存在的可能性，但亦足以提醒我們臧懋循《元曲選》之所以迥異於它本的另一種可能性。

經過前文的探討，証實了在明代前期的劇壇上，除了宮廷體系的元雜劇外，確實存在著其它不同體系的劇本。這些劇本的來歷雖然不如宮廷演出本之勢力龐大，但在坊間也出現不容小覷的影響力，它們時而影響著趙琦美的脈望館鈔本，時而影響著繼志齋的《元明雜劇》刻本，時而影響著《盛世新聲》、《詞林摘豔》、《雍熙樂府》等嘉靖年間的諸多選曲本，其影響力之大，已使人無法忽略它們的存在。同樣生長在明代中後期，且同時具備曲家及出版家身分的臧懋循，能夠對這股影響力，完全視而不見，忽略它們的存在嗎？就舞台已逝，演唱獨興的元曲而言，臧懋循能只見演出本，而毫不留意於這些選唱本嗎？

故而進一步比對臧懋循《元曲選》與宮廷體系版本，及《盛世新聲》、《詞林摘豔》、《雍熙樂府》等選曲本之後，發現臧選劇本的文字，確實介於二者之間，而《元曲選》劇本中的曲目，有時較宮廷體系多，有時較選曲本多，但其所增出之曲，部分是來自另一個體系，未可全斷爲臧懋循「妄自增作」的曲目。這個發現，正輝映了徐朔方所謂：「與其說是出於臧懋循的改訂，不如說是他在當時通行本之外，訪求到少見的更好或更忠于原作的別本所致。」等語，也相當程度的提醒我們，不能簡單的將臧懋循視爲一個盲刪瞎改的「孟浪漢」，他的《元曲選》其實包含了更複雜的改編情況。

但這並不是說所有對臧懋循改編元雜劇的評語，皆爲無的放矢的胡亂編派。王驥德曾評臧氏之《元曲選》：

〔註122〕徐朔方著，《元曲選家臧懋循》，北京：中國戲劇出版社，1985年，頁23。
〔註123〕同前註，頁32。

句字多所竄易，稍失本來，即音調亦間有未協，不無遺憾。〔註124〕

凌濛初亦道：

> 吾湖臧晉叔，……晚年校刻元劇，補缺正訛之功，故自不少，而時
> 出己見，改易處亦未免露出本相，識有餘而才限之也。〔註125〕

孟稱舜亦多次在其《古今名劇合選》的眉批道：

> 吳興本多所改竄。〔註126〕

此三人皆與晉叔的時代相連甚至相重，晉叔所見的劇本，三人亦未必不見，其所言必然具有相當的可信度。再加上晉叔本人也不諱言道：

> 比來衰懶日甚，戲取諸雜劇為刪抹繁蕪，其不合作者，即以己意改
> 之。〔註127〕

故其曾經以己意改作元雜劇，是為不爭的事實，而其又曰：

> 若曰妄加筆削，自附元人功臣，則吾豈敢！〔註128〕

其改編欲使元雜劇更臻完美的心態，在此表露無遺。

　　這就解釋了為何將《元曲選》比對於宮廷演出體系及《雍熙樂府》等選唱本時，其文字除了各有所偏之外，也常常超出於二者，而顯現其自身獨有的風格。臧懋循的《元曲選》，實可視為其在綜合各家的文字特點後，而又別具新意的另一階段改編本。

（二）《古今名劇合選》

　　《古今名劇合選》為《柳枝集》與《酹江集》二雜劇選之合稱，在現存所有明代的元雜劇選本中，其選編刊行是為最晚。其《古今名劇合選・序》文末署曰「崇禎癸酉夏會稽孟稱舜題」，可見此書乃為孟稱舜所編，刊於崇禎六年（1633）年前後。

　　孟稱舜出生於明神宗萬曆二十七年（1599），生年之晚雖然可能使他失去了閱讀元雜劇原典的機會，但卻也提供了他為明代的元雜劇版本作最後總結的機會。孟稱舜本人非但為戲劇批評家，亦是戲劇的創作者，他在批點《古

〔註124〕同註93，頁170。
〔註125〕凌濛初《譚曲雜箚》，收錄於《中國古典戲曲論著集成》四，北京：中國戲劇
　　　　出版社，1959年，頁260。
〔註126〕見孟稱舜《古今名劇合選》，收錄於《續修四庫全書》1763、1764冊，上海：
　　　　上海古籍出版社，2002年。
〔註127〕同註58，卷四〈寄謝在杭書〉，頁92。
〔註128〕同註58，卷三〈元曲選序〉，頁55。

今名劇合選》以前，便已有《殘唐再創》、《桃花人面》、《死里逃生》及《眼兒媚》等雜劇傳世，後又有《嬌紅記》、《二胥記》、《貞文記》等傳奇的創作，實堪稱一多產的作家。以他的創作才華與經驗，其所選編批點之元雜劇，必然飽含不凡之見解與可貴的資料。

由於孟稱舜本身對戲劇的熱愛，故而結交了不少興趣相投的朋友，如祁彪佳、卓人月、袁于令、陳洪綬等，這些交遊使其接觸戲劇的平台，從點擴充到面，我們雖無法找到他本人接觸內府本元雜劇的直接証據，但以其所生存的時代，及其交遊之廣闊，在當時已有不少元雜劇選本問世的情況下，〔註129〕其為個人雜劇選本取材應當不乏來源。所以不論其個人是否見到趙琦美的《脈望館古今雜劇》或內府演出本，在足夠的存目對照下，他都可以清楚的辨認臧懋循之《元曲選》已屬後來改本，而對其作出評價。只可惜他出生的太晚，當時的元刊本雜劇，已成為收藏家密寶，得之不易，所以不能以之對照明代版本，進一步對明代前期的改本作出批評，而只能誤以宮廷演出體系版本為元雜劇的「原本」與「舊本」了。

孫楷第曾云：

> 孟稱舜《柳枝集》《酹江集》，書出在臧懋循本之後，故其書多依懋循本。然據其眉評所稱原本作某某句或某某字，稱舜或從或不從者；以新安徐氏刊本顧曲齋本核之，文皆一一相合。知稱舜所據原本，非新安徐氏本即顧曲齋本。然則稱舜此書兼採懋循本、新安徐氏本、或顧曲齋本。〔註130〕

其所言大致可信，但筆者認為孟稱舜所採版本應該不僅限於「懋循本、新安徐氏本、或顧曲齋本」三種，對於當時已出版的《改定元賢傳奇》、《元人雜劇選》、《元明雜劇》等刊本，及《盛世新聲》、《詞林摘豔》、《雍熙樂府》等選曲本，也不能加以排除。

在孟稱舜《古今名劇合選》的五十六個劇本中，除了明人作品外，其與《元曲選》重複的作品共計三十六種，而其中至少有二十二種劇本，五十五條眉批，曾經提及「吳興本」（或「今本」）與「原本」（或「舊本」）的不同。當中除了《張生煮海》、《任風子》、《李逵負荊》、《老生兒》等四劇缺乏宮廷

〔註129〕如《改定元賢傳奇》、《古名家雜劇》、《元人雜劇選》、《元明雜劇》、《古雜劇》
　　　　及《元曲選》等，甚至連許多明初所作的雜劇選本，亦已刊行。

〔註130〕同註59，頁152。

演出體系版本可資比對外，其它言及「吳興本」或「今本」的內容，與《元曲選》的文字核對，皆一字不差，而言及「原本」或「舊本」的內容，則與《改定元賢傳奇》、《古名家雜劇》、《元人雜劇選》、《古雜劇》、《元明雜劇》等刊本文字無別。可見在孟稱舜所處的晚明時期，宮廷演出體系的改本，已被視爲元雜劇的最原始創作，而臧懋循的《元曲選》，雖然明知其爲改竄作品，卻極有可能已成當時的流行版本。

孟稱舜《古今名劇合選》中有兩條眉批，曾經提到「今本」這個名詞，其所指稱應爲當時流行的版本。在《竇娥冤》第二折【賀新郎】一曲的眉批上有：

> 原本云，這婆娘心如風刮絮那里肯身化望夫石，似非媳婦説阿婆語，改從今本。〔註131〕

而《柳毅傳書》第一折【混江龍】曲文上有批語：

> 原本做妻夫下接云，他忒躁暴那粗疎鷹指爪，蟒身軀又不比秦弄玉，輕抹著我身軀，想琴瑟怎和睦，忒愚魯不通疎示示，此今木用韻犯重，目少倫次，故改從今，但不比秦弄玉輕抹著我身軀句，似謂龍女尚處女也，此語周旋得好。〔註132〕

觀其所指「今木」內容，皆與《元曲選》的文字完全相同，其顯示事實可能有二：一是臧懋循《元曲選》已是當時最流行的版本；一是《元曲選》改編時曾採用當時流行版本之文字，而這個版本與宮廷演出體系的劇本，已有新舊之別。但以後來明代元雜劇版木流傳之情況看來，應屬前者的可能性居高。

只要觀察《古今名劇合選》與之前版本的差異便可看出，其選本往往斟酌於《元曲選》與宮廷體系版本之間，取其善者而從之，但頗能做到不奪人之美，註明某字某句「俱從原作」，或「從吳興本增改、刪去」，並說明取抉根由。其間偶有跳脫二者之外，以己意改編的文字，亦能「忠於原著」，在眉批上註明原文，不刻意掩蓋其改編的事實，並說明其改編之理念。他時常以第三者的客觀角度，作總評、寫眉批，爲元雜劇的原創與改編，作了最佳的註腳，讓人得以從中解讀明代各種版本的流傳狀況，及其個人的戲劇主張。

所以如果說孟稱舜的《古今名劇合選》，是繼臧懋循《元曲選》後，又一階段的元雜劇改編本，亦頗爲恰當。而其存在的意義，實則超出於文字的改

〔註131〕同註126，《續修四庫全書》1764 冊，頁 26。
〔註132〕同註126，《續修四庫全書》1763 冊，頁 423。

編之上，鄭騫曾經稱道：

> 稱舜爲明末曲家，南北造詣俱深，眼光見解亦高，斟酌取舍之間，頗爲公允，有時自出己見，改動曲文，亦較臧懋循爲穩妥。此書價值，實在《元曲選》之上。〔註133〕

若從改編曲文的角度而言，學術界仍有仁智之見，尚難定論；但若由資料保存與恢復的角度而言，則其論實不爲過。孟稱舜的《古今名劇合選》，實爲我們今日討論元雜劇版本流傳的過程中，一項不可忽視的重要資料。

由以上討論可知，現存明代元雜劇全本或曲文的圖書共計約有：《元刊雜劇三十種》、《太和正音譜》、《李開先鈔本元雜劇》、《詞謔》、《改定元賢傳奇》、《盛世新聲》、《詞林摘豔》、《雍熙樂府》、《脈望館鈔校古今雜劇》、《元人雜劇選》、《古名家雜劇》、《陽春奏》、《古雜劇》、《元明雜劇》、《元曲選》及《古今名劇合選》等十六種。這些版本的選編者，各自有其風格及主張，以致版面不一，內容紛雜，基本上說來，在文字的差異上，越是後出的版本越爲零亂，主要是因爲可見的版本多，其所屬的改編系統也越加紛歧，這種現象是可以理解的。但整體而言，多數選編者仍有其依附的主軸，所作變更，僅是簡單的校訂與重新編排，真正按照個人意志，或因其它目的，而進行重訂的改編者，並不在多數，而其個人動筆修改之內容，也不如想像之多。

若將明代流傳的各種元雜劇版本，依其改編內容劃分，大約可以分爲四個階段：第一階段的作品大致仍保留元雜劇原貌，包括《元刊雜劇三十種》、《太和正音譜》、《李開先鈔本元雜劇》、《詞謔》等四種，這四種版本的曲文，雖然仍有著少許的差異，但也僅在於文字的修訂上，甚少有以己意改編者，大體而言，皆是依照元人版本鈔錄、刊刻，可視爲「元雜劇的近真本」；第二階段是「宮廷演出本及其嫡系」，是現存元雜劇版本種類最多的一個體系，包括《脈望館鈔本》三種（內府本、于小穀本及不知來歷鈔本）、《元人雜劇選》、《古名家雜劇》、《古雜劇》、《元明雜劇》等，這些版本皆是依照當時宮廷演出本鈔錄或刊刻，彼此間的文字差異亦不大；第三階段是情況最複雜的一個階段，其中包括脈望館之「內世合一」鈔本、楊升菴所修訂之《揚州夢》第一折，及《盛世新聲》、《詞林摘豔》、《雍熙樂府》等曲選，它們所呈現的是一種過渡時期的面貌，內容融合了近真本、宮廷演出本及當時坊間的改本，嚴格說來，很難歸納爲同一個階段，但卻可以代表明代前期除了宮廷演出本

〔註133〕同註86，頁431。

外，還有一個系統以上的改編本存在；最後一階段則統稱為「文人改編本」，其中可包含臧懋循所改編的《元曲選》，及孟稱舜所整編的《古今名劇合選》。就《元曲選》而言，晉叔曾經改編元雜劇的事實，雖然不容質疑，也不必分辯，但其改編內容的分量，卻遠遠不及想像之多，長期以來臧懋循背負著「孟浪漢」的改編之名，甚至被誤認為使元人雜劇失真的唯一罪魁，在經歷前一階段的整理分析後，在此已然可以澄清；而孟稱舜之《古今名劇合選》，雖然經過修訂，但大體上為前面階段的統整，真正出自己意的改編並不多，可說是所有明代改編者中，最誠實、也最有文本概念者。加上其文人的身分，及其選編本與《元曲選》的密切相關，故將之與《元曲選》合而論之，同併入一個階段，以便說明。

以下便將現存流傳於明代之所有元雜劇版本，依照這四個階段的劃分，比較分析各類版本前後階段的面貌差異，最後整理歸納其改編重點，從中瞭解各改編者的戲劇理念，並釐清長期以來後人對元雜劇的改本及其改編者之模糊印象。相信透過這些探索過程，對於明人戲劇文辭、格律等觀念的演變，及各種版本和改編者的階段性意義，皆可以有更進一步的認識。

第三章　明本元雜劇之曲牌與套式改編

　　由上一章的討論可知，明代流傳的元雜劇版本雖然繁多，但大致上仍有體系可循。基本上最接近元人原著的版本應為《元刊雜劇三十種》及《李開先鈔本元雜劇》兩種，而《太和正音譜》及《詞譜》中所收的套曲和隻曲，則介於原著與明初改本之間，可作輔助觀察之用；明代中後期的眾多版本，如《改定元賢傳奇》、《脈望館鈔校古今雜劇》、《元人雜劇選》、《古名家雜劇》、《陽春奏》、《古雜劇》、《元明雜劇》等，雖然面貌多樣，但內容大同小異，原因是這些版本大都來自於同一根源——「宮廷演出本」，故可歸為同一體系；另外，在明初至萬曆以前，坊間出現另一種內容較紛雜的版本，包括脈望館所收之「內世合一本」、繼志齋《元明雜劇》的部分劇本，及《盛世新聲》、《詞林摘豔》、《雍熙樂府》三種曲選，這些版本內容，有時與元刊本相近，有時與宮廷本相近，有時又自出機杼，由於編者無法確定，內容亦不完全等同，故暫時歸類為「過渡曲本」一系；而臧懋循的《元曲選》，文字大半介於「宮廷演出本」與「過渡曲本」之間，有時則自出己見，動手修訂。其後孟稱舜之《古今名劇合選》內容亦在「舊本」及《元曲選》之間，擇優而錄，但鮮少有自己動手修改的現象，並大都能適時說明其選擇緣出。二者內容雖不如其它體系相近，但由於其改編者身分，及後者對於前者之評論與依附，且將其同歸於「文人改編本」一系，以便文本之分析與觀察。

　　故此可見，元雜劇劇本的面貌，在明代是脈脈相承、與時俱變的。不論是那一個版本，都有其承接的源流。有些版本的源頭甚至不只一個，故世人在未能得窺全貌之前，容易誤下判斷，以其跨躍腳步之大而非議之，其中最

明顯的，便是《元曲選》的改訂。其實只要細細觀察分析每一個階段的演變便可瞭解，元刊本與《元曲選》之間的差異，並非一躍而至，而是有其蛻變過程的。而元刊本與《元曲選》乃至於其後版本的差異，體現在題目、正名、分折、曲文、賓白、科介、腳色、情節等內容上，幾乎沒有任何一部分可以完全保留元雜劇的原汁原味，故有「我們讀到的並不是『元』雜劇」的說法〔註1〕，認為今日所見的元雜劇，就形式、內容而言，已是另外一種新的文體、新的內涵，而非元人所創作的雜劇了。

這種論斷，固然值得深思，但亦未免有其矯枉過正之虞。筆者以為，欲作出公正的評論，必須從元雜劇的所有演變過程，一一推求，分析其劇本中各個元素的變化及其緣由，方可見出元雜劇如何演變以及為何演變的真實境地。如此推論其變化，方具值得依循的公斷，而所得之結論也才有其真正的價值。

就戲曲曲文而言，其中包含的因素十分多元，如宮調、套式、曲牌、句式、字數、格律、用韻、修辭等。以下便依其演變的階段，先對元雜劇的曲套，進行通篇的觀察，藉由各階段版本曲牌之使用比較，推及於與曲牌密切相關的宮調與套式等問題的討論。

第一節 宮廷本之曲牌套式改編

在現存的版本中，屬於近真本系統的共計有：元刊本三十種、李開先鈔本一種，另有《太和正音譜》三十三個劇目之七十隻曲牌（其中包含【九轉貨郎兒】套曲之九隻曲牌），及《詞謔》十三個劇目之十四套曲、三個尾聲。而宮廷演出本系統中現存可與之作比較的全本劇目則有以下數種：

1、《關大王單刀會》：何煌以元刊本校《脈望館鈔校本》
2、《好酒趙元好遇上皇》：《脈望館鈔校于小穀本》
3、《諸葛亮博望燒屯》：《脈望館鈔校內府本》
4、《相國寺公孫合汗衫》：《脈望館鈔校內府本》
5、《楚昭王疎者下船》：《脈望館鈔校內府本》
6、《西華山陳摶高臥》：《改定元賢傳奇》、《元人雜劇選》、《陽春奏》、《脈望館藏古名家雜劇》

〔註1〕 伊維德著，宋耕譯〈我們讀到的是「元」雜劇嗎——雜劇在明代宮廷的嬗變〉，《文藝研究》2001年第3期，頁97～106。

7、《張孔目智勘魔合羅》：何煌就元刊本校《脈望館藏古名家雜劇》

8、《看錢奴賣冤家債主》：《元人雜劇選》、《脈望館藏元人雜劇選》

9、《死生交范張雞黍》：《元人雜劇選》、何煌就元刊本校《脈望館藏元人雜劇選》

10、《醉思鄉王粲登樓》：何煌就李開先鈔本校《脈望館藏古名家雜劇》、《古名家雜劇》

　　其餘如《太和正音譜》及《詞謔》中的曲牌套數，由於其中仍含藏一些複雜的變動因素，故僅僅作為旁例觀察，其重複曲牌套數可參見【附錄一】的表格，此處暫不列舉。

　　根據以上列舉之十種劇目，將近真本與宮廷演出本作一完全的比對，針對其曲牌之增減及異名的部分，整理出下列表格：

【表3-1】近真本與明代宮廷演出本之使用曲牌比較

劇　　目	宮廷演出本之曲牌增減及其順序、異名
關大王單刀會	減：第一折仙呂【醉扶歸】【後庭花】 　　第二折正宮【叨叨令】 　　第三折中呂【柳青娘】【道和】 　　第四折雙調【風入松】【沽美酒】【太平令】 增：第二折【隔尾】 異名：第一折【賺煞尾】→【尾聲】 　　　第二折【尾】→【尾聲】 　　　第三折【尾】→【尾聲】、【蔓菁菜】→（無）
好酒趙元遇上皇	異名：第一折仙呂（無）→【金盞兒】、第二折南呂【梁州第七】→【梁州】
諸葛亮博望燒屯	減：第一折仙呂【那吒令】【鵲踏枝】【寄生草】【么】【金盞兒】【後庭花】 　　第二折南呂【牧羊關】【罵玉郎】【感皇恩】【採茶歌】 　　第三折雙調【步步嬌】【七弟兄】【梅花酒】【收江南】【沽美酒】【太平令】 　　第四折中呂【朱履曲】【快活三】【鮑老兒】 增：第二折【隔尾】 異名：第一折【收尾】→【尾聲】 　　　第二折【隨煞尾】→【尾聲】 　　　第三折【鴛鴦尾】→【鴛鴦煞尾】

相國寺公孫汗衫記	減：第一折仙呂【金盞兒】 　　第二折越調【天淨沙】【酒旗兒】【寨兒令】【二】 　　第四折雙調【風入松】【落梅風】 順序：第四折【沽美酒】（古名家本脫落【太平令】曲牌名）原 　　在【小將軍】前，改置於【碧玉簫】後 異名：第二折【三】→【么篇】 　　第四折【太平令】→（無）、【江兒水】→【清江引】
楚昭王疎者下船	減：楔子仙呂【端正好】 　　第二折越調【小桃紅】【凭欄人】【寨兒令】【雪裏梅】【紫 　　花兒序】【鬼三台】【絡絲娘】 　　第三折中呂【三】 　　第四折雙調【滴滴金】【折桂令】【雁兒落】【水仙子】 增：第四折【甜水令】【折桂令】【沽美酒】【太平令】 異名：第一折【尾】→【尾聲】 　　第二折【收尾】→【尾聲】 　　第三折【尾】→【尾聲】
西華山陳摶高臥	異名：第四折【雙調新水令】（息機子、元賢本同元刊本）→ 　　【雙朵花辰令】（古名家、尊生館）
張鼎智勘魔合羅	減：第一折仙呂【那吒令】【鵲踏枝】 增：第三折商調【後庭花】【雙雁兒】 　　第四折中呂【粉蝶兒】 異名：第一折【憶王孫】→【一半兒】、【尾】→【賺煞】 　　第三折【尾】→【浪里來煞】 　　第四折【三台】→【鬼三台】
看錢奴買冤家債主	減：第一折仙呂【（寄生草）么】 　　第二折正宮【呆古朵】【滾繡球】【脫布衫】【小梁州】【（小 　　梁州）么】【三煞】【二煞】 　　第三折商調【後庭花】【雙雁兒】【青歌兒】【村里迓鼓】【元 　　和令】【上馬嬌】【遊四門】【勝葫蘆】 　　第四折越調【東原樂】【綿搭絮】【禿廝兒】【鬼三台】【金 　　蕉葉】【聖藥王】 異名：第二折【收尾煞】→【隨尾煞】 　　第三折【高過煞】→【高過浪來里】、【浪來里煞】→【尾 　　聲】 　　第四折【收尾煞】→【尾聲】

死生交范張雞黍	減：第四折中呂【滿庭芳】【普天樂】【快活三】【鮑老兒】【墻頭花】【八煞】【七煞】【六煞】【五煞】【四煞】【三煞】【二煞】【尾聲】 增：第一折仙呂【金盞兒】【賺尾】 第二折南呂【一枝花】【梁州】【隔尾（前）】【隔尾】【罵玉郎】【感皇恩】【採茶歌（前）】（以上皆因元刊本缺頁而闕漏） 第三折【仙呂柳葉兒】（借宮） 順序：第二折兩支【隔尾】順序互倒。 異名：第二折【一煞】→【三煞】、第三折商調【三煞】→【醋葫蘆】、第四折中呂【（上小樓）么】→【么篇】、（無）→【二煞】、【九煞】→【一煞】
醉思鄉王粲登樓	減：第一折仙呂【（寄生草）么】【金盞兒】【醉扶歸】 第三折中呂【喜春來（天）】【哨遍】【耍孩兒】【么】【三煞】【二煞】 第四折雙調【駐馬聽】【甜水令】【折桂令】（【殿前歡】【喬牌兒】【掛玉鉤】【沽美酒】【太平令】此五曲末鈔校）【川撥棹】【七弟兄】【梅花酒】【收江南】【鴛鴦煞】 順序：第四折【喬牌兒】【水仙子】移至【雁兒落】【得勝令】前

　　以上十劇中，明代宮廷演出本共計刪減曲牌一百零七支，增入曲牌十支，（缺文者暫不列入計算）牌名相異者二十九支，順序相異者有兩處。以下便依其改編曲牌方式略作分析：

一、增減曲牌

　　在上列表格的曲牌使用比對中，我們可以發現曲牌的增減，是元雜劇近真本到明代宮廷演出本，在曲文的使用上，變化十分明顯的一個項目，尤其是在曲牌的刪減上，幾乎是這兩個階段的版本面貌，除賓白之外，變動最多的一個項目，而所有對明人胡刪亂改的指斥，亦多因此得致。故欲研究元雜劇在明代的改編，其曲牌增刪之內容及緣由，實不可不辨，而對其增刪之後的套式變化，亦須加以瞭解。以下筆者便將明代宮廷演出本之曲牌增減的數量變化，列一簡表以說明之：

【表 3-2】明代宮廷演出本增減近真本曲牌數目簡表

劇　　目	折　數	元刊本	增	減	宮廷本
關大王單刀會	一	11	0	2	9
	二	10	1	1	10
	三	15	0	2	13
	四	12	0	3	9
好酒趙元遇上皇	一	13	0	0	13
	二	9	0	0	9
	三	10	0	0	10
	四	9	0	0	9
諸葛亮博望燒屯	一	14	0	6	8
	二	12	1	4	9
	三	13	0	6	7
	四	10	0	3	7
相國寺公孫汗衫記	一	8	0	1	7
	二	15	0	4	11
	三	12	0	0	12
	四	10	0	2	8
楚昭王疎者下船	楔子	1	0	1	0
	一	10	0	0	10
	二	13	0	7	6
	三	12	0	1	11
	四	9	4	5	8
西華山陳搏高臥	一	12	0	0	12
	二	13	0	0	13
	三	14	0	0	14
	四	13	0	0	13
張鼎智勘魔合羅	楔子	2	0	0	2
	一	12	0	2	10
	二	12	0	0	12
	三	12	2	0	14
	四	26	1	0	27

看錢奴買冤家債主	一	11	0	1	10
	二	17	0	7	10
	三	16	0	8	8
	四	13	0	6	7
死生交范張雞黍	楔子	2	0	0	2
	一	14	0	0	14
	二	15	0	0	15
	三	17	1	0	18
	四	24	0	13	11
醉思鄉王粲登樓	楔子	1	0	0	1
	一	13	0	3	10
	二	8	0	0	8
	三	18	0	6	12
	四	18	0	13	5
共　　計		531	10	107	434

　　以上列的十個劇本而言，在元刊本原有的五百三十一支曲牌中，遭刪減之曲牌共計一百零七支，平均約五支曲牌中，便有一支遭刪減。如以單一劇本而言，其中刪減幅度最大的三個劇目分別為鄭廷玉《看錢奴買冤家債主》的五十七支曲牌遭刪減二十二支、鄭光祖《醉思鄉王粲登樓》的五十八支曲牌遭刪減二十二支、及無名氏《諸葛亮博望燒屯》的四十九支曲牌遭刪減十九支，皆平均二至三支曲牌便有一支曲牌遭刪減。如以單一劇套為單位計算，則以《醉思鄉王粲登樓》第四折之十八支曲牌刪減十三支及《死生交范張雞黍》第四折之二十四支曲牌刪減十三支，平均不到二支曲牌便有一支遭刪減，其刪減幅度之大，幾乎足使原著面目全非。

　　相對於曲牌的刪減而言，明代宮廷演出本所見曲牌增加的現象，實在不足為論。在十個比對的劇目中，真正增加的曲牌僅有《關大王單刀會》第二折之正宮【隔尾】、無名氏《諸葛亮博望燒屯》第二折之南呂【隔尾】、鄭廷玉《楚昭王疎者下船》第四折之雙調【甜水令】【折桂令】【沽美酒】【太平令】、孟漢卿《張鼎智勘魔合羅》第三折之商調【後庭花】【雙雁兒】及第四折之中呂【粉蝶兒】、《死生交范張雞黍》第三折【仙呂柳葉兒】等十支曲牌。

　　究竟明代的宮廷演出本，刪減了一些什麼樣的曲牌，又增加了一些什麼

樣的曲牌，其改編者是基於何種理由，非刪不可，而其增加曲牌的作用與目的又何在？這些問題，著實令人感到好奇。

由第二章「宮廷演出本及其嫡系」一節的整理歸納可知，《脈望館鈔校本》、《改定元賢傳奇》、《元人雜劇選》、《古名家雜劇》、《古雜劇》、《陽春奏》、《元明雜劇》等元雜劇選編本，其鈔錄、刊刻之原始出處，皆是曾經爲明代宮廷整理收藏的劇本，其目的主要是提供宮廷集會宴饗場合之用，所以這些劇本的內容，應該大都能符合當時「場上演出」的需要，而非僅供「案頭閱讀」之文本。

從演出的角度而言，慮及演員的體力負荷，及集會宴會的時間，維持一定的演出長度，勢必爲增刪曲目之優先考量因素，而我們從【表3-2】的統計數字，也可以察覺到這種改編的趨勢。由以上十個劇本的比對中可以得知，在四十個劇套之中（楔子暫且不論），增刪後曲牌數量在七至十支的有二十一折，十一至十四支的有十四折，低於七支曲牌的只有二折，高於十四曲牌的也只有三折。可見明代宮廷演出本中每個劇套的曲牌數量，有其分配之常態，多半維持在七至十四支曲牌之間。

而對於這種曲牌數量的維持，明代伶工究竟如何取決，及其增刪曲目的方式爲何？如果說從演出的角度而言，控制每一個劇套的曲牌數量，以維持演出時間的一定長度，是可以理解的事實，那麼相反的，在曲牌過多的情況下，仍堅持增加曲牌的劇套，則必有其特殊的演出考量，研究者不可不慮。以下便由其增刪曲牌之內容加以分析。

（一）重複抒情曲文之刪減與保留

以中國戲曲的結構而言，劇作家通常慣以賓白來推展情節，而曲文則多半用以抒情。當然，這並不是曲白之間絕對的關係，有時劇情必須在夾唱夾白的過程中，一步步的推向高潮，並走向最終的結局。只是元代的曲文與中國傳統詩詞系出一脈，與漢賦、唐詩、宋詞並列爲中國的四大韻文，同屬中國抒情文學中的傑作，元代文人將其滿腔的情懷與牢騷，宣洩在曲文之中，亦是極其自然之事。

故劇作家經常在劇情發展到某一定點，觸碰到其心有戚戚之處，便停下來傾倒其情感，隨著音樂在腦中的迴盪，曲文一支又一支因應而生，曲文的創作，便成了劇作家用以表現其滿腹才華的競技場，而此時，「行於所當行，止於其所不可不止」的寫作分寸，便不見得能爲多數劇作家所掌握了。

在元人雜劇中，如單獨觀察其曲文內容便可輕易發現，作者將同樣一種情緒，千迴百轉，極其抒情之能事。這些曲文，有時隨著音樂曲調，確實能達到感動人心的效果，將戲劇推向「情感的高潮」，但有時則不免繁瑣冗長，反倒阻礙了劇情的順暢發展。所以，儘管其曲文書寫之佳妙，卻經常不為明代宮廷演出環境所青睞，而往往遭到刪除的命運。綜觀明代宮廷演出本遭刪減的一百零七支曲牌，實多數隸屬此類。

以《諸葛亮博望燒屯》為例，元刊本第一折之：

【那吒令】常想起卞和般獻璧，能可學韓信般吃食，你也枉了子房進履，用人時河泊裡尋，山林裡覓，這般做小伏低。

【鵲踏枝】一投定了華夷，一投罷了相持，那裡想國難之時，用人之際，早安排下見識，便剝官罷職，早向未央宮裡，萬剮凌遲。

【寄生草】能可耕些荒地，撥些菜畦，和這老猿野鹿為相識，共山童樵子為師弟，伴著清風明月為交契，則這藥爐經卷老生涯，竹籬茅舍人家住。

【么】張子房知興廢，嚴子陵識進退，一個日頭出扶立高皇位，一個日頭正策定中興帝，你道日頭斜怎立劉家國，可不一雞死後一雞鳴，只有後輩無前輩。（《校訂元刊三十種》，頁 398）〔註2〕

四支曲文，主要是用來表達諸葛亮想隱居隆中，無意功名的想法。而在之前的【油葫蘆】、【天下樂】中，則唱道：

【油葫蘆】俺則待訪學巢由洗是非，習道德，喜登呂望釣魚磯，誰待要蝸牛角上爭名利，誰待蜘蛛網內求官位，但穿些布草衣，但喫些藜藋食，日高三丈蒙頭睡，一任交烏兔走東西。

【天下樂】貧道除睡人間總不知，其實沒意智，你本待告貧道下山，與您出些氣力，其實當不得寒，濟不得饑，請下這臥龍崗待則甚的。（《校訂元刊三十種》，頁 398）

作者在此便已傳達了諸葛亮與世無爭，情願淡泊的心態，這四支曲文其實是重複的說明。但就文詞的表達而言，作者在此藉用韓信、卞和、張良、嚴光

〔註2〕　本文對於《元刊雜劇三十種》的引用，基本上均參考鄭騫校註本（台北：世界書局，1962 年），但將其校訂之處恢復成現行可見影印版本，期使之更接近元雜劇的原始面貌。

等人的典故，以世態炎涼，世局難爲的現實，強化了他不願出世的思想，給人一種更具體的感受，是鄭騫所謂「抒情寫意，題外生姿之曲」〔註3〕，但這一類曲文，就演出的實際環境而言，是不一定需要的，也因此便有可能在曲文過多的情況下，被伶工刪減了。

而改編者之所以選擇刪減【那吒令】等四支曲牌非【油葫蘆】、【天下樂】，則可能與元人慣用的音樂套式有關。據鄭騫統計，仙呂宮中【點絳唇】、【混江龍】、【油葫蘆】、【天下樂】四曲聯用的劇套共有一百二十個，再聯以【那吒令】、【鵲踏枝】、【寄生草】的劇套則有六十八個。而【點絳唇】至【天下樂】中偶有隔以【醉中天】、【後庭花】等曲牌的特例。〔註4〕可見【點絳唇】、【混江龍】後接【油葫蘆】、【天下樂】是元人使用仙呂宮的音樂慣性，至於【天下樂】之後是否聯用【那吒令】等曲則較具彈性。故宮廷本改編者在曲文抒情內容重複的情況下，選擇刪去【那吒令】等四曲，實亦有其音樂上的考量。

其他如《相國寺公孫汗衫記》刪去了第一折仙呂【金盞兒】、第二折越調【天淨沙】、【酒旗兒】、【寨兒令】、【二】、第四折雙調【風入松】、【落梅風】等曲，鄭騫評曰：

> 劇中鋪敘點綴之曲，如第二折之【寨兒令】、【絡絲娘】等，趙鈔及
> 臧選多半刪去，是則明人改元劇之一貫作風。〔註5〕

《看錢奴買冤家債主》第一折仙呂【(寄生草)么】、第二折正宮【呆古朵】、【滾繡球】、【脫布衫】、【小梁州】、【(小梁州)么】、【三煞】、【二煞】、第三折商調【後庭花】、【雙雁兒】、【青歌兒】、【村里迓鼓】、【元和令】、【上馬嬌】、【遊四門】、【勝葫蘆】等曲，鄭騫亦作：「息機子及臧選較之元刊，刪曲近半，原作實有冗贅處，刪之未嘗不可。」〔註6〕之評，並在【村里迓鼓】、【元和令】、【上馬嬌】、【遊四門】、【勝葫蘆】曲下補充說明：

> 此五曲內容空泛，文詞亦不佳，息機子及臧選刪之，未爲無因。(〈元

〔註3〕 鄭騫〈元雜劇異本比較〉第五組，《國立編譯館館刊》第五卷第二期，1976年12月，頁56。（以下僅註篇名、組別、頁數）

〔註4〕 鄭騫《北曲套式彙錄詳解》，上卷〈仙呂宮第三〉，台北：藝文印書館，1973年，頁40、60、61。

〔註5〕 鄭騫〈元雜劇異本比較〉第三組，《國立編譯館館刊》第三卷第二期，1974年12月，頁17。（以下僅註篇名、組別、頁數）

〔註6〕 鄭騫〈元雜劇異本比較〉第二組，《國立編譯館館刊》第二卷第三期，1973年12月，頁104。（以下僅註篇名、組別、頁數）

雜劇異本比較〉第二組，頁 104）

可見不論是「抒情寫意，題外生姿」、「劇中鋪敘點綴」之曲，抑或是「原作冗贅處」、「內容空泛」、「文詞不佳」之曲，只要是反覆抒發同一種情感，對劇情發展沒有具體幫助的曲文，都可能為明代伶工所偷減。而刪減的理由，則如同鄭騫在《死生交范張雞黍》一劇所評論：

> 息機子及臧選刪節舊本，僅餘一半，此種情形，與上演有關。原劇
> 二十五曲太多，作為案頭之書則可，登場演奏，唱者力竭聲嘶，聽
> 者如受疲勞轟炸，自有刪減之必要。（〈元雜劇異本比較〉第二組，
> 頁 33）

演唱者的體力負荷及聽眾的耐心，往往成為這一類曲文為編者或伶工刪裁之主要原因。

但宮廷本之於曲文，偶而也能適當保留精彩的抒情片段。如《死生交范張雞黍》第三折乃范巨卿得知元伯死訊，趕至靈前弔唁，是劇中最感人的關目，不僅是全劇情節的高潮，也是情感的高潮。所有前面醞釀的悲情，都將在此宣洩，「死生交」的主題，也將藉此昭顯。雖然作者在曲文上，不斷安排抒情的唱段，讓正末可以完全抒發其思友之情，但卻絲毫不覺繁複厭人，因為此時不僅是劇中人的情感需要宣洩，觀眾蓄積已久的悲痛也需要發抒。故劇作家在此安排了大段的曲文，讓范巨卿不斷訴說元伯之生前與死後，正可謂恰到好處，也符合觀眾欣賞的情緒，斷無刪去之理。不但如此，其所增加的一曲：

> 【仙呂柳葉兒】你如今光前絕後，恰便似虛飄飄水上浮漚，我親身自
> 把靈車扣，一來是神靈佑，二來是鬼推軸，我與你扢剌剌直拽到墳
> 頭。（《全元雜劇》二編二，頁 25）

正把二人之特殊情誼，顯露無遺，是一段極其重要的唱詞，鄭騫評曰：「無此曲則劇情不貫串，似應補入元刊。」（〈元雜劇異本比較〉第二組，頁 33）故可見宮廷本雖然為演出的種種考量，刪去了許多重複抒情的曲文，使元劇遺失不少佳作。但對於「情感高潮」的重複抒情片段，卻能適當的保留其曲文，甚至可能為彌縫其闕漏而補作，可見其作法仍有其細膩之處。

（二）敘事關目曲文之增刪與改作

相較於對重複抒情曲文之「以刪為主」，宮廷本在遇到某些必須鋪排之情節關目，而曲文又過長時，其處理方式便不一定只出於刪減一途，適當的加

以改編、彌縫也是必要的作法。

　　如伶工爲了節省氣力或趕時間，對曲牌數量有刪減的需求時，改編者便可能在保留原有劇情的情況下，將既有曲文加以簡化，以合併的方式帶過劇情的大綱。以《諸葛亮博望燒屯》第二折爲例，其原有南呂【罵玉郎】、【感皇恩】、【採茶歌】三支曲文：

> 【罵玉郎】關公與我牢把白河渡，差軍役堰江湖，夜深勒馬向高崗上覷，把水驟住，若軍過去，到低淼處。
>
> 【感皇恩】便與我放開溝渠，交淹了軍，向浪濤中波面上狗扒伏，便休誇壯士，都餵了蝦魚，便逃災難躲性命，也中機謀。
>
> 【採茶歌】一半火燒得沒，一半水淹得無，抵多少一鈎香餌釣鰲魚，拿去何須施英武，我得來全不費工夫。（《校訂元刊三十種》，頁402）

主要是敘述諸葛亮調派關羽在白河渡，以土布袋把長江堵塞，並得意其火燒水淹計策之運用巧妙。這是諸葛亮「博望燒屯」一役的重要關目，必不可少。而若以南呂套式慣例言，則【罵玉郎】、【感皇恩】、【採茶歌】三者亦須聯用，缺一則失去其音節之美。若伶工必欲刪節其曲，則須將三支曲文同時刪節，方合乎南呂套式之用例。〔註7〕故此處宮廷本將之同時刪除，收併爲【隔尾】一曲：

> 【隔尾】關雲長你去潺陵渡，用土布袋把長江緊當住，水渰殺的軍兵死無數，他活時節是戰夫死後做了水卒，你若是得勝還營，你將我自然許。（《全元雜劇》三編一，頁16）

簡化了其中的意思，也減弱了諸葛亮調兵遣將的氣勢，但卻維持了音樂上的和諧。而同劇之第三折，原有雙調【步步嬌】、【七弟兄】、【梅花酒】、【收江南】、【沽美酒】、【太平令】諸曲，其刪併情形則如鄭騫所言：

> 元刊趙雲、劉封、糜竹、糜芳、關羽諸將，陸續報功，諸葛爲趙唱步步嬌曲，爲劉唱風入松曲，爲二糜唱水仙子曲，爲關唱川撥棹、七弟兄、梅花酒、收江南等四曲。趙鈔諸將一同報功，諸葛僅唱風入松一曲總敘諸事，刪去步步嬌等六曲之多，風入松曲則幾乎全部改作。兩本相較，趙鈔過於貧乏草率。（〈元雜劇異本比較〉第三組，頁58）

〔註7〕　同註4，上卷〈南呂宮第四〉，頁71。

這些都是伶工在想要保留原有情節，而又不得不刪減曲文，所採取之合併作法，雖然難免草率之嫌，但至少保留了情節的完整性。

在宮廷本中，有時遇到劇中情節高潮，縱然曲目繁多、唱者為難，改編者亦偶而能予以適當的保留。如《張鼎智勘魔合羅》第四折，元刊本原本即有二十六支曲牌，數量之多，令人驚異。而明代宮廷本在演出上，不僅沒有針對其曲牌過多的缺點加以刪減，反增入一曲。其增加之【粉蝶兒】一曲，問題可能在於套式之上，不一定真為宮廷本所增，此處暫且不論。〔註8〕但僅就其單折出現二十六支曲牌的現象而言，在元雜劇的明刊本之中，實屬不尋常。

細觀元刊本《張鼎智勘魔合羅》末折的二十六個曲牌，第一曲【醉春風】在惱恨自己多事，無端招禍，【叫聲】至【蠻姑兒】十五曲，從叫出劉玉娘，開始審問，到逼出賣魔合羅的高山，是一段極其精彩的審案過程，且其間曲文，條理分明，環環相扣，乃劇情的高潮所在，一曲刪之不得。接著【快活三】、【古鮑老】、【鬼三台】三曲則審問高山，漸漸掌握了真凶李文鐸的名姓，繼而設計使李文鐸父了招認，過程中唱【剔銀燈】、【蔓菁菜】、【躬河內】等曲，最後真凶現形，心情大為放鬆，唱【柳青娘】、【道和】、【尾聲】等曲，並顯示天理昭彰的教訓。

在此折中，從張鼎對案情毫無所知，到慢慢的審問出一些蛛絲馬跡，最後掌握了重要的線索，設計逼出元凶，其間需要處理的問題極多，關目的安排亦隨之增多，每一個環節都非常精彩，是本劇最重要的「情節高潮」。而且演員的表演，也是極具看頭的，能夠抓住觀眾的情緒及目光，就演出的現實而言，是絕對無法也不必刪減的。故宮廷本此處未因原本曲目繁多，便予以莽撞刪減，其態度之謹慎，實足令人激賞。

另外，在宮廷本曲文中，因情節關目的變動而曲牌套式更易最多者，莫過於《楚昭王疏者下船》一劇，正如鄭騫所言：「元劇異本之『異』甚少如此劇者。」（〈元雜劇異本比較〉第二組，頁100）姑且不論其第一折【點絳唇】、【混江龍】、【油葫蘆】、【天下樂】等曲牌因改換關目緣故，以致文字全異的

〔註8〕　按例雜劇中呂套首應用【粉蝶兒】，但散套則有以【醉春風】為首曲者。故鄭騫論曰：「雖雜劇散曲所用套式有別，但未必不能通假。故元刊之【粉蝶兒】，究係脫落，或套式根本如此，殊難斷言。」（〈元雜劇異本比較〉第三組，頁27）

問題。單就增刪曲牌而言，則以第四折刪減了【滴滴金】、【折桂令】、【雁兒落】、【得勝令】、【水仙子】五曲，增加【甜水令】、【折桂令】、【沽美酒】、【太平令】四曲，變化最多。

觀此劇元刊本尾曲【水仙子】原有：「蓋座賢妻碣，立個孝子碑，交後代人知。」之語，應是昭公妻子未能獲救重生，故作此說。而趙鈔本第四折末了四曲則完全改易，另作：

> 【甜水令】我恰纔與兄弟團圓開懷笑飲同歡，同會我這裡那步出宮闈遠，覷儀容近觀貴體端詳仔細，原來是俺性真烈清正賢妻。
>
> 【折桂令】我則道您趁橫波一去無消息，這正是天上麒麟休猜做牆上泥皮，暗想當年船小江深水接雲齊，若不是這賢達婦三從四德，若不是這孝順子百從千隨，我則道夫婦別離天數輪迴，俺今日再得團圓，端的是福祿相宜。
>
> 【沽美酒】把周朝天命持，知楚地有英奇，翻滾滾長江風浪疾，則俺這著親的在船裏，疎者的淚悲啼。
>
> 【太平令】虧了俺渾家賢慧，今日俺弟兄們無事相隨，妻還娶重生子息，子還生聰明伶俐，謝天朝聖勅頂禮，拜啓俺三叩首尊周明帝。（《全元雜劇》初編六，頁 32）

唱詞中表現了楚昭公驚見妻子平安獲救，進而感念妻子在危急時刻的捨命成全，最後並有秦昭公奉周天子之命前來加官賜賞，闔家共謝皇恩。可見兩個版本之間，一悲一喜，情調完全不同，恐怕無法以相同的曲調節奏表現，故曲牌套式在一減一增之間，作了如上之改換。

由以上分析可見，明代宮廷演出本雖然在曲牌的刪減上，幅度甚大，但對於敘事關目的鋪排，卻極其謹慎，儘量做到不因曲牌之刪改，影響劇情的發展，破壞演出的精彩關目。有時為改編、彌縫情節，也會動筆濃縮、合併曲文，甚至改換曲牌、重作曲文。相較於其處理多數重複抒情曲文之「以刪為主」，宮廷本對於情節關目的重視，及其改編之用心，實顯示出明代舞台演出的濃厚「敘事」傾向。

（三）音樂不諧與內容不適曲文之刪減

除此之外，還有兩個原因，可能導致元雜劇曲文，為明代伶工所刪減：一是音樂曲調之不諧，一是曲文內容之不適。而其中音樂曲調不諧的內涵，

又可包含兩種，一為歌者難唱，一為聽者難聞。以下便舉例說明之。

　　如針對關漢卿《關大王單刀會》第三折中呂之【柳青娘】、【道和】二曲，鄭騫便曾分析如下：

　　　道和曲格式特殊，既難作又難唱，無論雜劇散曲，用之者甚少，即
　　　使作者原本有之，唱時亦往往刪去。柳青娘照例與道和相連，要用
　　　全用，要刪全刪。〔註9〕

綜觀元雜劇中曾用此曲段者僅有白樸《箭射雙鵰》（折次未詳）、孟漢卿《魔合羅》第四折、無名氏《小尉遲》第二折三套。另外借入正宮使用者則有白樸《流紅葉》第二折、尚仲賢《氣英布》第三折、楊景賢《西遊記》第五本第三折三套，其中所使用的中呂【道和】一曲，格式原本極不固定，以鄭騫《北曲新譜》所列而論，便有六種格式，某些格式句字之中又有增句、平仄的變化。〔註10〕就以上六個劇套所使用的曲調而言，幾乎無一按照完全相同的格式創作，故謂其「難作、難唱」，不為無因。而其中「難唱」的因素，則可能使伶工大打退堂鼓，將之偷減，以省去場上之不便。

　　還有一種情況，也可能導致音樂曲調不諧調，造成伶人演唱之不順暢，那便是曲牌套式之安排不當。鄭騫曾道：

　　　北曲聯套規律至為謹嚴，一套之中所用牌調，其數量之多寡、位置
　　　之先後，皆有一定法則，是即所謂套式。苟不遵套式而任意增減移
　　　動，即成紛亂之噪音而非美妙之樂歌。〔註11〕

可見，聯套的方式與音樂之諧調與否，緊密關連。相關研究，在鄭騫之前，即有蔡瑩《元劇聯套述例》一書，惜其內容不夠完善，難以參証。後鄭騫本人又撰作《北曲套式彙錄詳解》一書，為北曲聯套的規則作了更完善的歸納。而許子漢也在他的基礎上，再作《元雜劇聯套研究》一書，北曲聯套的規律，經此而益明。

　　筆者曾於上述兩點宮廷本「增減曲牌」的原因討論中敘及，改編者除了在不欲抒情曲文重複過多及保留敘事關目完整的考量下刪節曲牌外，其選擇刪節那些曲牌，則與元雜劇慣用之音樂套式密切關聯。而這一點我們由【表

────────────────────

〔註9〕　鄭騫〈元雜劇異本比較〉第一組，《國立編譯館館刊》第二卷第二期，1973
　　　　年9月，頁3。（以下僅註篇名、組別、頁數）
〔註10〕　鄭騫《北曲新譜》，台北：藝文印書館，1973年，頁158。（以下僅註明書名、
　　　　頁數）
〔註11〕　同註4，鄭騫《北曲套式彙錄詳解》〈序例〉，頁1。

3-1】《死生交范張雞黍》第四折的比較中也可以發現。

　　元刊本所錄《死生交范張雞黍》第四折在【耍孩兒】、【二煞】（脫落曲牌名）之後接【牆頭花】，而後又接【九煞】至【二煞】，元雜劇中從無此種套式。在般涉【耍孩兒】及【煞】曲的聯套使用上，鄭騫《詳解》曾經歸納：

　　　般涉耍孩兒與煞為連用曲；但耍孩兒後可不用煞，煞前必用耍孩兒。

　　　　〔註12〕

可見般涉調【耍孩兒】與【煞】曲的音樂性質，必然有相當的聯貫性，甚至可以視為一體。如果般涉【煞】前面不用【耍孩兒】，即可能給人一種不諧調的感受。而元刊本在二曲之間插入【牆頭花】一曲，則是前所未見，故宮廷本將【牆頭花】刪去，形成【耍孩兒】直接【煞】曲的慣例，可能即是同樣從音樂套式上作考量。

　　而同折之中，宮廷本刪減的數目，亦令人咋舌。觀其所刪的十三支曲中，有七支皆為般涉【煞】曲，編者將之刪減，除了有文情重複的問題外，聲情之重複，應該也是一大因素。試看原本雜劇之中，包括【耍孩兒】後脫落曲牌的【煞】曲，還有原先存在的【九煞】到【二煞】，共計有九支【煞】曲，在原本即有不少曲文的情況之下，如欲刪節曲牌，從聲情雷同的牌調著手，不亦宜乎？宮廷本在此選擇保留兩支【煞】曲，實足以表現其聲情矣，亦合乎【耍孩兒】後接【煞】曲之常態。〔註13〕

　　其它如元刊本《張鼎智勘魔合羅》第四折中呂調中，首曲不用【粉蝶兒】，而改以【醉春風】替代，這對元雜劇之聯套而言，也是極不尋常的，故古名家本增入【粉蝶兒】一曲，也可能是依據元曲套式所作的修改，或是元刊本之脫落曲牌所致。

　　再者，由於時代的變遷、演劇環境的改變，觀眾結構也會悄悄隨之轉換，故極有可能原本大快人心的唱詞，忽然變得使人如坐針氈了。如《看錢奴買冤家債主》第三折商調唱：

〔註12〕同前註，上卷〈中呂宮第五〉，頁91。

〔註13〕以鄭騫《北曲套式彙錄詳解》所錄劇套而論，其中呂宮中借用般涉調【耍孩兒】及【煞】曲者，【耍孩兒】後所接【煞】曲多半在一到四支之間，其中又多集中在一到二支之間，以使用二支【煞】曲的二十四劇為最多。超過五支的則僅有宮廷本之《玉鏡台》（原本五支，《元曲選》刪為三支）、元刊本之《任風子》（原本五支，《元曲選》僅餘四支）、及元刊本之《范張雞黍》（原本九支，宮廷本刪為二支）。

【金菊香】我子理會得雕梁畫棟聖祠堂，又不是錦帳羅幃你的臥房，你這裡廝推廝搶老丈丈，不顧危亡，一迷地先打後商量。

【後庭花】偏向廟官行圖些犒賞，咱客人行有甚盼望，他見有鈔的都心順，子俺這無錢的不氣長，枉了你獻千章，枉了你沈壇篆降，你攪頭爐意不減，瞞人在斗秤上，一手秤十四兩，糶一斗加二量，瞞天地來賽羊，欺窮民心不良，昧神祇燒禧狀。

【雙雁兒】這的是你虧心枉爇萬爐香，要兒孫往上長，休把那陷百姓羊羔兒利錢放，兒開不的敬客坊，那收不的不死方，兒戀不的富貴鄉，耶已臥在安樂堂。

【青哥兒】他病在膏肓膏肓之上，誰家間間別間別無恙，鋪裀褥重重被一張，又不敢靠著他傍廂，又離了門傍，離了他方，子怕那奉母求魚孝王祥，臥死在冬凌上。（《校訂元刊雜劇三十種》，頁92）

這四支曲文原本是正末在寺廟中，遇見已賣給富人的兒子（小末扮），由於當日寺廟人潮眾多，以致二人爭座，小末以錢財賄賂廟官，廟官希望正末讓出座位，故正末有感而發所唱。其中【後庭花】、【雙雁兒】、【青歌兒】三支曲文，激切的怨道富人慣用錢行賄，世人亦趨炎附勢，窮人則只得委屈受苦，字句之間，充滿憤恨不平。而這等曲文終究未被明代宮廷演出所接納，可想而知，如果席上所坐的觀眾多為達官貴人，曲中所批用錢行賄及趨炎附勢之事，豈不成了大膽的指桑罵槐。故鄭騫云：

> 此種描繪世態、語意憤激而與劇情無直接關係之曲，在明刻雜劇中大都刪去。一則嫌其枝蔓；再則兩代演劇環境不同，元代觀眾多平民，明代觀眾多所謂上流社會中人，元曲中所罵之人，在明代可能即為劇之觀眾，不能不有所避忌。（〈元雜劇異本比較〉第二組，頁104）

所論確能一語中的。而其第二折第四支【滾繡球】、【脫布衫】、【小梁州】、【么】等大罵當時解庫之曲，亦可能因為同樣原因而遭刪除。以此觀之，演出環境及觀眾結構的差異，實亦左右了明代宮廷本的改編方向。

（四）插曲與散場曲的刪減與存留

在元雜劇劇本之中，還有插曲及散場曲，因為不屬於元雜劇寫作規範內的體例，故經常容易為刊刻者所刪減。這種情形，不論是在元刊本或是明代的版本，都有可能發生。

元雜劇按律皆爲一人主唱，但有時劇作家爲了調劑戲劇情節，也可能打破規矩，安排花面角色演唱小曲。在脈望館鈔校本《關大王單刀會》第二折末有【隔尾】一曲，唱道：

> 我則待拖條藜杖家家走著對麻鞋處處游，惱犯雲長歹事周倉哥哥快爭鬧，輪起刀來劈破了頭，諕的我恰便似縮了頭的烏龜則向那汴河裡走。（《全元雜劇》初編一，頁 13）

乃元刊本所無，演唱者並非原本扮演司馬徽之正末，而是在他身邊的道童，所唱之曲亦不在正宮套內。曲文內容輕鬆詼諧，應該是劇作家爲調和氣氛所作的插曲。其內容無關乎劇情發展，故容易爲刊刻者忽略不錄，但也可能是明代演出時，爲使氣氛更熱鬧而增入，姑且存疑。

另外，元刊本同劇第四折散場後仍有【沽美酒】、【太平令】二曲：

> 【沽美酒】魯子敬沒道理，也我來吃延席，誰想您狗行狼心使見了，偷了我沖敵軍的軍騎，拿住也怎支持。

> 【太平令】交下麻繩牢拴子行下省會，與愛殺人勇烈關西，用刀斧手施行可忑到爲疾，快將鬥來大銅鎚准備，將頭梢定起，大□□掂只，打爛大腿，尚古自豁不了我心下惡氣。（《校訂元刊雜劇三十種》，頁 9）

此二曲則爲趙鈔本所無。觀其曲文，屬於劇情有機組合的一部分，可以收束整個《單刀會》的情節，而且是由正末主唱，音樂也非楔子之慣用曲牌，[註14] 所以徐扶明認爲它們是：「劇作家創作雜劇的一種補救辦法。當第四折套曲還不能完整地結束全劇，他們就採用另增幾支單曲的辦法，使全劇情節具有完整性。」[註15] 所以應該不是「饒戲」，也不是「楔子」，至於應

[註14] 關於這段曲文的特徵，徐扶明歸納爲：「第一，必不可少，否則整個戲便不完整，第二、角色不變，人物可換，第三、在用曲牌上，分爲兩組，一是用後庭花、柳葉兒，一是用側磚兒、竹枝歌、水仙子，第四，換韻，有別於套曲的用韻。」（徐扶明著，《元代雜劇藝術》，台北：學海出版社，1997 年，頁112）鄭騫〈元雜劇的結構〉歸納爲：「第四折唱完以後，可以再加一小段，用來完成劇情或另起餘波。這一段也合其他諸折一樣，有曲有白，仍由正末或正旦唱曲，其餘角色說白。這一段只用曲一至三支，曲調有一定的：一支則用雙調水仙子，兩支則用雙調沽美酒、太平令，或仙呂後庭花、柳葉兒，三支則用雙調側磚兒、竹枝歌、水仙子。這幾支曲，與第四折所用宮調異同均可，但必須換韻。」（鄭騫著，《景午叢編》，台北：台灣中華書局，1972年，頁 193）大同小異，可見這段曲文也是元雜劇體製中，一個存在的元素。

[註15] 同前註，《元代雜劇藝術》，頁 115。

該叫什麼名稱，徐氏則持保留態度。

這段曲文雖然可以更完善的收拾劇情，或者給人一種餘波盪漾的感覺，但由於它通常寫在「散場」二字之後，所以容易被忽略不錄。若就曲牌套式而言，散場前既已用了尾聲，在音樂上便已有了收束的感覺，以實際表演為考量，可能也是不一定必要的。

以上四點，乃元雜劇曲牌由元刊本到明宮廷演出本，逐漸散佚的四個可能的路徑。雖然從時代背景與演出環境的角度而言，實有其不得不然的趨勢。但其對於劇作家嘔心瀝血之作的大肆刪改，及刪改幅度之大，仍使人頗覺遺憾。正如對元雜劇異本比對投入心力最多的鄭騫所言，明代版本對於元雜劇的刪改經常是「枝葉俱芟，只存樹幹」〔註16〕。其粗率的作法，直使劇作喪失原有的搖曳之姿，令人大嘆可惜。

二、曲牌異名與順序

在【表3-1】所列十個劇本中，除了「么篇」作「么」、【梁州第七】作【梁州】、【高過浪里來煞】作【高過煞】、【鬼三台】作【三台】等，應為同一曲牌名稱之簡化，暫不列入討論外，其餘曲牌稱名相異者共計二十二支。依其名稱相異的情況可分為以下三類：

（一）脫落或增補曲牌名

在【表3-1】所列的十個劇本中，元刊本與宮廷演出本在曲牌名稱上有「一而為二」或「二而為一」之現象者有：元刊本《關大王單刀會》第三折中呂宮之【剔銀燈】、【蔓菁菜】（脈望館鈔校本僅標註【剔銀燈】）、息機子

〔註16〕鄭騫〈元雜劇異本比較〉第五組，頁56。對《諸葛亮博望燒屯》第一折【那吒令】、【鵲踏枝】、【寄生草】，第二折【牧羊關】等曲遭刪除的批評。另外，在十個劇本中，他曾經點名批評的還有：《張鼎智勘魔合羅》第一折【那吒令】、【鵲踏枝】「此兩曲流利自然，刪去可惜。」（第三組，頁 25）、《看錢奴買冤家債主》第一折「寄生草么：元刊有此曲，甚佳；雜劇選及臧選刪去，不當。」（第二組，頁105）、第二折「呆古朵：元刊此曲甚佳，流利生動，息機子及臧選刪去之，不當。」、「第四支滾繡球：息機子逕將此滾繡球刪去，又作臧選同刪去脫布衫等，雖切劇情，卻失佳曲。」（第二組，頁105）、《醉思鄉王粲登樓》第三折「哨遍、要孩兒、么、三煞、二煞：此五曲酣暢淋漓，與另一被刪之喜春來同為佳作，若無李鈔及詞套，將永遠湮沒矣。」（第三組，頁38）、第四折「川撥棹、七弟兄、梅花酒、收江南：此四曲與駐馬聽俱為酣暢之筆，幸有李鈔為之保存。」（第三組，頁38）此處姑且列出，以資參考。

本《死生交范張雞黍》第四折般涉調之【耍孩兒】、【二煞】（元刊本僅標註【耍孩兒】）、元刊本《相國寺公孫汗衫記》第四折雙調之【沽美酒】、【太平令】（脈望館鈔校內府本僅標註【沽美酒】）、脈望館鈔校于小穀本《好酒趙元遇上皇》第一折仙呂之【醉中天】、【金盞兒】（元刊本僅標註【醉中天】）等四處，究竟何者爲是，何者爲非？以下便依各曲牌之譜式加以分析。

1、元刊本《關大王單刀會》第三折中呂宮

【剔銀燈】折末他雄糾糾軍排成殺場，威凜凜兵屯合虎帳，大將軍奇銳在孫吳上，倚著馬如龍人似金剛，不是我十分強，硬主仗，題著廝殺去摩拳擦掌。

【蔓菁菜】他便有快對付能征將，排戈戟列旗鎗，對幛，三國英雄漢雲長，端的豪氣有三千丈。（《校訂元刊雜劇三十種》，頁7）

依鄭騫《北曲套式彙錄詳解》（以下簡稱《詳解》）一書所整理分析之中呂宮聯套法則而言，通常【剔銀燈】與【蔓菁菜】皆爲連用，如白樸《梧桐雨》第二折及《箭射雙雕》（無折次）、馬致遠《青衫淚》第四折及《漢宮秋》第四折、孟漢卿《魔合羅》第四折、金仁傑《蕭何追韓信》第三折、秦簡夫《東堂老》第三折、楊梓《霍光鬼諫》第二折、無名氏《博望燒屯》第四折九本皆依此連用，許子漢《元雜劇聯套研究》則稱此爲一「曲段」〔註17〕，使用上必不可分。

如進一步觀察其譜式，則【剔銀燈】通常爲七句式：「七乙：七乙：七：七乙：三‧三：四：」，【蔓菁菜】則爲五句式：「七（六乙）：七（六乙）：四：七：五：」（《北曲新譜》，頁156），先且不論其平仄、用韻之正確與否的問題，以其句數而言，此十二個句子，應分屬【剔銀燈】、【蔓菁菜】二曲無誤，脈望館鈔校本僅標註【剔銀燈】，顯然係脫落【蔓菁菜】之牌名。

2、息機子本《死生交范張雞黍》第四折中呂宮借般涉調

【耍孩兒】蒙恩勑賜加官賞，遵先帝率由舊章，小官本貫住山陽，幼年間父母雙亡，三公若是無伊呂，四海誰知有范張，你比張邵無名望，張邵德重如曾顏閔冉，才高正似賈馬班揚。

【二煞】小官犬馬年雖長，論學問持籥納降，平生師友不能忘，有終身不斷心喪，想漢朝豈無良史書名姓，眾文武自有傍人話短長，臣舉孔仲

〔註17〕許子漢著，《元雜劇聯套研究》，台北：文史哲出版社，1998年，頁103。

山可作頭廳相，似小生常人有數，論此人國士無雙。(《全元雜劇》二編
二，頁 31)

般涉調之【哨遍】、【耍孩兒】、【煞】、【墻頭花】等曲，乃見於李玉《北詞廣
正譜》所列中呂宮經常借用二十四個其它宮調之列，其中【耍孩兒】之使用，
亦經常連用【煞】曲，鄭騫云：「般涉耍孩兒與煞為連用曲，但耍孩兒後可不
用煞，煞前必用耍孩兒。耍孩兒只用一支者居多，連用么篇者甚少，煞之數
目不拘，有多至十餘煞者。」〔註 18〕根據《詳解》所列套式統計，中呂宮劇
套借用【耍孩兒】者約有七十個劇套，其中【耍孩兒】後用【煞】曲者，便
佔了六十二劇套之多，其餘有十三個劇套接【尾聲】或【煞尾】，五個劇套連
用【么篇】，可見【耍孩兒】曲牌後接【煞】曲，實為劇套之常態，如元刊本
《死生交范張雞黍》之接【快活三】者則未見。

進一步觀察【耍孩兒】之譜式，則應為九句式：「七：六：七・六：七・
七：三・四・四：」，【煞】曲則為八句式：「三・三：七：七・七：三・四・
四：」(《北曲新譜》，頁 206)，故以其句數而言，此十七個句子，應分屬【耍
孩兒】及【煞】，元刊本顯然脫落【煞】曲牌名。

3、元刊本《相國寺公孫汗衫記》第四折雙調

　　【沽美酒】若說著俺的祖先，大豪富有家緣，又道我披著蒲席說有錢，
俺家鄉不遠，祖宗住在梁園。

　　【太平令】俺向馬行街開著個門面，這五兩銀權作齋錢，你將那梁武懺
多談幾卷，消災咒盛看與幾遍，你便，可憐，老夫的命寒，你將俺張孝
友孩兒來追薦。(《校訂元刊雜劇三十種》，頁 205)

《詳解》曾有：「沽美酒、太平令，兩曲須連用，獨用太平令者只見詐妮子、
陳摶高臥兩劇套，未見獨見沽美酒者。」〔註 19〕之結論，許子漢《元雜劇聯
套研究》中則實際統計元雜劇中【沽美酒】、【太平令】二曲連用者有九十八
例，〔註 20〕若脈望館鈔校內府本之用法正確，則實為元雜劇之特例。

又據《新譜》觀察，【沽美酒】應為五句式：「五：五：七：四：六乙：」，
【太平令】為八句式：「七乙：七乙：七乙：七乙：二：二：二：七乙：」
(《北曲新譜》，頁 303)，故脈望館鈔校內府本之十三句，應分屬【沽美酒】、

〔註 18〕同註 10，頁 91。
〔註 19〕同註 10，頁 155。
〔註 20〕同註 17，頁 168。

【太平令】二曲，趙本實係脫誤。

4、脈望館鈔校于小穀本《好酒趙元遇上皇》第一折仙呂

【醉中天】春里斷呵春暖群芳收，夏里斷呵夏暑芰荷香，秋里斷呵金井梧桐敗葉黃，冬里斷呵瑞雪飛頭上。人生死則在一時半晌，斷了金波綠醸，卻不等閑的虛度時光。

【金盞兒】你交我住村舍伴芒郎，養皮袋住村坊，每日價風吹日炙將田耩，和那沙三趙四受風霜。怎能夠百年渾是醉，三萬六千場？常言道野花攢地出，我則怕村酒透瓶香。（《全元雜劇》初編七，頁7）

《詳解》中曾歸納仙呂宮中：「金盞兒、醉中天、後庭花，三曲可『迎互循環』。」〔註21〕即謂此三支曲牌在運用上，經常是交相循環，先後順序並不固定。如再縮小範圍，僅觀察【醉中天】及【金盞兒】二曲連用之劇套，則【金盞兒】在前、【醉中天】在後者計有十五套（包括《城南柳》之【（金盞兒）么篇】接【醉中天】）；【醉中天】在前、【金盞兒】在後者計有二十套。其中重複計算者為《博望燒屯》、《范張雞黍》、《謝天香》、《風光好》、《趙氏孤兒》五劇（皆用【金盞兒】→【醉中天】→【金盞兒】之循環模式），及《伊尹耕莘》、《西遊記》兩劇（用【醉中天】→【金盞兒】→【醉中天】的循環模式）。可見【醉中天】與【金盞兒】二曲，音樂性質應當十分融合，可以互相連用，前後不拘。

《新譜》所載【醉中天】譜式為七句式：「五：五：七：五：六：四：六：」，又一體為：「五：五：七：五：九：二：六：」，【金盞兒】譜式為八句式：「三：三：七：七：五‧五：五‧五：」，又一體為：「三：三：七：三：三：三：七。七：」（《北曲新譜》，頁99～101），故元刊本之十五句，應分屬【醉中天】、【金盞兒】二曲，元刊本顯然脫誤。

由以上分析可知，脈望館鈔校本《關大王單刀會》第三折中呂宮之【剔銀燈】後脫落【蔓菁菜】曲牌名、元刊本《死生交范張雞黍》第四折般涉調【要孩兒】後脫落【二煞】曲牌名、脈望館鈔校內府本《相國寺公孫汗衫記》第四折雙調【沽美酒】後脫落【太平令】曲牌名、元刊本《好酒趙元遇上皇》第一折仙呂【醉中天】後脫落【金盞兒】曲牌名。脫落曲牌名之錯訛，時而發生於元刊本，時而發生於宮廷演出本，二者之間錯誤的頻率相當，並未因

〔註21〕同註10，頁41。

時代變遷而相對得到改善。

　　如仔細分析，可以發現此等脫落牌名之錯誤，經常發生於元雜劇劇套中慣於連用之曲段，可以想見該曲段在演出時可以連續接唱，久而久之，時人便不再刻意辨認之，此等脫落曲牌名之錯訛，在劇本、曲本中，不乏其例，如今人最熟悉之崑曲《牡丹亭》【皂羅袍】曲牌後接【好姐姐】，世人則慣以【皂羅袍】統稱之，由此可見一斑。

（二）曲牌名稱之多元

　　名稱之多元，是元曲曲牌經常有的現象，如黃鍾宮之【喜遷鶯】又名【烘春桃李】、【古水仙子】又名【水仙子】、【寨兒令】又名【塞雁兒】，雙調之【雁兒落】又名【平沙落雁】、【得勝令】又名【凱歌回】、【滴滴金】又名【甜水令】，甚至有一曲多名的，如中呂宮之【喜春來】又名【喜春風】、【陽春曲】、【春喜兒】，正宮之【六么遍】又名【柳梢月】、【柳梢青】、【梅梢月】等。而尾曲名稱之樣，更是令人眼花撩亂，有【賺煞尾】、【賺煞】、【賺尾】、【煞尾】、【尾聲】、【尾】、【收尾】、【收尾煞】、【隨煞尾】、【隨尾】、【上馬嬌煞】、【後庭花煞】、【黃鍾煞】、【啄木兒煞】、【鴛鴦煞】、【離亭宴煞】、【歇指煞】、【絡絲娘煞尾】、【浪來裏煞】、【玉翼蟬煞】、【觀音煞】等，林林總總，不勝枚舉。而從元刊本到明代宮廷演出本的名稱差異，則多半出現在此類曲牌名稱之上，以下便分為「套中曲牌」與「尾曲牌名」兩類略作討論：

1、套中曲牌

　　這一類的改稱在兩個階段的曲牌異名中並不多見，在十個劇本的比對中，只有兩處不同：一是《相國寺公孫汗衫記》第四折之雙調【江兒水】改為【清江引】；一是《張鼎智勘魔合羅》第一折之仙呂【憶王孫】改為【一半兒】。

　　若以鄭騫《北曲新譜》所整理歸納的資料觀察之，則其卷十二〈雙調〉曲牌中不收【江兒水】，但有【清江引】一條，而其下便註曰：「又名【江兒水】。」（《北曲新譜》，頁 297）曲文內容：「到晚來枕的是多半個磚，每日向長街上轉，叫殺爺娘佛，沒個可憐見，陳虎才俺和你有是末殺父母冤。」亦合於其所列譜式「五句：七：五：五·五：七：」，可見兩個階段的曲牌名稱，乃為同曲異名，並無內涵上的不同。

　　另外，在鄭騫《北曲新譜》卷三〈仙呂宮〉有【憶王孫】與【一半兒】兩支曲牌名稱，其譜式皆為「五句：七：七：七：三：七：」，而在【一半兒】

條下註曰：「此即憶王孫，末句嵌入兩個『一半兒』，故名，曲中多用此體，用憶王孫者甚少。」（《北曲新譜》，頁 103）可見兩支曲牌差異僅在於末句的曲文內容之上，譜式並無不同。而古名家本將元刊本【憶王孫】末句之曲文「這病少半兒因風多半是雨」改爲「一半兒因風一半兒雨」，正文字數、格律仍舊相同，僅將「少半兒、多半是」改爲「一半兒、一半兒」，正爲符合【一半兒】曲牌之用法，故兩者亦可謂屬於同曲異名之曲牌。

2、尾曲牌名

從【表3-1】之比對中，我們可以發現，各劇套曲牌異名的現象，多半發生在尾曲的部分。

在這些尾曲異名中，有仙呂宮的【賺煞尾】改【尾聲】（《關大王單刀會》）、【收尾】改【尾聲】（《諸葛亮博望燒屯》）、【尾】改【尾聲】（《楚昭王疏者下船》）、【尾】改【賺煞】（《張鼎智勘魔合羅》），有正宮之【尾】改【尾聲】（《關大王單刀會》）、【收尾煞】改【隨尾煞】（《看錢奴買冤家債主》），有中呂宮之【尾】改【尾聲】（《關大王單刀會》、《楚昭王疏者下船》），有南呂宮之【隨煞尾】改【尾聲】（《諸葛亮博望燒屯》），有雙調之【鴛鴦尾】改【鴛鴦煞尾】（《諸葛亮博望燒屯》），有越調之【收尾】改【尾聲】（《楚昭王疏者下船》）、【收尾煞】改【尾聲】（《看錢奴買冤家債主》），有商調之【尾】改【浪里來煞】（《張鼎智勘魔合羅》）、【浪來里煞】改【尾聲】（《看錢奴買冤家債主》）等十四處。

以下便藉鄭騫《北曲套式彙錄詳解》一書，整理各劇套宮調之尾曲名稱：

（1）仙呂宮：賺煞尾、賺煞、賺尾、煞尾、尾聲、尾、上馬嬌煞、後庭花煞、收尾、青哥兒（無尾）。

（2）正宮：尾聲、煞尾、隨煞尾、隨尾、黃鍾尾、黃鍾煞、啄木兒煞、鴛鴦煞、收尾、收尾煞。

（3）中呂宮：尾聲、賣花聲煞、隨煞、啄木兒煞、隨尾、煞尾、尾煞、尾、收尾、收尾煞、古竹馬（無尾）、堯民歌（無尾）。

（4）南呂宮：黃鍾尾、黃鍾煞、黃鍾煞尾、隨煞、隨尾煞、隨尾、尾、煞、尾聲、煞尾、收尾、尾煞、隔尾。

（5）雙調：收尾、隨煞、隨尾、本調煞、煞、鴛鴦煞、鴛鴦尾煞、鴛鴦煞尾、離亭宴煞、歇指煞、離亭宴帶歇指煞、絡絲娘煞尾、尾聲、尾、（以收江南、喜江南、太平令、得勝令、水仙子、折桂令、清

江引、落梅風、殿前歡、掛玉鉤等曲收，不作尾曲）。

（6）越調：收尾、天淨沙煞、眉兒彎煞、尾聲、尾。

（7）商調：浪來裏煞（浪裏來煞）、高過浪裏來煞、高過隨調煞、啄本兒尾、隨調煞、尾聲、尾、梧葉兒（無尾）。

（8）黃鍾宮：尾聲、隨尾、煞尾、收尾、尾。

（9）大石調：尾聲、玉翼蟬煞、觀音煞、隨煞尾（此調僅用於四個劇套，無法多列舉）。

（10）小石調、般涉調、商角調無劇套之例可用。

如以上列十劇所出現的【尾】、【尾聲】、【收尾】、【收尾煞】、【隨尾煞】、【隨煞尾】、【賺煞】、【賺煞尾】、【鴛鴦尾】、【鴛鴦煞尾】、【浪里來煞】、【浪來里煞】十二個尾曲名稱來看，首先，就其字面意義而論，則「尾」，為「最後、末端」，「尾」曲則有「最末一曲」之意；而「煞」，則為「收束、停止」，「煞」曲亦具有「結尾的曲子」的意義〔註22〕；「收」字亦有「收束、停止」，與「尾、煞」之意甚近。如以劇套而言，凡最末尾之曲牌，皆可冠以「收、尾、煞」等字眼。故在尾曲異名中，【尾】、【尾聲】、【收尾】、【收尾煞】等曲牌名，經常只是泛稱，較不具特別譜式意義；〔註23〕而「隨」字則有「跟從、順從」之意，「隨尾」顧名思義應該是指跟隨前面山調而來的尾曲，故【隨煞尾】、【隨尾煞】（包括【隨尾】、【隨煞】）之名，亦普遍見於正宮、中呂宮、南呂宮、雙調、黃鍾宮、大石調等宮調之中，並不特別歸屬於某一宮調。以上尾曲曲牌，如必欲歸納其譜式，則其「又一體」或變格將多不勝數，故此等牌名應為不分宮調、不論前曲，例可通用的尾曲名稱，這也是我們幾乎在上列各個宮調中，隨處可見這些曲牌名稱的原因。

相對於【尾】、【尾聲】、【尾煞】、【收尾】、【收尾煞】、【隨煞尾】、【隨尾煞】等尾曲牌名泛稱，在劇套中，【賺煞尾】及【賺煞】之名僅見於仙呂宮，【鴛鴦煞尾】（【鴛鴦煞】）則僅見於雙調，【浪里來煞】（【浪來里煞】）亦僅見

〔註22〕但【煞】之曲牌，意義不僅如此，葉慶炳〈北詞廣正譜般涉三煞糾謬〉一文指出：「所謂煞這個曲牌，包括兩大類：一是緊接尾聲之前的煞曲，如正宮、南呂等煞。其二是尾聲的別名，如尾煞、煞尾之類，有時僅一個煞字；或尾聲的特別格式，如仙呂的賺煞、雙調的離亭宴煞、商調的浪來里煞等。」（台灣大學《文史哲學報》第三期，1951年，頁149～159）。

〔註23〕另有【煞尾】一名，則通常用於【煞】曲之後，但也並非固定，如在仙呂宮中可代【賺煞】、【賺煞尾】等名，成為尾曲；而中呂宮之【滿庭芳】、【堯民歌】、南呂宮之【採茶歌】、【賀新郎】等，也都曾接【煞尾】。

於商調，這類尾曲名稱，其譜式較爲固定，具有特定唱法，並不用於泛稱尾曲。

而在上列比對兩階段十四處的尾曲異名中，除了《諸葛亮博望燒屯》之雙調【鴛鴦尾】改【鴛鴦煞尾】爲名稱繁簡之別，無關宏旨外，其餘十三個異名中，有九處是明代宮廷演出本將各種尾曲異名泛以【尾聲】稱之，其中包括【尾】改【尾聲】、【賺煞尾】改【尾聲】、【收尾】改【尾聲】、【隨煞尾】改【尾聲】、【收尾】改【尾聲】、【收尾煞】改【尾聲】、【浪來里煞】改【尾聲】，雖然其中也有兩處是依尾曲的特定譜式，將元刊本之【尾】改用【賺煞】及【浪里來煞】等更爲精確的名稱，但普遍而言，明代宮廷演出本在尾曲名稱的處理上，有簡單化的傾向。

（三）【煞】曲牌名之混用

【煞】曲是北曲牌名中一種特殊的格式，依葉慶炳〈北詞廣正譜般涉三煞糾謬〉一文指出：「所謂煞這個曲牌，包括兩大類：一是緊接尾聲之前的煞曲，如正宮、南呂等煞。其二是尾聲的別名，如尾煞、煞尾之類，有時僅一個煞字；或尾聲的特別格式，如仙呂的賺煞、雙調的離亭宴煞、商調的浪來里煞等。」〔註 24〕而其文中所討論「般涉三煞」的問題，係屬前者，與此處欲指出元明人用【煞】的問題，息息相關，此處暫且藉以說明。

首先，他拋出如下的議題：

> 在《廣正譜》以前的《太和正音譜》，般涉調只有附在耍孩兒後面用的那種煞，並無所謂「三煞」。《廣正譜》的說法顯然是一種創見，看起來好像十分詳盡，而且能成爲一個完整的系統；不幸，這種創見竟是完全錯誤的。〔註 25〕

認爲般涉調在【耍孩兒】後用【煞】是既有的習慣用法，並不限定於【三煞】，《廣正譜》的說法顯然是一種錯誤的「創見」。此破題之語，一針見血，我們只要仔細觀察般涉調【煞】曲在套式中的用法，便可發現通常【耍孩兒】曲後慣用【煞】，而緊接其後的煞曲數字不一，從【一煞】到【六煞】盡皆有之，還有劉時中〈既官府甚清明〉一套，甚至從【十三煞】到【一煞】。可見般涉調的煞曲，不獨【三煞】一曲，【三煞】亦不是般涉調中單一特別的格式，《廣正譜》的說明，值得商榷。

〔註 24〕同註 22，頁 149。
〔註 25〕同前註。

接著文中又指出《北詞廣正譜》一個根本的錯誤：

> 「三煞」只是一個冷僻的曲調，不足以統攝任何煞曲。《廣正譜》卻
> 拿它當作本格，而把其他宮調的煞曲列爲它的變格。正宮、南呂的
> 煞本是自有的，《廣正譜》偏要説是借來的，不惜變亂了格式以遷就
> 其説；這筆拐彎抹角的糊塗賬，誰能承認！〔註26〕

李玉《北詞廣正譜》中列出十一種「般涉三煞」的格式，以其爲本格，後來
借入正宮、南呂等宮調之中，是「般涉三煞」的變格。對此，葉慶炳一一分
析糾謬。認爲正宮有正宮之煞、南呂宮有南呂宮之煞、般涉調有般涉調之煞，
彼此互不相干，並非皆借用自般涉調。另外，針對前人以無名氏《赤壁賦》
一劇亦用煞，故將越調煞收入，把北曲煞分爲正宮、南呂、般涉、越調四種
〔註27〕，葉氏則以爲越調之煞曲爲孤例，不足以和正宮、南呂、般涉等相提
並論。故知【煞】之牌名，在宮調的套式之中，有其特殊地位及獨立格式，
切不可因其【煞】名之同，而言其爲某一宮調借用之格。

　　另外，由於煞曲之重複使用，並標以數之字的作法，是爲此一曲體之常
態，久之，便有人將其視爲前一曲牌之【么篇】換頭，著名如吳梅在般涉【煞】
下云：

> 首二句爲三字對偶，而以「順時」句（第三句）承之，以下句法全
> 與要孩兒下半同，故世人以煞爲要孩兒。〔註28〕

對此，鄭騫以爲事實並不必然如此，他道：

> 要孩兒自有么篇，與始調相同，以不必再有此換頭：惟無名氏錢唐
> 自古套首曲爲要孩兒，其下煞曲九支即題爲么，又西遊記第二折要
> 孩兒用煞一支，亦題爲么，又可證實吳説。但只見此二例，別無可
> 考，吳氏所謂「世人」亦只是假託之詞；姑識於此，存疑從可耳。（《北
> 曲新譜》，頁208）

認爲吳梅僅以極少數例子，便道般涉調煞曲爲【要孩兒】么篇換頭，似乎並
不恰當，故而姑且存疑。

　　雖然如此，但煞曲與【么篇】名稱混用的例子，確是時有可見的，如元
刊本在《死生交范張雞黍》第三折商調套式中，則將【醋葫蘆】（與前一曲同

〔註26〕同註22，頁155。
〔註27〕如吳梅之《南北詞簡譜》，及王玉章之《元詞斠律》。
〔註28〕吳梅《南北詞簡譜》，卷四【北般涉調】，收錄於《吳梅全集》，石家庄：河北
　　　　教育出版社，2002年，頁245。

名，意即前曲【么篇】）直接標以【三煞】，即可能爲這種思想下的產物。且看元刊本《死生交范張雞黍》第三折之商調【三煞】曲文爲：

> 待不去呵逆不過親眷情，待去呵應不過兄弟口，想對牀風雨幾春秋，只落
> 的墳頭上一盃澆奠酒，從今別後，再相逢枕席上黃昏時候五更頭。

查商調中除尾曲外，並不用【煞】，故如果此例成立，則爲劇套中商調用煞之孤證，〔註 29〕目前難以確信。但息機子本將之改爲與前曲重複的【醋葫蘆】，就其譜式而言，其與商調【醋葫蘆】之六句式：「三・三：七：七：四：七：」（《北曲新譜》，頁 223）極其相符，故以之爲【醋葫蘆】，應該是比較正確的。而元刊本標以【三煞】，即將之與【么篇】混同了。至於這種混淆是如何形成的呢？或許我們可以在下列的例子中，找到一些蛛絲馬跡。

元刊本《相國寺公孫汗衫記》第二折越調【二】、【三】之曲文：

> 【二】陳虎那廝奸奸乍乍，張孝友又虔虔㐸㐸，媳婦兒當年整二八，
> 只願得你出入通達。

> 【三】道張員外遺漏火發，立掙了呆㐸孩諕殺，待去來當街里立著兵馬，
> 俺卻是怎生合煞。（《校訂元刊雜劇三十種》，頁 201）

由於其標示方式與【煞】曲的簡化方式，十分雷同〔註 30〕。但觀其句式，與前一曲【絡絲娘】之四句式：「七乙：七乙：七：四：」（《北曲新譜》，頁 257）一致，故正確名之，應以脈望館鈔校內府本所改之【么篇】，較爲恰當，而非【三煞】之簡名。〔註 31〕

同樣的簡稱方式也出現在宮廷本《唐明皇秋夜梧桐雨》第四折正宮【白鶴子】之後的【二】、【三】、【四】等曲牌名稱上，進一步分析其句式，亦應爲【（白鶴子）么篇】，而非【二煞】、【三煞】、【四煞】之簡名。所以，【么篇】作【二】（或【三】……），【二】（或【三】……）再作【二煞】（或【三煞】……），抑或相反，【二煞】作【二】，【二】再作【么篇】，這樣的標名推進方式，也許正造成了今日所見的混淆狀況。

〔註 29〕般涉三煞借入商調，目前僅見商政叔撰〈渭城客舍〉之散套。《北曲新譜》，頁 233。

〔註 30〕如元刊本《楚昭王疎者下船》第三折即以【四煞】後的二曲，與【四煞】句式相同，故應爲【三煞】、【二煞】，但元刊本標名爲【三】、【二】。

〔註 31〕其格式與目前僅見的越調煞無名氏《赤壁賦》之八句式：「五：五：五：五：四：四：三：七：」，大不相符，如必稱其爲【煞】，則越調之【煞】曲可再增一例，其實令人懷疑。

（四）更易曲牌順序

在十個劇本的比較中，宮廷演出本曾經調整曲牌順序的僅有三處，一是《相國寺公孫汗衫記》將第四折【沽美酒】等二曲（宮廷演出本脫落【太平令】調名），改置於【碧玉簫】後，一是《死生交范張雞黍》將第二折兩支【隔尾】順序互調，另一是《醉思鄉王粲登樓》第四折將【喬牌兒】【水仙子】移至【雁兒落】【得勝令】前。

元刊本《相國寺公孫汗衫記》第四折原本有十支曲牌，【新水令】、【風入松】二曲爲正末張義與趙興孫從相遇到相認的情節，【落梅風】至【太平令】三曲爲正末要求僧人追薦兒子之曲，【小將軍】至【碧玉簫】三曲乃正末敘述家中變故，最後【雁兒落】、【得勝令】二曲則爲父子相認。此處宮廷本刪去【風入松】、【落梅風】二曲，將【小將軍】、【江兒水】、【碧玉簫】三曲調至【沽美酒】前，以音樂而言，並未破壞聯套規律，仍然可以順暢演出。但就情節而言，宮廷本刪去了【風入松】、【落梅風】二曲，則原本與趙興孫相認情節便無曲鋪排，而且接著正末與僧人（張孝友）見面，直接轉入下一場，如此一來，便顯得太過倉促，故編者將【小將軍】、【江兒水】（【清江引】）、【碧玉簫】三支曲文往前調，這三支曲唱的是：

> 【小將軍】若說著俺小業冤，他剝騰了我些好家緣，典賣了莊田火燒了宅院，可則悶的俺這兩口兒可也難過遣。
>
> 【清江引】到晚來枕的是多半個磚，每日在長街上轉，口叫爺娘佛，無人可憐見，陳虎采我和你便有甚麼那個殺父母冤。
>
> 【碧玉簫】那廝模樣兒慈善賊法軟如綿，心腸兒機變，色膽大如天，俺孩兒信他言，信他言裝上船，去了十八年，不能夠見，天叫花在這悲天院。（《全元雜劇》初編五，頁 46）

乃正末敘述家道敗落及兒子失散之事，可以取代【風入松】一曲，發揮更完整的功能。這三支曲文移至【沽美酒】之前，訴說對象便由自己兒子，轉換爲故人趙興孫，這樣的安排十分合乎情理，否則原本雖有【風入松】一曲，但相隔十八年的故人相逢，中間發生這麼多的變故，卻無一語相問，豈不太過草率。而且更動之後，【沽美酒】、【太平令】、【雁兒落】、【得勝令】四曲，緊密相連，父子相認的情節便更加緊湊，比起原本正末已道出張孝友之名後，還要再唱此三曲，僧人才自動相認，情感表達較爲順暢。

宮廷本《死生交范張雞黍》將第二折兩支【隔尾】順序互調，就音樂而

言，並未變動，所考慮者，亦應為情節的因素。原本兩支【隔尾】及前後曲文內容順序如下：

> 【隔尾】想當日那踰垣而走的其實憊，申生飲鴆而亡則是呆，魏文侯比公孫述性乖劣，田子方命絕，段干木死也，則落得萬古千秋著人做笑話兒說。

> 【牧羊關】生不遇天時爾，道不行呵予命也，咱人子審的這出處是的便是英傑，伊尹起呵萬姓俱安，巢由隱呵一身自潔，光武量唐虞比，子陵傲古今絕，非子陵無以表光武大包天地，非光武□□知子陵名高日月。

> 【隔尾】望見高車呵早大開門倒屣連忙接，聞得鈞命至呵早不俟駕披襟走不迭，我著領雪練般狐裘，赤緊的遇著炎熱，本錢不折，上手來便撒，我怕不待求善價沽諸行貨背時也。（缺文以宮廷本補。《校訂元刊雜劇三十種》，頁 323）

第一支【隔尾】與【牧羊關】乃正末論古人之事，與第二支【牧羊關】、第三支【隔尾】之：

> 【牧羊關】今日箇東都門逢萌冠不掛，常朝殿朱雲檻不折，桑樹下十楷子一穀靈輒，滄海上孫叔敖乾受苦十年，囹圄內管夷吾生餓做兩截，赤松嶺張子房迷了歸路，洞庭湖范蠡爛了椿橛，首陽山殷伯夷撐的肥胖，汨羅江楚三閭黑嘍嘍味的醉也。

> 【隔尾】我則是箇春申君不比頭答接，下吏難消今古牒，著一箇正一品公孫到茅舍，小生才不及傅說，辯不及蒯徹，被這厚禮畢辭將我來送了也。（《校訂元刊雜劇三十種》，頁 323）

語意是一貫的，應該都是正末與丞相第五倫談話的內容，而觀第二支【隔尾】曲文的內容，則為正末慌忙迎接第五倫時所唱，所以如果按照元刊本的曲文順序，則前兩支曲文，成了正末一個人的自言自語，然後見到第五倫的時候，又繼續前面的想法，接下去談論，這樣豈不是太奇怪了嗎？但這也有可能是一段元刊本的錯文，並非作者原意。

而《醉思鄉王粲登樓》第四折與李鈔本相較，共刪去十三曲之多，除了【殿前歡】、【喬牌兒】、【掛玉鉤】、【沽美酒】、【太平令】等五曲曲文已無由得見外，其餘十三曲中，【新水令】至【得勝令】四曲乃王粲敘述自己得官歸來，天子封賞的得意心情，【甜水令】、【折桂令】二曲則述及以往，【喬牌

兒〕、【水仙子】則傾吐對蔡邕的滿懷怨氣，【川撥棹】至【鴛鴦煞】五曲則應是誤會釋開，王粲敘述自己上萬言書退敵，得到天子器重，而終於苦盡甘來的情景。

此折宮廷本刪減曲牌，及調整曲牌順序的動作，對套式結構而言，並無太大影響。因爲不用尾聲，而代以他曲，乃爲雙調套式的特色之一，根據鄭騫統計，在雙調中用他曲代尾聲的使用次數有：

> 收江南十八套，太平令十七套，水仙子十一套，得勝令九套，折桂
> 令八套，清江引三套，掛玉鉤三套，殿前歡三套，落梅風兩套，殿
> 前喜一套。〔註32〕

故不論是以【鴛鴦煞】或【水仙子】作尾，或調換曲牌順序改以【得勝令】作尾，都是有前例可循，不爲失律。

但就情節而言，如不調整曲牌順序，則實難使全劇圓滿落幕。原本刪去十三曲，便已有草率之嫌，不但使得佳曲散失，劇中人的情緒亦無法暢快以達。而其將【喬牌兒】、【水仙子】二曲移至【雁兒落】、【得勝令】之前的作法，則稍可彌補其孟浪之失。因爲如果照原先曲牌順序，則成了以埋怨蔡邕的曲文收尾，縱使以賓白作補充，終將使劇末的團圓氣氛，大打折扣。所以將原先敘述自已得官封賞之曲，移二曲於後，可謂其保存大團圓格局的補過之舉。

故若僅以目前可見的三個例子而言，宮廷本改編或訂正元刊本的順序之處，應該都是爲求演出情節的順暢，或補其刪落曲牌之失，與套式慣例，並無絕對的關係。

第二節　過渡曲本之曲牌套式改編

上一節筆者探討了元刊本到宮廷演出本曲牌套式的改編現象，這裏便以同樣的方法，針對《盛世新聲》、《詞林摘豔》、《雍熙樂府》等三個曲本對近真本的改編，及其與宮廷本相異處作比較，希望能更進一步釐清過渡曲本的改編真相。以下先列出過渡曲本與元刊本、過渡曲本與宮廷演出本的重複劇套，及其曲牌套式的變異情況，以便說明。

以三種過渡曲本所收錄的劇套而言，可與元刊本作比較者有以下幾折：

〔註32〕同註 10，頁 155。

1、《嚴子陵垂釣七裏灘》第二折：《盛世新聲》、《詞林摘豔》、《雍熙樂府》

2、《蕭何月夜追韓信》第二折：《盛世新聲》、《詞林摘豔》、《雍熙樂府》

3、《尉遲恭三奪槊》第二折：《雍熙樂府》

4、《漢高祖濯足氣英布》第四折：《盛世新聲》、《詞林摘豔》、《雍熙樂府》

5、《死生交范張雞黍》第一折：《雍熙樂府》

6、《死生交范張雞黍》第二、三折：《盛世新聲》、《詞林摘豔》、《雍熙樂府》

7、《醉思鄉王粲登樓》第一折：《雍熙樂府》

8、《張鼎智勘魔合羅》第二折：《雍熙樂府》

共有九個劇套，其曲牌套式的詳細變易情況爲：

【表3-3】元刊本與過渡曲本之使用曲牌比較

劇 目	過渡曲本之曲牌增減及其異名
嚴子陵垂釣七裏灘	減：第二折越調【絡絲娘】 增：第二折【小桃紅】
蕭何月夜追韓信	減：第二折雙調【水仙子】、【夜行船】、【尾】（《雍》有此曲） 異名：【雁兒落】＋【得勝令】→《詞》【雁兒落帶得勝令】
尉遲恭三奪槊	減：第二折南呂【賀新郎】【牧羊關】【隔尾】【鬥鵪鶉】【哭皇天】【烏夜啼】【尾】
漢高祖濯足氣英布	第四折同
死生交范張雞黍	減：第三折商調《雍》刪去商調【醋葫蘆】【醋葫蘆】【醋葫蘆】【高過浪裏來】【尾聲】（《盛》《詞》五曲皆錄）。 增：第一折仙呂【金盞兒】、【賺尾】（元刊脫落） 第二折南呂【一枝花】、【梁州】、【隔尾（前）】、【隔尾】、【罵玉郎】、【感皇恩】、【採茶歌（前）】（元刊脫落） 第三折商調【柳葉兒】 異名：第二折【二煞】→【三煞】、【尾】→【尾聲】 第三折【三煞】→【醉葫蘆】、【（醉葫蘆）么】→【高過浪裏來】、【尾】→【尾聲】（《盛》、《詞》）
醉思鄉王粲登樓	第一折同
張鼎智勘魔合羅	第二折黃鍾宮 異名：【村裏迓鼓】→【節節高】、【這刺古】→【者刺古】

而過渡曲本可與宮廷演出本作比較的劇套有：

1、《破幽夢孤雁漢宮秋》第三、四折：《脈望館藏古名家雜劇》、《古雜

劇》、《盛世新聲》、《詞林摘豔》、《雍熙樂府》

2、《李太白匹配金錢記》第一折：《古名家雜劇》、《古雜劇》、《雍熙樂府》

3、《唐明皇秋夜梧桐雨》第二折：《改定元賢傳奇》、《古名家雜劇》、《脈望館藏古名家雜劇》、《元明雜劇》、《古雜劇》、《盛世新聲》、《雍熙樂府》

第四折：《改定元賢傳奇》、《古名家雜劇》、《脈望館藏古名家雜劇》、《元明雜劇》、《古雜劇》、《盛世新聲》、《詞林摘豔》、《雍熙樂府》

4、《迷青瑣倩女離魂》第二折：《脈望館藏古名家雜劇》、《古雜劇》、《盛世新聲》、《詞林摘豔》、《雍熙樂府》

第三折：《脈望館藏古名家雜劇》、《古雜劇》、《詞林摘豔》

第四折：《脈望館藏古名家雜劇》、《古雜劇》、《詞林摘豔》、《雍熙樂府》

5、《邯鄲道省悟黃粱夢》第三折：《脈望館藏古名家雜劇》、《盛世新聲》、《雍熙樂府》

6、《杜牧之詩酒揚州夢》第一折：《改定元賢傳奇》、《古名家雜劇》、《元明雜劇》、《雍熙樂府》

7、《醉思鄉王粲登樓》第一折：《古名家雜劇》、何煌以李開先抄本校《脈望館藏古名家雜劇》、《雍熙樂府》

8、《四丞相高會麗春堂》第三、四折：《脈望館藏古名家雜劇》、《盛世新聲》、《詞林摘豔》、《雍熙樂府》

9、《死生交范張雞黍》第一折：《元人雜劇選》、何煌以元刊本校《元人雜劇選》、《雍熙樂府》

第二、三折：《元人雜劇選》、何煌以元刊本校《元人雜劇選》、《盛世新聲》、《詞林摘豔》、《雍熙樂府》

10、《玉簫女兩世姻緣》第二、三折：《改定元賢傳奇》、《元人雜劇選》、《古名家雜劇》、《古雜劇》、《盛世新聲》、《詞林摘豔》、《雍熙樂府》

11、《鐵拐李度金童玉女》第一、二、三折：《脈望館藏古名家雜劇》、《盛世新聲》、《詞林摘豔》、《雍熙樂府》

12、《㑳梅香騙翰林風月》第一折：《脈望館藏元人雜劇選》、《古雜劇》、《盛世新聲》、《詞林摘豔》、《雍熙樂府》

第二折：《脈望館藏元人雜劇選》、《古雜劇》、《盛世新聲》、《雍熙樂府》

13、《呂洞賓三度城南柳》第一折:《元人雜劇選》、《脈望館藏古名家雜劇》、《雍熙樂府》

14、《宋太祖龍虎風雲會》第三折:《元人雜劇選》、《古名家雜劇》、《陽春奏》、《脈望館藏古名家雜劇》、《盛世新聲》、《詞林摘豔》、《雍熙樂府》

15、《蘇子瞻醉寫赤壁賦》第一折:《脈望館藏古名家雜劇》、《盛世新聲》、《詞林摘豔》、《雍熙樂府》

16、《漢公卿衣錦還鄉》第四折:《脈望館鈔校內府本》、《詞林摘豔》、《雍熙樂府》

17、《蘇子瞻風雪貶黃州》第一折:《脈望館鈔校于小穀本》、《雍熙樂府》

18、《狄青復奪衣襖車》第三折:《脈望館鈔校于小穀本》、《盛世新聲》、《雍熙樂府》

19、《呂翁三化邯鄲店》第二、三折:《脈望館鈔校于小穀本》、《雍熙樂府》

20、《張鼎智勘魔合羅》第二折:何煌就元刊本校《脈望館藏古名家雜劇》、《雍熙樂府》

總共有三十二個劇套,其曲牌套式的詳細變易情況爲:

【表 3-4】宮廷本與過渡曲本之使用曲牌比較

現 存 劇 目	過渡曲本之曲牌增減及其異名
破幽夢孤雁漢宮秋	《雍》減:第三折雙調【鴛鴦煞】 《盛》、《詞》減:第四折中呂【白鶴子】 異名:第三折【鴛鴦煞】→【尾聲】、第四折(無)→【叫聲】【(白鶴子)么】→【白鶴子】
李太白匹配金錢記	減:第一折仙呂【青哥兒】 增:第一折【那吒令】【鵲踏枝】【寄生草】【醉中天】
唐明皇秋夜梧桐雨	減:第二折中呂【滿庭芳】【普天樂】、第四折正宮【白鶴子】【二】【三】【四】【倘秀才】【倘秀才】【雙鴛鴦】【蠻姑兒】【滾繡球】【叨叨令】【三煞】【二煞】 順序:第四折順序大亂,原【倘秀才】【滾繡球】調至【芙蓉花】【伴讀書】【笑和尚】之前,中間減五曲,後亦減二曲。 異名:第四折【黃鍾煞】→【尾聲】
迷青瑣倩女離魂	減:第二折越調【禿廝兒】【絡絲娘】【雪裏梅】【紫花兒序】【東原樂】【綿搭絮】、第三折中呂【上小樓】【么】【十二月】【堯民歌】【哨遍】【耍孩兒】【二煞】、第四折黃鍾【(神仗兒)么】(《詞》有此曲)【側磚兒】【竹枝歌】【水仙子】

	異名：第二折【收尾】→【尾聲】、第三折【紅繡鞋】→【朱履曲】、【四煞】→【耍孩兒】、【三煞】→【又】、【尾煞】→【尾聲】、第四折（無）→【神仗兒】
邯鄲道省悟黃粱夢	第三折大石調同
杜牧之詩酒揚州夢	異名：第一折仙呂【賺煞】→【尾聲】
醉思鄉王粲登樓	增：第一折仙呂【（寄生草）么】【金盞兒】
四丞相高會麗春堂	減：第三折越調【東原樂】【絡絲娘】（原雍注【絡絲娘】者爲宮廷本之【拙魯速】）、第四折雙調【落梅風】（《盛》《詞》有）【攬箏琶】【沽美酒】【太平令】
	異名：第三折【（麻郎兒）么】→（無）、第四折【唐兀歹】→【倘兀歹】
死生交范張雞黍	第一折同
	減：第三折《雍》刪去商調【醋葫蘆】【醋葫蘆】【醋葫蘆】【高過浪裏來】【尾聲】（《盛》《詞》五曲皆錄）。
	順序：第二折南呂宮廷本【隔尾】【牧羊關】【隔尾】【牧羊關】過渡本則兩支【隔尾】互調
玉簫女兩世姻緣	減：第三折越調【麻郎兒】【么】【絡絲娘】【東原樂】
	順序：第二折仙呂【後庭花】【金菊香】（借宮）過渡本顛倒
	異名：第二折【隨調煞】→【浪來裏煞】、第三折【聖藥王】→【禿廝兒】【禿廝兒】→【聖藥王】
鐵拐李度金童玉女	減：第一折仙呂【賢聖吉】【滿堂紅】【大德歌】【魚游春水】【芭蕉延壽】（以上皆插曲）【金盞兒】、第二折南呂【尾聲】
	異名：第一折【賺煞】→【尾聲】、第二折【玄鶴鳴】→【哭皇天】、（無）→【烏夜啼】
	順序：第二折【一枝花】【梁州】宮廷本顛倒、第三折商調【么篇】→【么】
㑳梅香騙翰林風月	減：第一折仙呂【尾聲】
	第二折同
呂洞賓三度城南柳	減：第一折仙呂【後庭花】【醉扶歸】【賺煞】
	增：第一折【滿庭芳】【清江引】【又】
宋太祖龍虎風雲會	異名：第三折正宮【二煞】→【一煞】、【收尾】→【尾】（《雍》）【煞尾】（《盛》《詞》）
蘇子瞻醉寫赤壁賦	《詞林》減：第一折仙呂【那吒令】【鵲踏枝】【寄生草】（與【么】二曲合併爲一）
	《詞林》異名：第一折【上馬嬌】→（無）
	《雍熙》異名：第一折【那吒令】→【鵲踏枝】、【鵲踏枝】→【那吒令】

漢公卿衣錦還鄉	《雍》減：第四折正宮第二支【滾繡球】 《詞》增：第四折【尾聲】 異名：第四折（無）→【（小梁州）么】
蘇子瞻風雪貶黃州	異名：第一折仙呂【么】→【么篇】、【賺煞】→【尾聲】
狄青復奪衣襖車	減：第三折商調【後庭花】【雙雁兒】【醋葫蘆1】【醋葫蘆3】 異名：第三折【醋葫蘆2】→《雍》【逍遙樂】、【醋葫蘆4】→【（逍遙樂）么1】【醋葫蘆6】→【（逍遙樂）么2】【醋葫蘆5】→【（逍遙樂）么3】（《盛》基本上與《雍》相同，但將其第一支《逍遙樂》後五句改作【醋葫蘆】，後幾曲【么】亦作【醋葫蘆】）
呂翁三化邯鄲店	異名：第二折南呂【三煞】→【二煞】、【二煞】→【三煞】、【尾聲】→【煞尾】 第三折同
張鼎智勘魔合羅	異名：第二折黃鍾【村裏迓鼓】→【節節高】、【這剌古】→【者剌古】

一、增減曲牌

在上列與元刊本重複的九個劇套中，明代過渡曲本共計刪減曲牌十一支（《雍熙樂府》十支），增入曲牌二支，（缺文者暫不列入計算）牌名相異者八支。為便於比較分析，以下筆者且先將明代過渡曲本之曲牌增減的數量變化，列一簡表以供參考：

【表3-5】過渡曲本增刪近真本曲牌數目簡表 [註33]

劇　　目	折數	元刊本	增	刪	過渡本
嚴子陵垂釣七裏灘	二	11	1	1	11
蕭何月夜追韓信	二	13	0	3，2	10，11
尉遲恭三奪槊	二	11	0	7	4
漢高祖濯足氣英布	四	7	0	0	7
死生交范張雞黍	一	14	0	0	14
	二	15	0	0	15
	三	17	1	0，5	18
醉思鄉王粲登樓	一	13	0	0	13
張鼎智勘魔合羅	二	12	0	0	12
共　　　計		113	2	11，15	104，100

〔註33〕逗點分開者，乃《盛世新聲》、《詞林摘豔》與《雍熙樂府》不同處。

【表 3-6】明代宮廷演出本與過渡曲本之曲牌數目比較

劇　　　目	折數	宮廷本	盛詞增	雍增	盛詞減	雍減	盛詞	雍
破幽夢孤雁漢宮秋	三	12	0		0	1	12	11
	四	12	0		1	0	11	12
李太白匹配金錢記	二	11	4		1		14	
唐明皇秋夜梧桐雨	二	13	0		2		12	
	四	23	0		12		11	
迷青瑣倩女離魂	二	16	0		6		10	
	三	17	0	無	7	無	10	無
	四	15	0		3	4	12	11
邯鄲道省悟黃粱夢	三	13	0		0		13	
杜牧之詩酒揚州夢	一	11	無	0	無	0	無	11
醉思鄉王粲登樓	一	10	無	2	無	0	無	12
四丞相高會麗春堂	三	9	0		2		11	
	四	16	0		3	4	13	12
死生交范張雞黍	一	14	無	0	無	0	無	14
	二	15	0		0		15	
	三	18	0		0	5	18	13
玉簫女兩世姻緣	二	12	0		0		12	
	三	13	0		4		9	
鐵拐李度金童玉女	一	16	0		6		10	
	二	11	0		1		10	
	三	18	0		0		18	
㑳梅香騙翰林風月	一	10	0		1		9	
	二	13	0		0		13	
呂洞賓三度城南柳	一	11	無	3	無	3	無	11
宋太祖龍虎風雲會	三	16	0		0		16	
蘇子瞻醉寫赤壁賦	一	16	0		3	0	13	16
漢公卿衣錦還鄉	四	7	1	0	0	1	8	6
蘇子瞻風雪貶黃州	一	10	無	0	無	0	無	10
狄青復奪衣襖車	三	10	0	0	3	4	7	6
呂翁三化邯鄲店	二	12	無	0	無	0	無	12
	三	11	無	0	無	0	無	11
張鼎智勘魔合羅	二	12	無	0	無	0	無	12
共　　　計			1	9	55	56		

　　以上列元刊本與過渡曲本重複的九個劇套而言，在元刊本原有的一百一十三支曲牌中，遭刪減的曲牌約計十一至十五支，平均每八至十支曲牌，有一支遭刪減。但如僅以單一劇套而言，其刪減的現象，則呈現極不平均的狀態，其中除了《尉遲恭三奪槊》第二折南呂宮十一支曲牌遭刪減至四支，《死生交范張雞黍》第三折商調也遭《雍熙樂府》刪去五支，其他皆不超過三支，甚至有六個劇套，曲牌無一遭致刪減，得到完整的保留。由此觀察，過渡本的曲牌刪減幅度，似乎並不如宮廷本之大。但如果進一步將宮廷本與過渡曲本重複的三十二個劇套做比較，卻又是另外一回事。

　　在【表3-4】比較的三十二個劇套之中，與《雍熙樂府》重複的有三十一個劇套，與《盛世新聲》或《詞林摘豔》重複的有二十四個劇套，而兩者較之宮廷本，皆減少了將近六十支曲牌，而所增加不過在個位數之內，所以過渡曲本所刪減的曲牌，絕對比宮廷本有過之而無不及。而其較之宮廷本所不足的曲牌，亦如同其刪減元刊本曲牌一般，有著極不平均的現象，其中減少最多者，乃《唐明皇秋夜梧桐雨》第四折的十二支，而一曲不減的劇套，則有將近一半之多。

　　綜合過渡曲本與元刊本及宮廷本的比較，關於曲牌的增減問題，以下幾個重點是比較值得觀察的：

（一）集中刪減套中曲牌

　　從以上表格所列曲牌變動情況加以觀察，發現有一個較為突出的現象，即編者經常大動作的連續刪減數支曲牌。隨著曲牌的刪減，編者也有可能將原有的關目，一併刪去，而且不對其所造成的關漏，加以修補。這種現象在宮廷本中，是不太可能見到的。如《雍熙樂府》將《尉遲恭三奪槊》第二折南呂宮，一口氣刪去了【賀新郎】、【牧羊關】、【隔尾】、【鬥鵪鶉】、【哭皇天】、【烏夜啼】、【尾】等七支曲牌，剩下四支曲牌，不到原來的一半，是所有現存的劇套中，對元刊本刪減幅度最大的一折。

　　這種現象，在過渡曲本與宮廷本作比對時，同樣存在。如《盛世新聲》、《詞林摘豔》、《雍熙樂府》三本同時較宮廷本《唐明皇秋夜梧桐雨》第四折減少了【白鶴子】、【二】、【三】、【四】、【倘秀才】、【倘秀才】、【雙鴛鴦】、【蠻姑兒】、【滾繡球】、【叨叨令】、【三煞】、【二煞】等十二曲，《迷青瑣倩女離魂》第二折少了【禿廝兒】、【絡絲娘】、【雪裏梅】、【紫花兒序】、【東原樂】、【綿搭絮】等六曲。《詞林摘豔》之《迷青瑣倩女離魂》第三折則少了

【上小樓】、【么】、【十二月】、【堯民歌】、【哨遍】、【耍孩兒】等六曲（以連續曲牌而言）。《雍熙樂府》之《死生交范張雞黍》第三折則少了【醋葫蘆】、【醋葫蘆】、【醋葫蘆】、【高過浪裏來】、【尾聲】等五曲。區區四折之內，過渡曲本較宮廷本短少的曲牌，竟佔了所有統計總數的一半。

細觀其所短少曲牌內容，皆為某一關目之連續段落，對於劇情的發展是為必要者，應是原著所有，而為過渡曲本刪去者。這個現象突顯了宮廷本與過渡曲本編輯目的的最大不同，即宮廷本是用來表演故事的，而選曲本則是用來清唱或案頭觀賞的。宮廷本由於需要在舞臺上呈現整個故事的來龍去脈，所以不能任意刪減曲牌。如果必要刪減，定是在曲文重複抒情處，抑或是不必要的關目處，故其刪減曲牌，必然斤斤計較，步步為營，如刪減後情節不夠順暢，也盡可能想辦法在前後曲文中作調整。

而過渡曲本便沒有這種顧慮，通常演唱者及欣賞者，對於整個故事情節，大都已有相當程度的瞭解，選曲本並沒有交待故事情節的需求，故曲牌的刪減往往隨著上編者對個別曲文或曲調的喜好，及當時市場的需求，決定曲牌的去留。雖則如此，但演唱的時候，如能把一個完整的段落唱完，不僅能使唱者盡情，聽者亦可舒懷，這還是比較妥切的一種安排。所以當我們檢驗大段被刪除的曲牌時，仍可發現，編者幾乎是以關目為單位，根據自己或是觀眾的喜好，拿掉比較不受歡迎的唱段，而同一關目的曲牌如有重複抒情的現象，也要視曲文或曲調是否合乎編者及觀眾歡迎而加以抉擇。

例如《尉遲恭三奪槊》第二折，《雍熙樂府》首先刪去了【賀新郎】、【牧羊關】、【隔尾】三支曲牌，其內容為：

> 【賀新郎】我欠起這病身軀，出戶急相邀，你知我迭不的相迎不沙，賊醜生，你也合早些兒通報，見齊王元吉都來到，半晌不迭手腳，我強強地曲脊低腰，怪日來喜蛛兒的溜溜在簷外垂，靈鵲兒咋咋地頭直上噪，昨夜個銀臺上剝地燈花爆，他兩個是九重天上皇太子，來探俺這半殘不病舊臣僚。
>
> 【牧羊關】這些淹潛病，都是俺業上遭，也是俺殺人多一還一報，折倒的黃甘甘的容顏，白絲絲地鬢腳，展不開猿猱臂，稱不起虎狼腰，好羞見程咬金知心友，尉遲恭老故交。
>
> 【隔尾】我從二十三上早驅軍校，經到四五千場惡戰討，怎想頭直上輪還老來到，我喑約，慢慢的想度，嗨，刮馬似三十年過去了。（《校

訂元刊雜劇三十種》，頁 148）

正好是從秦叔寶起身迎接建成、元吉等人，寒暄說起自己的現況，準備進入當年與尉遲恭爭戰的情況。而後【牧羊關】、【隔尾】兩曲，則說起尉遲恭使「鞭」的屬害，是爲點題之處，編者保留了這個唱段。接下來所刪【鬥鵪鶉】、【哭皇天】、【烏夜啼】、【尾聲】四曲，則爲：

> 【鬥鵪鶉】那將軍，劃馬騎單鞭搠，論英雄半踴躍，他立下功勞，怎肯伏低做小，倚強壓弱，不用呂望六韜，黃公三略，但征敵處操抱，相持處懶懆，那鞭，若脊樑上抹著，忽地咽喉中血，我道來，我道來，他煩煩惱惱，焦焦燥燥，滴溜撲那鞭著，交你悠悠地魄散魂消，你心自量度，匹頭上把他標寫在凌煙閣，論著雄心力，劣牙爪，今日也合消，封妻蔭子祿重官高。

> 【哭皇天】交我忍不住微微地笑，我迭不得把你慢慢地教，來日你若那鐵幞頭紅抹額，烏油甲包羅袍，敢交分就鞍心裏驚倒，若是來日到禦園中，忽地門旗開處，脫地戰馬相交，這一番要把交，那鞭，不比衝鋼槍梢，雙眸劍鑿。

> 【烏夜啼】雖是沒傷損難貼金瘡藥，敢二十年青腫難消，若不去脊樑上，敢向鼻凹裏落，諕的怯怯喬喬，難畫難描，我則見的留的立不住腿脡搖，圪撲撲地把不住心頭跳，不如告休和，伏低弱，留得性命，落得軀殼。

> 【尾】可知道金風未動蟬先覺，那寶劍得來你怎消，不出君王行廝搬調，侵著眉棱，擦著眼角，則若是輕輕的虎眼鞭抹著，穩情取你那天靈蓋半截不見了。（《校訂元刊雜劇三十種》，頁 148）

乃演述秦瓊極力讚揚尉遲恭的威武，與自己相戰後的慘狀，以此奉勸元吉不要和他比武的關目，亦爲《雍熙樂府》整段刪去。

另外，又如過渡曲本之較宮廷本，在《唐明皇秋夜梧桐雨》第四折中，一口氣減少了【白鶴子】、【二】、【三】、【四】、【倘秀才】等五支曲文，內容原爲：

> 【白鶴子】那身離殿宇信步下亭皐，見楊柳嫋翠藍絲芙拆胭脂萼。

> 【二】見芙蓉懷嬌臉遇楊柳憶纖腰，依舊的兩般兒點綴上陽宮，他管一靈兒瀟灑長安道。

> 【三】常記得碧梧桐陰下立，紅牙手中敲，他笑整纓金衣，舞按霓裳

樂。

【四】到如金翠盤中荒草滿，芳樹下暗香消，空對井梧陰，不見傾城
貌。

【倘秀才】本待閒散心追歡取樂，倒惹的感舊恨天荒地老，快快歸來
鳳幃悄，甚法兒捱今宵懊惱。（《全元雜劇》初編二，頁 21）

乃唐明皇到亭子閑行，看到昔日與貴妃同游的場景，回想過去的恩愛，不覺
懊惱悔恨，快快的回到寢殿。從唐明皇起身遊走到回宮殿，是一個非常完整
的關目，也被編者整段刪除了，不留下任何一支沒頭沒尾的曲文。

接下來【倘秀才】、【雙鴛鴦】、【蠻姑兒】、【滾繡球】、【叨叨令】，乃刪去
了唐明皇進入夢中又醒過來的關目，伴隨著幾支與後面重複對景抒情的曲
文；《迷青瑣倩女離魂》第二折一連串刪去的【絡絲娘】、【雪裏梅】、【紫花兒
序】、【東原樂】、【綿搭絮】五支曲牌，前二曲乃倩女對王生表明情願相隨的
一片癡心，後三曲則說明他耽憂王生富貴後相棄的心情，僅留下最動人的【拙
魯速】，表明她甘苦與共的決心。第三折的【上小樓】、【么】、【十二月】、【堯
民歌】、【哨遍】、【耍孩兒】則刪去了倩女夢見王生得官回來，到醒過來與事
實相對，痛苦而埋怨親娘的情景。而《死生交范張雞黍》第三折則僅錄至范
巨卿祭奠、思念張元伯，到誠心感應拽動靈車的情節，最後回到現實的五支
曲文，【醋葫蘆】、【醋葫蘆】、【醋葫蘆】、【高過浪裏來】、【尾聲】，則整段刪
去。

從以上的分析可知，過渡曲本之所以如此大動作的刪減曲牌，多半是以
關目為單位，對原有的曲牌進行段落式的刪減或保留。這種選錄方式，對於
歌者擷取段落表演，實有相當的方便性。如《金瓶梅》第五十四回的歌者，
選唱《倩女離魂》時，便直接從【古水仙子】「據著俺老母情」〔註34〕開始唱
起，顯示歌者的表演，並不一定要重頭唱起，而是可以從劇套中擷取任一段
做表演。而其第四十一回歌者選唱的「一套【鬥鵪鶉】」，實為《玉簫女兩世
姻緣》第三折的曲文，其中的曲牌正巧與過渡曲本所選相同，皆較宮廷本減
少了【麻郎兒】、【么】、【絡絲娘】、【東原樂】、【拙魯速】五支曲牌。〔註35〕
此皆顯示過渡曲本與當時這種絃索清唱表演有相當的關係。

〔註34〕蘭陵笑笑生著，《金瓶梅詞話》，萬曆本，第五十四回「應伯爵郊園會諸友，
　　　　任醫官豪家看病症」，東京：大安出版社，頁 6。
〔註35〕同前註，第四十一回「西門慶與喬大戶結親，潘金蓮共李瓶兒鬥氣」，頁 4。

　　至於編者如何決定那段關目需要保留，那段關目可以刪去，從整個過渡曲本的劇套與元刊本及宮廷本的比較中發現，有兩種類型的曲牌似乎比較容易為編者所捨棄：一是重複的曲調，另一則是宮調的尾聲。

　1、重複之曲調

　　就重複曲調的刪減而言，如上列《尉遲恭三奪槊》一劇，第二折中所刪【賀新郎】、【牧羊關】、【隔尾】三曲，除了這三支曲牌可以自成一個段落之外，其中【牧羊關】與【隔尾】二曲，便與後面曲牌重複。以聯套慣例來看，【牧羊關】與【隔尾】乃南呂宮中經常被拿來重複使用的曲牌，所以原來套式的使用，並無不妥。但就選曲者而言，刪去重複的曲牌，以容納更多精彩的曲段，似乎更能符合觀賞及使用者的需求。前二支【牧羊關】、【隔尾】是用來敘述秦叔寶之老邁孱弱，後二支則用來描述尉遲恭之英勇善戰，相較之下，前者當然略遜一籌，故編者將之刪去，保留了後者。

　　又如《唐明皇秋夜梧桐雨》第四折所刪之【白鶴子】、【二】、【三】、【四】、【倘秀才】、【倘秀才】、【雙鴛鴦】、【蠻姑兒】、【滾繡球】、【叨叨令】、【三煞】、【二煞】等十二支曲文，在原來整個劇套中，多次重複的曲調便有【白鶴子】四次〔註36〕，【倘秀才】四次，與【滾繡球】三次。以【倘秀才】及【滾繡球】二曲調而言，第一次使用在劇套一開頭，與【端正好】、【么】、【呆骨朵】等曲連成一個段落，表演的關目是，唐明皇觀看貴妃圖像，回想舊時恩愛，心欲蓋廟祭奠，卻感歎無權可用的場景。這段情節感人至深（也可能是後來洪昇作《長生殿》「哭像」一折的靈感源頭），理應予以保留。而第二支【倘秀才】則與【白鶴子】四曲共同敘述明皇閑行思念貴妃的關目，一併刪去，亦可同時解決兩支曲牌皆重複過多的問題；接下來【倘秀才】、【雙鴛鴦】、【蠻姑兒】、【滾繡球】、【叨叨令】一段，寫唐明皇進入夢中又醒過來的關目，其中伴隨著幾支與後面重複對景抒情的曲文，編者刪去此段，保留【倘秀才】、【滾繡球】之描寫「雨打梧桐」的精彩段落，使之呼應全劇主題。如此則整折所用的【倘秀才】、【滾繡球】，各保留二支，已經足夠了。

　　其他如《雍熙樂府》將《死生交范張雞黍》第三折刪去三支【醋葫蘆】；《狄青復奪衣襖車》中雖然沒有整段刪減的現象，但其第三折中的六支【醋

〔註36〕　包括其【么篇】的使用。這裏的【二】、【三】、【四】是指【么篇】而不是【二煞】、【三煞】、【四煞】，這一點對照【白鶴子】與正宮【煞】曲的譜式，便可了然，另外從《元曲選》同劇也可得到證實。

葫蘆】也被選曲本刪去了二支，應該也都是基於同樣的理由。

2、宮調之尾曲

在過渡曲本刪減的曲文中，有一類曲牌也十分值得觀察，那便是宮調的尾曲。有些是連同前面的曲牌，整段被刪去，如《尉遲恭三奪槊》之第二折、《破幽夢孤雁漢宮秋》之第三折、《死生交范張雞黍》之第三折；有些則是單一的刪去尾曲，如《盛世新聲》與《詞林摘豔》所選之《蕭何月夜追韓信》第二折，《盛世新聲》、《詞林摘豔》、《雍熙樂府》所選錄的《鐵拐李度金童玉女》第二折、《㑳梅香騙翰林風月》第一折，《雍熙樂府》之《呂洞賓三度城南柳》第一折等，這都是在宮廷演出本中，極為少見的現象。

在整出大戲的演出中，尾曲是用來收束整段故事情節，無疑是重要而不可忽視的。從文人作曲論曲的角度來看，尾曲也是經常被強調的重點。元人喬吉，更早已提出「鳳頭、豬肚、豹尾」之說，可見尾曲之不得草草；明王驥德《曲律》有〈論尾聲〉一章則道：

> 尾聲以結束一篇之曲，須是前著精神，末句更得一極俊語收之，方
> 妙。〔註37〕

凌濛初《譚曲雜箚》亦道：

> 尾聲，元人尤加之意，而末句最緊要。〔註38〕

是文人心中自有的一把尺，所以刪尾曲，焉得不慎？

但選曲本中居然有如此多的劇套刪去了尾曲，這也許是因為選曲本並非正式舞臺演出的腳本，而在一般廳堂上的小型表演、或文人雅士的清唱，每一段唱詞，都可能只是眾多娛樂節目中的一小部分，故而較不需要營造大收束的氣氛。反之，尾曲所帶來曲終人散的感覺，則反倒容易使聽曲者不快，所以在沒有為整折情節做總結的必要之下，尾曲可能就這樣被表演者習慣性的忽略了，而曲選正反應了這種情況。

（二）獨立曲牌及插曲、散場曲之刪減

另外，還有一些曲牌被單獨抽掉，與關目情節的整段刪除無關，除了有一些重複的曲牌與宮調的尾曲，基於與上文相同的因素，也容易個別被刪減

〔註37〕王驥德《曲律》卷三〈論尾聲第三十三〉，收錄於《中國古典戲曲論著集成》四，北京：中國戲劇出版社，1959年，1974年，頁139。

〔註38〕凌濛初《譚曲雜箚》，收錄於《中國古典戲曲論著集成》四，北京：中國戲劇出版社，1959年，頁256。

外，就整體而言，另一影響單一曲牌抽離的重要因素，即爲選編者對文辭的要求。

　　相對於元代劇作家而言，明人對於曲文的要求，通常是更追求精緻的。其中文釆派與格律派，對明代曲壇上的影響，實不容小覷。過渡曲本既然作爲文人雅士清唱賞曲之用，其對文辭的要求，自然不少。而這種對文句的要求，通常表現在修辭與格律之上。

　　當然對文句修辭及格律要求的因素，也有可能出現在對整段曲牌的取捨上，與么篇、尾曲的因素，交互影響著編者的最後抉擇，如上述所舉《唐明皇秋夜梧桐雨》第四折當編者需要對【倘秀才】、【雙鴛鴦】、【蠻姑兒】、【滾繡球】、【叨叨令】一段，與接下來兩支描寫「雨打梧桐」的【倘秀才】、【滾繡球】中作選擇時，文句之是否合乎編者要求，便影響著最後的結果。但這種因素的影響，最容易突顯的，還是在單一曲牌獨立抽離的曲文上。但由於宮廷本也曾遭到明人相當程度的改編，故以下筆者僅以與元刊本比對的例子，略作說明。

　　如《蕭何月夜追韓信》第二折，爲過渡曲本刪去了【水仙子】、【夜行船】等曲，其中【水仙子】曲文爲：

> 【水仙子】想當日子牙守定釣魚灘，遇文王親詣磻溪登將台，如今一等
> 盜糠殺狗爲官宦，天那，偏我幹功名的難上難，想岩前傳說貧寒，平糞
> 土把生涯幹，遇高宗一夢間，他須不曾板築在長安。（《校訂元刊雜劇三
> 十種》，頁369）

如以明人的角度觀之，則此曲同時有不合律及修辭不當的缺點。

　　首先，雙調【水仙子】的套式爲「八句：十平十仄仄平平：十仄平平ㄙ平：十平十仄平平去：平平　ㄙ　：仄平平，十仄平平：平平ㄙ•十仄平：十仄平平：」或末三句改爲「平平十仄：平平ㄙ平：十仄平平：」（《北曲新譜》，頁301）兩種譜式。此處所用譜式應爲第一式，其中每一句皆應押韻，只有第六句可押可不押。而元刊本此曲本應押「寒山」韻，但上列【水仙子】一曲的第二句末「台」字，則爲「皆來」韻；另外，「盜糠殺狗」格律爲「十平十仄」，其第四字應「仄」而作「上」，「想岩前」格律爲「仄平平」，第一字應「仄」而作「上」，這些地方顯然都不合乎【水仙子】的格律。

　　若論其修辭，恐怕也有不妥之處。如原本「盜糠殺狗」、「平糞土」等用語，質樸自然，乃元人本色之辭，但到了明代，則極有可能被視爲「不雅」，

更何況「如今一等盜糠殺狗爲官宦」一句，明白的指斥當時官吏爲「盜糠殺狗」之徒，焉能上得了廳堂？

　　另外過渡曲本《嚴子陵垂釣七裏灘》第二折較元刊本少了【絡絲娘】一曲，曲文爲：

　　　　【絡絲娘】俺兩個醉廛仰同眠抵足，我怎去他手裏三叩頭揚塵拜舞，
　　　　我說來的言詞你寄將去，休忘了我一句。（《校訂元刊雜劇三十種》，
　　　　頁 341）

觀其用字，雖然能符合此曲的格律要求，但將其與所增入之【小桃紅】一曲：

　　　　【小桃紅】則我這領粗布袍，雖不及紫朝服，則圖個百自在無憂慮，
　　　　這草履比朝靴大行步，慢麻條系束我身軀，想嚴陵也有安身處，一
　　　　個秦李斯在雲楊中滅族，漢張良辭朝歸去，都則爲玉帶上掛金魚。
　　　　　〔註39〕

則相對古樸自然多了，這一增一減之間編者的取抉爲何，似已呼之欲出。而【絡絲娘】第一句正末說道其與君土「俺兩個醉廛仰同眠抵足」的事情，亦可能爲明代前期的演出環境所不容，故此曲之所以被刪去，實有跡可尋。

　　另外，還有插曲及散場曲，在過渡曲本中也經常是以整段刪減的方式處理，如《迷青瑣倩女離魂》第四折之散場曲【側磚兒】、【竹枝歌】、【水仙子】，與《鐵拐李度金童玉女》第一折之插曲第一折【賢聖吉】、【滿堂紅】、【大德歌】、【魚游春水】、【芭蕉延壽】。其刪曲的原因除了可能與上一節所論元刊本與宮廷本一樣，其所採集的改編文本，原就忽略而脫落。但更有可能的是，過渡曲本通常用於小型表演或文人清唱，故無須以散場曲對全劇作完整收尾的動作，也因爲不是冗長的演出，故無需用插曲來調劑場面。散場曲與插曲之遭刪減，應是可想而知的結果。

（三）較他本多出之曲牌

　　相對於曲牌的短少，過渡曲本相對近眞本或宮廷本所多出的曲牌，則更具文獻上的意義，它爲元雜劇的保存，又增加了幾條可以參考比對的線索。

　　如《死生交范張雞黍》第三折中，《盛世新聲》、《詞林摘豔》、《雍熙樂府》三本，皆較元刊本多了商調【柳葉兒】一曲。在筆者比較所有過渡曲本與元刊本及宮廷本同時重複的劇套時，發現在宮廷本與過渡曲本相異之處，經常

〔註39〕《雍熙樂府》卷十三，頁 66。全書收錄於《續修四庫全書》1740、1741 冊，
　　　　上海：上海古籍出版社，2002 年。

是其中一本與元刊本相同之處，幾乎沒有兩本曲牌相同而異於元刊本者。此折中商調【柳葉兒】一曲可謂特例，而這種特例發生的可能性，即爲「元刊本脫落此曲」。

另外，將《詞林摘豔》及《雍熙樂府》的《漢公卿衣錦還鄉》第四折，與脈望館鈔校內府本的《漢公卿衣錦還鄉》第四折做比較，發現《詞林摘豔》比《雍熙樂府》和宮廷本多了正宮【尾聲】一曲，某些過渡曲本之不錄尾曲，上一小節已略作討論，但此處《詞林摘豔》竟然比宮廷本多出尾曲，此眞可謂一反常現象。進一步觀察所有正宮套的用例中，並無其他以【小梁州】作尾曲的例子，內府本此處的套式，極可能有誤，幸虧《詞林摘豔》保存了這一支曲文，應可補內府本之缺。

其他如《雍熙樂府》所收《李太白匹配金錢記》第二折，較宮廷本多出了【那吒令】、【鵲踏枝】、【寄生草】、【醉中天】四曲，其中【那吒令】、【鵲踏枝】、【寄生草】三曲相連，可爲一個曲段，觀其曲文：

> 【那吒令】香車載楚娃，乞剌剌雕輪碾落花，王孫乘駿馬，疎剌剌金鞭拂落花，遊人指酒家，兀那青旗插杏花，寬綽綽翠亭邊蹴踘場，笑呷呷粉牆外秋千架，香馥馥麝蘭熏羅綺交加。

> 【鵲踏枝】鬧炒炒嫩綠草吠鳴蛙，輕絲絲淡黃柳帶棲鴉，碧茸茸芳草亭台暖熔熔流水人家，杜鵑聲好教人恨他，待送春歸一樹鉛華。

> 【寄生草】聲樓閣鴛鴦瓦，映軒窗翡翠紗，捧宸遊百官仙仗從天下，簇神仙六宮人物隨鸞駕，擁旌旗九龍池館爭標罷，春富貴飲長安市上酒如川，玉娉婷看廣寒宮裏人如畫。（卷四，頁39）

是反覆寫景抒情的片段，文辭秀麗，生氣飽滿，乃過渡曲本最爲青睞之辭，但因其乃爲重複抒情的部分，也最容易爲宮廷演出本所刪去。況且【那吒令】一曲曾收入《太和正音譜》中〔註40〕，可見其產生年代之古老，所以這三曲極有可能是原本即有，而爲伶工演出時所刪減之曲，但由於此劇套已經沒有近眞本可資比對，姑且存之。

而《呂洞賓三度城南柳》一劇之第一折中，過渡曲本與宮廷本之差異極大，《雍熙樂府》較宮廷本減少了極具敘事作用的【後庭花】、【醉扶歸】、【賺煞】三曲，而所多出之【滿庭芳】、【清江引】、【又】三曲，內容爲：

〔註40〕 朱權《太和正音譜》，收錄於《中國古典戲曲論著集成》三，北京：中國戲劇出版社，1959年，頁104。

【滿庭芳】清閒快娛，忘懷棋酒，得意琴書，把名韁利索都發付，有
甚躊躇，無心戀朱門畫屋，已跳出地塹天衢，江頭覷，沙鷗遍渚，
一品待何如。

【清江引】先生歸去今去矣，菊花松篁趣，休貪蝸角名，莫戀蠅頭利，
尋一榻穩便處閑坐的。

【又】綠窗曉來鶯亂蹄，喚醒先生睡，愁來總不愁，醉醒還重醉，尋
一榻穩便處閑坐的。（卷五，頁78）

原本酒店主人與呂洞賓說道夜間有兩個精怪會來道酒樓之上，呂洞賓唱【醉
中天】表明其無所恐懼，欲會一會這山鬼妖精。【後庭花】、【醉扶歸】、【賺煞】
三曲，即呂洞賓與桃柳二精怪會面時所唱，斷不可少，應該是原著所有，而
為選曲本刪去之曲。依過渡曲本的刪曲慣例，此三曲會被刪去，原有跡可尋，
並不奇怪。

　　可議的是《雍熙樂府》所增入的【滿庭芳】、【清江引】、【又】三曲，與
全套內容並不相及。雖然這三支曲文表現出主人翁一派清閒高逸，也是道化
劇主角的口吻，但於此處唱之，情緒上無法銜接。更何況其所用曲牌【滿庭
芳】與【清江引】二調，亦皆非仙呂宮之曲。【滿庭芳】原屬中呂宮，從無藉
入仙呂宮之例，【清江引】原屬雙調，僅在《降桑椹》劇中，曾借作插山之用。
故推論，此三曲應為編者錯置之曲，原不屬於此一劇套。

二、曲牌異名及順序

　　比對過渡曲本與元刊本或宮廷本的曲牌名，發現其間存在的差異，與元
刊本和宮廷本存在的差異，十分類似，如曲牌名稱之多元，尤其是在尾曲名
稱部分、【煞】曲牌名之混用、脫落曲牌名、及更易曲牌順序等。由於一些相
關說明已在上一小節討論過，此處便不再贅述，而如【這剌古】作【者剌古】、
【么篇】作【么】，或【白鶴子】後的【么篇】與【白鶴子】等，這一類同音
異字，或名稱簡化的曲牌，不再討論外，其餘名稱相異部分可分為「曲牌名
稱之錯訛」、「曲牌名稱之多元」、「【煞】曲牌名之混用」及「更易曲牌順序」
四點作說明。

（一）曲牌名稱之錯訛

1、脫落或增補曲牌名

在曲牌名稱的錯訛部分，有些是脫落曲牌名所致，這種現象，在上一節

討論宮廷本時，便已多所說明，此處多數情況則頗為類似，故僅列出脫落的曲牌名稱，不再一一分析。

1、宮廷本之《破幽夢孤雁漢宮秋》第四折中呂【叫聲】。

2、《盛世新聲》、《詞林摘豔》、《雍熙樂府》之《四丞相高會麗春堂》第三折越調【（麻郎兒）么】。

3、宮廷本之《鐵拐李度金童玉女》第二折南呂【烏夜啼】。

4、《盛世新聲》、《詞林摘豔》之《蘇子瞻醉寫赤壁賦》第一折仙呂【上馬嬌】。

5、宮廷本之《漢公卿衣錦還鄉》正宮【（小梁州）么】。

另有宮廷本之《迷青瑣倩女離魂》第四折黃鍾宮中，較《詞林摘豔》、《雍熙樂府》少了【神仗兒】一曲牌名，而其曲文總共十二句，亦較選曲本少了四句，分別是過渡曲本【寨兒令】的第二句與最後一句、【神仗兒】的前二句。過渡曲本的曲文是：

> 【寨兒令】我每日家縈縈，也那縈縈，合不住兩淚盈盈，手按著胸膛自招承，自感歎，自傷情，自悔傲自回性。

> 【神仗兒】俺娘他毒害的有名，全沒那母子面情，將一個癡小的冤家，送的來離鄉背井，每日家煩煩惱惱，孤孤另另，少不的乞禳成病，斷送了，潑我這老殘生。（以《雍熙樂府》為例，卷一，頁28。《詞林摘豔》曲文略有差別。）

《北曲新譜》中【寨兒令】的格式為「七句：二。二。四。七。三。三。五。」（《北曲新譜》，頁8），【神仗兒】為「九句：四。四。四·四。四·四。七乙。三·三。」（《北曲新譜》，頁9），而宮廷本將之全歸入【寨兒令】中，曲文十二句，則不合於譜式，且下一首【么篇】曲文：

> 沒揣地一聲狠似雷霆，猛可裏諕一驚，去了魂靈，這的是俺娘的弊病，要打減醜聲，伴做個瘋掙，妖精也甚精，男兒也看我這舊恩情，你且放我這潑性命。（以《脈望館校古名家本》為例，《全元雜劇》二編二，頁21）

也難以【寨兒令】曲調演唱，不如依《詞林摘豔》以之為【（神仗兒）么篇】，更合於曲調。故此處應以過渡曲本為是，宮廷本乃脫落曲牌名也。

2、其他曲牌名稱錯誤

（1）《盛世新聲》、《詞林摘豔》改元刊本之《死生交范張雞黍》第三折

商調【(醋葫蘆) 么】爲【高過浪裏來】。

元刊本【(醋葫蘆) 么】的曲文原爲：

> 則被這君璋子征將我緊逼逐，並不肯相離了左右，今日不得已也且隨眾還家，到來日絕早至墳頭，我與你墓丁憂，一片心難過當無虛謬，早是這朔風草木偃，落日虎狼愁，你覷這四野田疇，三尺荒丘，魂魄悠悠，誰問誰僦，欲去也傷心再回首。(《校訂元刊雜劇三十種》，頁 327)

格式與【醋葫蘆】的六句式：「十厶　・十厶　：十平十仄仄平平：十十仄平　去　：十平　去：十平十仄仄平平：」(《北曲新譜》，頁 223) 並不相合，選曲本將之改爲【高過浪裏來】(與【高過浪來裏】同)，句式則與其「九句：十仄平平：十上平平：十仄平平：十平十仄平平去：十　　仄仄・十仄仄平平：十仄平平：十仄平平：(＊) 十仄平平去平上：」(《北曲新譜》，頁 239) 相合，而文字也略作修改，變成：

> 則被這君聳子征將我緊逼逐，並不曾相離了左右，不得已且隨眾還家，到來日絕早至墳頭，唱诮，我與你盧墓丁憂，這一片心果無虛謬，更那堪朔風草木偃，落日虎狼愁，四野田疇，三尺荒垤，魂魄悠悠，誰問誰僦，兄弟也空著我欲去也傷心再回首。〔註41〕

如此則不論譜式格律，完全與【高過浪來裏】相合，過渡曲本所改爲是。

(2)《盛世新聲》、《詞林摘豔》、《雍熙樂府》改宮廷本之《玉簫女兩世姻緣》第三折越調【聖藥王】爲【禿廝兒】、【禿廝兒】爲【聖藥王】。

宮廷本【聖藥王】、【禿廝兒】曲文爲：

> 【聖藥王】我勸諫他似水裏納瓜，他看覷咱如鏡裏觀花，書生自來情性要，怎生調戲他，好人家，的嬌娃。

> 【禿廝兒】怎救答，怎按納，公孫弘東合鬧喧譁，散了玳瑁筵，漾了鸚鵡斝，踢番銀燭絳紗籠，翻扯三尺劍離匣。(以顧曲齋本爲例，《全元雜劇》二編二，頁 15)

不合于【聖藥王】「七句：三・三：七：三・三：七：五：」句式，【禿廝兒】句式「六句：六：六：七：三・三：二：」(《北曲新譜》，頁 254)，且依聯套慣例，【聖藥王】亦應在【禿廝兒】後，故應照過渡曲本改正。

(3)《雍熙樂府》改宮廷本之《蘇子瞻醉寫赤壁賦》第一折仙呂【那吒

〔註41〕 以《詞林摘豔》爲例，卷七，收錄於《續修四庫全書》1740 冊，上海：上海古籍出版社，2002 年，頁 233。

令】爲【鵲踏枝】、【鵲踏枝】爲【那吒令】。

脈望館藏古名家本【那吒令】、【鵲踏枝】曲文爲：

> 【那吒令】　這裏自想，東坡的技倆，怎比，那東山氣象，怎做，的東床伴當，主人將東閣開，直吃的曙色曉東方亮，論甚麼日照東窗。
>
> 【鵲踏枝】且休説翰林忙，暫入他綺羅鄉，我則見燭搖紅影，月色昏黃，拼了今宵痛賞，我卻甚麼檢書幌剔盡銀缸。（《全元雜劇》三編五，頁 4）

與【那吒令】的句式「九句：二‧四：二‧四：二‧四：三‧三：七乙：」、【鵲踏枝】的句式「六句：三：三：四‧四：七乙：七乙：」（《北曲新譜》，頁 85）相合，而《雍熙樂府》則兩個曲牌前後對調，不但不合于兩支曲牌的句式，且與仙呂聯套慣例，【那吒令】在前，【鵲踏枝】在後不同，應以宮廷本爲是。

由以上兩點分析可知，過渡曲本的曲牌名稱，在脱落曲牌的現象中，與近眞本、宮廷本互有參差，不宜強曰何者爲勝，只能將之歸納爲明代中期以前元雜劇版本的普遍存在的現象。而在其它曲牌名稱的錯誤上，則較近眞本減少，而與宮廷本不相上下。

（二）曲牌名稱之多元

這種曲牌名稱的多元現象，我們已在元刊本與宮廷本的比較時看出端倪，而當筆者再次以過渡曲本與元刊本及宮廷本作比較後，發現曲牌名稱使用之多元，的確是當時曲家命名曲牌的共同特色，無關正誤，僅列出以供參考。

1、套中曲牌

如元刊本《蕭何月夜追韓信》第二折雙調有【雁兒落】、【得勝令】二曲，而《盛世新聲》與《詞林摘豔》等曲選，則將二曲合一，直接以【雁兒落帶得勝令】爲名。一般而言，帶過曲是曲家在創作小令時，塡完一個曲調之後，如果意猶未盡，可以再選擇一兩個宮調相同而音律恰能夠銜接的曲調繼續塡寫，只要中間空一個字即可，雙調【雁兒落】及【得勝令】即爲經常連用之曲。有人認爲純北套中不宜用此名，鄭騫則持不同意見：

> 【雁兒落帶得勝令】爲常用之曲，又名【平沙奏凱歌】、【鴻門奏凱歌】；以上三種名稱，小令、南北合套、及純北套，均可用之，大成云純北套中不用此名，非是。（《北曲新譜》，頁 286）

《盛世新聲》及《詞林摘豔》所選錄之《蕭何月夜追韓信》雙調，即為一例。

而《雍熙樂府》所錄《張鼎智勘魔合羅》第二折將元刊本及宮廷本之【村裏迓鼓】一曲，改名【節節高】。根據鄭騫在《北曲新譜》中所整理分析，得出的結論是：

> 【節節高】：仙呂村裏迓鼓之減句體，亦名節節高。(《北曲新譜》，頁10）

> 【村裏迓鼓】減句：此體可入黃鍾宮，仍題村裏迓鼓，……又可題為節節高。(《北曲新譜》，頁86）

故知仙呂【村裏迓鼓】減句體與黃鍾【節節高】，實為異名同實之曲。

另外，過渡曲本將宮廷本《迷青瑣倩女離魂》第三折之中呂【紅繡鞋】改為【朱履曲】、《四丞相高會麗春堂》第四折之雙調【唐兀歹】改為【倘兀歹】、《鐵拐李度金童玉女》第二折之南呂【玄鶴鳴】改為【哭皇天】等，〔註42〕亦皆有例可循，彼此之間，只有曲牌名稱的差異，並沒有譜式上的不同。

2、尾曲牌名

關於宮調尾曲名稱的多元現象，筆者已于上一節之第二小節第三段詳細說明，此處不再論述。而觀察過渡曲本的尾曲名稱，其單純化現象，則較宮廷本更加明顯了，以下便整理條列之：

（1）《盛世新聲》、《詞林摘豔》、《雍熙樂府》改元刊本之《死生交范張雞黍》第二折南呂【尾】為【尾聲】；第三折商調之【尾】為【尾聲】。

（2）《盛世新聲》、《詞林摘豔》、《雍熙樂府》改宮廷本之《破幽夢孤雁漢宮秋》第三折雙調【鴛鴦煞】為【尾聲】。

（3）《盛世新聲》、《詞林摘豔》、《雍熙樂府》改《唐明皇秋夜梧桐雨》第四折之正宮【黃鍾煞】為【尾聲】。

（4）《盛世新聲》、《詞林摘豔》、《雍熙樂府》改《迷青瑣倩女離魂》第二折越調【收尾】為【尾聲】；《詞林摘豔》改第三折之中呂【尾煞】為【尾聲】。

〔註42〕同註10，《北曲新譜》，卷五〈中呂宮〉【紅繡鞋】下有「一名朱履曲」，頁153、卷十二〈雙調〉【倘兀歹】下有「一作唐兀歹」，頁344、卷四〈南呂宮〉【玄鶴鳴】下有「一名哭皇天」，頁125。

（5）《雍熙樂府》改《杜牧之詩酒揚州夢》第一折之仙呂【賺煞】爲【尾聲】。

（6）《盛世新聲》、《詞林摘豔》、《雍熙樂府》改《玉簫女兩世姻緣》第二折之商調【隨調煞】爲【浪來裏煞】。

（7）《盛世新聲》、《詞林摘豔》、《雍熙樂府》改《鐵拐李度金童玉女》第一折之仙呂【賺煞】爲【尾聲】。

（8）《盛世新聲》、《詞林摘豔》改《宋太祖龍虎風雲會》第三折之正宮【收尾】爲【煞尾】；《雍熙樂府》改爲【尾】。

（9）《雍熙樂府》改《蘇子瞻風雪貶黃州》第一折之仙呂【賺煞】爲【尾聲】。

（10）《雍熙樂府》改《呂翁三化邯鄲店》第二折之南呂【尾聲】爲【煞尾】。

以上十三個劇套中，便有九個尾曲被過渡曲本從各種不同名稱改爲【尾聲】，另有四個尾曲分別從【隨調煞】改爲【浪來裏煞】、【收尾】改爲【煞尾】、【收尾】改爲【尾】、【尾聲】改爲【煞尾】。除了【浪來裏煞】外，其餘皆是以較具普遍意義的尾曲牌名稱之，而且多數統一以【尾聲】之名。可見過渡曲本的尾曲名稱單純化現象，又較宮廷本更爲明顯。

（三）【煞】曲牌名之混用

關於【煞】曲的混用，上一節已經有詳細的介紹，而透過觀察過渡曲本之用【煞】，所顯露出來的問題，實與宮廷本大同小異。如《盛世新聲》、《詞林摘豔》、《雍熙樂府》之《死生交范張雞黍》第三折商調【醋葫蘆】，亦與宮廷本一致，都選擇將元刊本所標註之【三煞】，改以前曲么篇的方式處理。（請參見頁96）

另外，《詞林摘豔》將宮廷本之《迷青瑣倩女離魂》第三折中呂借般涉【四煞】改爲【耍孩兒】，又將【三煞】改爲【又】的作法，即將【煞】曲與【耍孩兒】曲等同，吳梅所謂：「首二句爲三字對偶，而以『順時』句（第三句）承之，以下句法全與耍孩兒下半同，故世人以煞爲耍孩兒。」〔註43〕的例證，於此可見。

宮廷本《迷青瑣倩女離魂》第三折原有【耍孩兒】、【四煞】、【三煞】、【二煞】諸曲，《詞林摘豔》則刪去【耍孩兒】與【二煞】，僅餘【四煞】、【三煞】二曲，且改其牌名爲【耍孩兒】與【又】，顯然是將【煞】曲與【耍孩兒】，

〔註43〕同註28。

視如一物。此處且以宮廷本【四煞】、【三煞】二曲爲例，仔細分析其曲文與二種句式的關係：

　　【四煞】都做了一春魚雁無消息，不付能一紙音書盼得，我則道春心滿紙墨淋漓，原來比休書多了箇封皮，氣的我痛如淚血流難盡，爭些魂逐東風吹不回，秀才每，一箇箇貧而乍富，一箇箇飽病難醫。

　　【三煞】這秀才則好謁僧堂三頓齋，則好撥寒爐一夜灰，則好教偷燈光鑿透鄰家壁，則好交一場雨淙了中庭麥，則好教半夜雷轟了薦福碑，不是我閑淘氣，便死呵死而無怨，待悔呵悔之何及。（以脈望館校古名家本爲例，《全元雜劇》二編二，頁 18）

《詞林摘豔》在曲文上，與宮廷本相去不遠，但【四煞】改作【要孩兒】，【三煞】改作【又】（即【么篇】）。如以鄭騫所謂：「要孩兒自有么篇，與始調相同，以不必再有此換頭。」（《北曲新譜》，頁 208）的論點，不以么篇換頭的角度觀之，則其【四煞】曲文，與【要孩兒】句式「九句：七。六。七‧六。七‧七。三‧四‧四。」（《北曲新譜》，頁 206）相合，而【三煞】則與【煞】曲句式「八句：三‧三。七。七‧七。三‧四‧四。」（《北曲新譜》，頁 207）相合。宮廷本以【四煞】、【三煞】標之，選曲本以【要孩兒】、【又】標之，兩者所標註的曲牌中，皆必有一誤，不是宮廷本應該爲【（要孩兒）么篇】、【三煞】，則是選曲本應改爲【要孩兒】、【一煞】。

　　而【煞】曲的數字排列，也有順數、逆數，及尾曲前【煞】用數之別。如《雍熙樂府》便把宮廷本之《呂翁三化邯鄲店》南呂第二折【三煞】，改爲【二煞】、【二煞】改爲【三煞】，將原來的逆數改爲順數；而《盛世新聲》、《詞林摘豔》、《雍熙樂府》則將宮廷本之《宋太祖龍虎風雲會》第三折正宮尾曲前的【二煞】，改爲【一煞】。這種【煞】曲名稱的差異，在元雜劇的諸多版本中，都是常見的。鄭騫便曾在《北曲套式彙錄詳解》一書，整理【煞】曲用數的幾種慣例，如〈南呂宮〉【煞】：

　　此章照例緊接尾聲之前，可用二支；緊接尾聲者題「二煞」，在「二煞」之前者題「三煞」；如只用一支，題「一煞」「二煞」，或只題爲「煞」，均可。〔註44〕

〈正宮〉【煞】：

〔註44〕同註10，卷四〈南呂宮〉【煞】，頁137。

此章照例緊接尾聲之前，可連用若干支，以數目字標出，逆數而上。例如用四支，則緊接尾聲者題一煞，其前為二煞，再前為三煞、四煞。偶亦有順數者，居極少數。若用一支，則題一煞或僅題煞字均可。〔註45〕

雖則每個宮調的【煞】曲譜式不同，但【煞】前用數的方法，是可以相通的。不論是逆數、順數的標示，或尾曲前【一煞】或【二煞】的混用現象，各宮調皆然，鄭騫所歸納者，實可為各宮調用煞的通例。

（四）更易曲牌順序

過渡曲本在曲牌順序的變動上，除《死生交范張雞黍》第二折南呂宮廷本【隔尾】、【牧羊關】、【隔尾】、【牧羊關】四支曲牌中，兩支【隔尾】的順序，與元刊本同，而異於宮廷本，雖然忠於原著但可能有誤外（請參見頁98），其餘曲牌順序與宮廷本不同者尚有：將《唐明皇秋夜梧桐雨》第四折的【倘秀才】、【滾繡球】調至【芙蓉花】、【伴讀書】、【笑和尚】之前（姑且不論其中間所減五曲，與後面所減二曲）；將《玉簫女兩世姻緣》第二折仙呂【後庭花】（借宮）、商調【金菊香】二曲順序對調；將《鐵拐李度金童玉女》第二折南呂【梁州】、【一枝花】二曲順序對調等。

原來宮廷本《唐明皇秋夜梧桐雨》第四折的【芙蓉花】、【伴讀書】、【笑和尚】三曲，乃唐明皇閑行回到寢殿時所唱，而【倘秀才】、【滾繡球】則為夢見楊妃後，看見窗外雨滴梧桐時所唱。但選曲本中間既刪去了明皇夢見楊妃的一段關目，則兩者之間，同為明皇在寢殿中憶楊妃之曲，對於選曲本而言，兩種情景的先後，則似乎無關緊要了。反而將【倘秀才】、【滾繡球】二曲緊接於【滾繡球】、【倘秀才】、【呆骨朵】之後，其循環反覆的音樂效果增強，可能才是選曲本的真正考量。

而宮廷本《玉簫女兩世姻緣》第二折仙呂【後庭花】（借宮）、商調【金菊香】二曲順序，亦與過渡曲本相反，其曲文為：

【後庭花】想著他和薔薇花露清，點胭脂紅蠟冷，整花朵心偏耐，畫蛾眉手慣經，梳洗罷將玉肩憑，恰似對鴛鴦交頸，到如今玉肌骨減了九停，粉香消沒了半星，無心戀秋水明甚情將雲鬢整，骨巖巖瘦不勝，悶懨懨扮不成。

〔註45〕同註10，卷二〈正宮〉【煞】，頁68。

【金菊香】我怕不幾番落筆強施逞，爭奈一段傷心畫不成，腮斗上淚
痕粉漬定，沒顏色鬢亂釵橫，眼皮眉黛不分明。（以顧曲齋本為例，
《全元雜劇》二編二，頁 10）

【後庭花】乃接前一曲，思念往日恩愛，對照今日形影，不覺傷感，故而興
起自畫影身以寄情郎之念，【金菊香】則其垂淚自畫時所唱。這兩支曲文，
如果前後對調，便成了玉簫女思念情郎之後，自覺病體沈重，故欲提筆自畫，
而【金菊香】、【後庭花】則皆為其顧影自憐所唱，兩種情節安排，似乎皆無
不可。但就音樂而言，【後庭花】與宮廷本【金菊香】後的【青哥兒】皆為
借自仙呂宮的曲牌，【金菊香】則屬本宮之商調，如按照宮廷本的曲牌順序，
則成──商調【浪來里】→仙呂【後庭花】→商調【金菊香】→仙呂【青哥
兒】→商調【浪來里】，如此頻繁的轉換宮調，對於演唱而言，是否能夠順
暢無礙，實在值得懷疑。雖然鄭騫曾於《詳解》中舉出《還牢末》、《百花亭》、
元刊本《看錢奴》及《兩世姻緣》都曾有這種用例，但畢竟還是屬於所有借
宮例子中的少數，而況此處所指出的《兩世姻緣》，其過渡曲本便與宮廷本
的用法不同，二者究竟何者為真，則日前尚難有定論。

另外《鐵拐李度金童玉女》一劇之宮廷本第二折，南呂【梁州】與【一
枝花】的曲牌順序，亦與過渡曲本不同，由於南呂宮的聯套慣例向以【一枝
花】為首曲，【梁州】（或稱【梁州第七】）次之，故此處應為宮廷本之錯文，
不再討論。

由上可見，過渡曲本在曲牌順序上的不同，不論其是否經過編者的修訂，
或是依據已然失落的近真本選錄，其所顯現的意義，則為過渡曲本在某種程
度上對元曲曲牌套式規範的重視。

第三節　文人改編本之曲牌套式改編

所謂元雜劇的「文人改編本」，就明代而言，目前可知的版本，包含《元
曲選》與《古今名劇合選》兩種。這兩種版本，分別由臧懋循與孟稱舜兩個
明代晚期著名文人獨立完成，其中蘊含著個人對元雜劇的嚮往及其選編理想。

孟稱舜的《古今名劇合選》，雖然透過整理重編，讓元雜劇再次展現新的
面貌，但由於內容與其所根據版本幾乎無異，出乎個人手筆的改編並不多，
其選本主要的貢獻仍在於其對之前版本提出的批評與引用資料的說明，故本

節將之附錄於《元曲選》後，使其對明代諸多元雜劇版本的流傳與改編（特別是《元曲選》），作出印証及說明，本節之討論仍以《元曲選》為主體。

臧懋循在萬曆四十三、四年間，完成了《元曲選》百種的選編工作，乃明人諸多元雜劇刊本中，工程最浩大的一種。此選一出，馬上獲得一般大眾的青睞，成為晚明以後流傳最廣的元雜劇讀本。但樹大招風，臧懋循所選編的《元曲選》，卻也在不久之後便成為眾矢之的，背負了所有人對明人版本「盲刪瞎改」的批評。

在臧懋循《元曲選》出現之前，明人所見最普遍的版本，應為明代宮廷所流傳出來的演出本。的確，如果僅以宮廷演出體系的版本與《元曲選》作對照，即可發現其間差異之大，令人咋舌，也不得不為臧懋循下筆之重，捏一把冷汗。但事實是否果真如此？真正經過臧氏改編的實際內容究竟為何？這恐怕不是單從《元曲選》與宮廷本兩方面作比較，便可輕易得出的結論。

在上一節筆者曾經討論過一些明中葉所出現的選曲本，包括《盛世新聲》、《詞林摘豔》、《雍熙樂府》等，這些曲選雖然不是整本選錄，但已足夠提供我們重新思考，明代《元曲選》出現之前的元雜劇改編體系，並不僅有宮廷演出本一系，可能還有另外一個體系的改編本，而這個體系的改編本，也正悄悄影響著臧懋循改編《元曲選》的結果。

另外，比對元刊本雜劇與《元曲選》重複的劇目十三種，及李鈔本《醉思鄉王粲登樓》一種，也可側面窺得《元曲選》可能的改編情況，在此一併討論。

一、《元曲選》之曲牌增刪

首先，將《元曲選》增刪宮廷演出本曲牌的情況，列一表格，以便觀察。由於劇目眾多，無法針對曲牌的增刪內容詳細表列，故此僅簡單列出《元曲選》增刪宮廷演出本曲牌數目之統計，至於詳細內容則列於書後【附錄二】，提供有心者作進一步研究：

【表 3-7】《元曲選》增減明代宮廷演出本曲牌統計表

劇　　　名	增	減	劇　　　名	增	減
破幽夢孤雁漢宮秋	0	0	孟德耀舉案齊眉	5	1
李太白匹配金錢記	4	0	包龍圖智勘後庭花	0	0

玉清庵錯送鴛鴦被	6	0	死生交范張雞黍	1	2
隨何賺風魔蒯通	3	0	玉簫女兩世姻緣	0	1
溫太眞玉鏡台	0	2	宜秋山趙禮讓肥	5	0
楊氏女殺狗勸夫	2	0	鄭孔目風雪酷寒亭	8	0
相國寺公孫合汗衫	1	0	桃花女破法嫁周公	8	0
錢大尹智寵謝天香	0	0	布袋和尚忍字記	0	1
張天師斷風花雪月	9	0	謝金蓮詩酒紅梨花	3	0
趙盼兒風月救風塵	3	0	鐵柺李度金童玉女	2	2
東堂老勸破家子弟	1	0	崔府君斷冤家債主	2	0
同樂院燕青博魚	3	0	㑛梅香騙翰林風月	0	0
臨江驛瀟湘秋夜雨	5	0	尉遲恭單鞭奪槊	3	0
李亞仙花酒曲江池	8	0	呂洞賓三度城南柳	0	0
楚昭王疎者下船	9	0	須賈大夫誶范叔	3	0
裴少俊牆頭馬上	0	0	李雲英風送梧桐葉	0	0
唐明皇秋夜梧桐雨	0	0	杜蕊娘智賞金線池	6	0
朱砂擔滴水浮漚記	7	0	王月英元夜留鞋記〔註46〕	4	1
包龍圖智賺合同文字	6	0	馬丹陽度脫劉行首	0	0
翠紅鄉兒女兩團圓	0	0	月明和尚度柳翠	0	0
李素蘭風月玉壺春	1	1	劉晨阮肇誤入桃源	0	0
小尉遲將鬥將認父歸朝	1	0	張孔目智勘魔合羅	0	1
半夜雷轟薦福碑	0	0	玎玎璫璫盆兒鬼	4	0
呂洞賓三醉岳陽樓	0	0	荊楚臣重對玉梳記	5	0
包待制三勘蝴蝶夢	3	8	逞風流王煥百花亭	1	0
河南府張鼎勘頭巾	0	0	秦脩然竹塢聽琴	4	0
黑旋風雙獻功	12	0	感天動地竇娥冤	10	0
迷青瑣倩女離魂	0	0	蕭淑蘭情寄菩薩蠻	0	0
西華山陳摶高臥	0	0	錦雲堂暗定連環計	2	0
龐涓夜走馬陵道	1	1	羅李郎大鬧相國寺	1	0
邯鄲道省悟黃粱夢	0	0	看錢奴賣冤家債主	5	1

〔註46〕此劇僅以《元曲選》與《元人雜劇選》作比對，趙琦美曾以內府本校對息機
　　　子本發現諸多差異，並加以補錄，疑其所據版本系統不同，內中情況複雜，
　　　此處暫且不論。

馬丹陽三度任風子	0	2	陶學士醉寫風光好	0	0
薩眞人夜斷碧桃花	4	0	都孔目風雨還牢末	9	0
杜牧之詩酒揚州夢	0	0	洞庭湖柳毅傳書	4	0
醉思鄉王粲登樓	5	0	風雨像生貨郎旦	4	4
包待制智斬魯齋郎	4	1	望江亭中秋切鱠旦	4	0
朱太守風雪漁樵記	1	0	包待制智賺生金閣	2	0
江州司馬青衫淚	0	0			
四丞相高會麗春堂	0	0	總　　　計	204	29

從上表所列七十六個重複的劇目中，《元曲選》總共較宮廷本增加了二百零四個曲牌，卻僅僅減去二十九個曲牌，兩者之間比例懸殊，與一般人對臧懋循刪卻佳曲的印象，似乎大不相符。

由上表觀察，雖然《元曲選》減去部分曲牌，其中也有不少是難得的佳作，但是相對而言，從近眞本到宮廷本，或近眞本到過渡曲本，與從宮廷本或過渡曲本到《元曲選》的幾個階段中，宮廷本與過渡曲本刪落曲牌的幅度，實大大的超過《元曲選》，臧懋循的「孟浪」，恐不如前人之甚。

至於《元曲選》所刪減的曲牌，其原因大概與宮廷本相去無多，大都爲劇中反覆抒情敘事之作，或劇情改編不得不去者。故此處不再重複論述，而僅將重點放在其差異最大的曲牌增入部分。

一般說來，刪減曲牌，對改編而言，應該是比較容易的工作，只要對前後文稍作修補即可。且以元人撰作雜劇的習慣，有不少曲文乃在反覆抒情，偷減一二曲牌，並不會影響情節的進行，甚至無需修補；反之，增補曲牌，需重新思考如何運用曲牌，及如何撰入與原本曲文互相融合的作品，其所費之力，定然較刪減的動作辛苦許多。在這種情況下，令人不禁懷疑，臧懋循果眞能獨力完成如此費力的改編工作？抑或其所增曲牌另有來源？

如果縮小範圍，以《元曲選》同時與宮廷本及過渡曲本重複的劇套，作更進一步的精確比較，便可得到另外一種不同的結果：

【表3-8】《元曲選》與宮廷本、過渡曲本之使用曲牌比較

元曲選	折數	宮　廷　演　出　本	過　渡　曲　本
破幽夢孤雁漢宮秋	三	雙調 同	盛、詞、雍 異名：【尾聲】→【鴛鴦煞】（雍熙無）
	四	中呂 異名：（無）→【叫聲】	盛、詞、雍 增：【白鶴子】（雍熙有）

迷青瑣倩女離魂	二	越調 同	盛、詞、雍 增：【禿廝兒】【絡絲娘】【雪裡梅】【紫花兒序】【東原樂】【綿搭絮】 異名：【尾聲】→【收尾】
	三	中呂 同	詞 增：【上小樓】【么】【十二月】【堯民歌】【哨遍】【耍孩兒】【二煞】 異名：【朱履曲】→【紅繡鞋】、【耍孩兒】→【四煞】、【又】→【三煞】、【尾聲】→【尾煞】
	四	黃鍾 異名：（無）→【古神仗兒】、【寨兒令】→【古寨兒令】	詞、雍 增：【側磚兒】【竹枝歌】【水仙子】 異名：【寨兒令】→【古寨兒令】、【神仗兒】→【古神仗兒】
邯鄲道省悟黃粱夢	三	大石調 同	盛雍 同
杜牧之詩酒揚州夢	一	仙呂 同	雍 同
鐵拐李度金童玉女	一	仙呂 減：【賢聖吉】（插曲）、【遊四門】 增：【勝葫蘆】	盛、詞、雍 減：【遊四門】 增：【滿堂紅】【大德歌】【魚游春水】【芭蕉延壽】（四插曲）【勝葫蘆】【金盞兒】 異名：【尾聲】→【賺煞】
	二	南呂 異名：（無）→【烏夜啼】【尾聲】→【黃鍾尾】	盛、詞、雍 增：【黃鍾尾】 異名：【哭皇天】→【么鶴鳴】
	三	商調 異名：【尾聲】→【啄木兒尾】	盛、詞、雍 異名：【尾聲】→【啄木兒尾】
呂洞賓三度城南柳	一	仙呂 同	雍 增：【後庭花】【醉扶歸】 減：【滿庭芳】【清江引】【又】
玉簫女兩世姻緣	二	商調 異名：【上馬嬌】→【上京馬】（顧誤）、【隨調煞】（宮）→【高過隨調煞】	盛、詞、雍 順序：【後庭花】【金菊香】（相反） 異名：【浪來里煞】→【高過隨調煞】
	三	越調 順序：【禿廝兒】【聖藥王】（相反） 異名：第三折宮廷本（無）→【拙魯速】、【尾聲】→【收尾】	盛、詞、雍 增：【麻郎兒】【么】【絡絲娘】【東原樂】（與宮廷本同）【拙魯速】（宮廷本脫落曲牌名，過渡本無此曲） 異名：【尾聲】→【收尾】

李太白匹配金錢記	一	仙呂 增：【那吒令】【鵲踏枝】 減：【寄生草】【青哥兒】	雍 減：【寄生草】 異名：【醉中天】→【醉扶歸】
唐明皇秋夜梧桐雨	二	中呂 同	盛、詞、雍 增：【滿庭芳】【普天樂】
	四	正宮 異名：【（白鶴子）二】→【（白鶴子）么】、【（白鶴子）三】→【（白鶴子）么】、【（白鶴子）四】→【（白鶴子）么】	盛、詞、雍 增：【白鶴子】【么】【么】【么】【倘秀才】【倘秀才】【雙鴛鴦】【蠻姑兒】【滾繡球】【叨叨令】【三煞】【二煞】 順序：原【倘秀才】【滾繡球】調至【芙蓉花】【伴讀書】【笑和尚】之前，中間減五曲，後亦減二曲。 異名：【尾聲】→【黃鍾煞】
㑳梅香騙翰林風月	一	仙呂 異名：【賺煞尾】→【賺煞】	盛詞雍 增：【賺煞】 異名：（無）→【（六么序）么】
	二	第二折大石調 同	第二折大石調 同
死生交范張雞黍	一	仙呂 異名：第一折【醉扶歸】→【醉中天】、【賺煞尾】→【賺煞】	雍 異名：第一折【醉扶歸】→【醉中天】
	二	南呂 減：【牧羊關】【隔尾】（第一支【隔尾】與第三支【隔尾】併為一）	盛、詞、雍 順序：第二支【隔尾】調至【牧羊關前】 減：【牧羊關】【隔尾】（第一支【隔尾】與第三支【隔尾】併為一）
	三	商調 異名：【尾聲】→【隨調煞】	盛、詞、雍 異名：【尾聲】→【隨調煞】
醉思鄉王粲登樓	一	仙呂 增：【金盞兒】 異名：【尾聲】→【賺煞】	雍 減：【（寄生草）么】【醉扶歸】 異名：【尾聲】→【賺煞】
四丞相高會麗春堂	三	越調 同	盛、詞、雍 增：【東原樂】【拙魯速】【么篇】
	四	雙調 同	盛、詞、雍 異名：【倘兀歹】→【唐兀歹】 增：【攪箏琶】【沽美酒】【太平令】

　　在上表所列的二十四個劇套中，《元曲選》較宮廷本總共增加了四支曲牌，分別是《鐵柺李度金童玉女》第一折仙呂【勝葫蘆】、《李太白匹配金錢

記》第一折仙呂【那吒令】、【鵲踏枝】，與《醉思鄉王粲登樓》第一折仙呂【金盞兒】等。其中除了《金童玉女》的【勝葫蘆】一支，乃《元曲選》改自原來【遊四門】一曲外，其它三支曲牌，皆與過渡曲本原有的曲文相同。可見《元曲選》較宮廷本多出之曲牌，並不一定為臧懋循本人所增入，它們也有是可能是元人雜劇本具，卻在宮廷演出時為伶人所偷減，幸而被另一個系統的版本所保留下來，為《元曲選》所延用；但它們也有可能是另一個系統的改編本所增入，臧懋循不捨得刪去，而加以保留者。

　　就【那吒令】、【鵲踏枝】、【金盞兒】三曲而論，屬於前者的情況，可能性居大。其中《李太白匹配金錢記》【那吒令】、【鵲踏枝】二曲，筆者曾於本章第二節中分析過，認為其內容乃在於反覆寫景抒情，是宮廷演出時，伶人最易偷減之曲，但由於其文辭秀麗，生氣飽滿，而為選曲本所保留下來；至於《醉思鄉王粲登樓》之【金盞兒】曲，則在李開先抄本中清晰可見，更加無疑是屬於原者所有。所以，臧懋循《元曲選》較於宮廷本，增入曲牌雖多，但所增入曲牌，極有可能是元人所有，卻為宮廷本演出時所刪去。而這種大幅刪落曲牌的作法，對宮廷演出而言，是習以為常的，從本章第一節的討論中便可見其大略，並不特別令人吃驚。

　　也許正如徐朔方所推論：「另有一類異文，《元曲選》明顯地比其它選本好。與其說是出於臧懋循的改訂，不如說是他在當時通行本之外，訪求到少見的更好或更忠于原作的別本所致。」〔註47〕故認為臧懋循選編《元曲選》，還有其它的版本來源，而其所做的工作「主要是刪不是增」〔註48〕，而《元曲選》所增曲牌與過渡曲本的雷同，即是一証，我們確實不能簡單以宮廷本為接近原著的版本，來編派《元曲選》相異的缺點。

　　但如果僅以上述二個例子，便認為《元曲選》較宮廷本增出的曲牌，皆原著所有而為伶人所偷減者，則又未免以偏蓋全。畢竟在我們將《元曲選》與近真本及宮廷本作交叉比對時，仍可發現其間有不少曲文乃近真本與宮廷本皆無者，且觀下表：

〔註47〕徐朔方著，《元曲選家臧懋循》，北京：中國戲劇出版社，1985 年，頁 32。
〔註48〕同前註，頁 11。

【表 3-9】《元曲選》與近真本及宮廷本曲牌增減比較

劇 名	曲牌	宮廷本較元刊本	元曲選較宮廷本
相國寺公孫合汗衫	增	無	第四折【殿前喜】
	減	第一折仙呂【金盞兒】 第二折越調【天淨沙】【酒旗兒】【寨兒令】【二】 第四折雙調【風入松】【落梅風】	同宮廷本
楚昭公疏者下船	增	第三折中呂【鵪鶉曲】 第四折雙調【甜水令】【折桂令】【沽美酒】【太平令】	第一折仙呂【醉扶歸】 第二折越調【金蕉葉】【天淨紗】 第四折雙調【錦上花】【么篇】【清江引】【收尾】
	減	楔子仙呂【端正好】 第二折越調【小桃紅】【憑欄人】【寨兒令】【雪裏梅】【紫花兒序】【鬼三台】【絡絲娘】 第三折中呂【三】 第四折雙調【滴滴金】【折桂令】【雁兒落】【水仙子】	有第二折越調【小桃紅】一曲，但曲文與元刊全異
薛仁貴榮歸故里	增	無此本	第一折【寄生草】 第二折商調【雙雁兒】 第三折套前插曲雙調【豆葉黃】 第四折【殿前歡】【甜水令】【折桂令】【喜江南】【沽美酒】（第四折少八曲，套式全不相同）
	減		第一折仙呂【金盞兒】【醉中天】【憶王孫】【醉扶歸】 第二折商調【掛金索】【醋葫蘆 1】【柳葉兒】 第三折中呂【朝天子】【上小樓么】【哨遍】（將原鮑老兒曲文刪去，用原哨遍詞句另撰一鮑老兒）【二煞】【三煞】【四煞】（四支煞曲併為【一煞】） 第四折雙調【陣陣贏】【豆葉黃】【慶東原】【慶宣和】【川撥棹】【七弟兄】【絡絲娘】【雁兒落】【搗練子】【梅花酒】【收江南】【得勝令】【殿前歡】

散家財天賜老生兒	增	無此本	無
	減		第一折仙呂【寄生草】【金盞兒】第二折正宮【倘秀才2】【滾繡球2】第三折越調【金蕉葉】【寨兒令】【雪裏梅】第四折【駐馬聽】【七弟兄】【梅花酒】【收江南】
呂洞賓度鐵柺李岳	增	無此本	第一折仙呂【金盞兒1】【後庭花】【金盞兒3】第二折正宮【倘秀才】【滾繡球】【倘秀才】【滾繡球】【三煞】【二煞】第三折雙調【慶東原】第四折中呂【紅繡鞋】【喜春來】【迎仙客】【要孩兒】【二煞】
	減		無
西華山陳摶高臥	增	套式皆同	
	減		
死生交范張雞黍	增	第一折仙呂【金盞兒】【賺尾】第二折南呂【一枝花】【梁州】【隔尾（前）】【隔尾】【罵玉郎】【感皇恩】【採茶歌（前）】（以上皆因元刊本缺頁而闕漏）第三折【仙呂柳葉兒】（借宮）	同宮廷本
	減	第四折中呂【滿庭芳】【普天樂】【快活三】【鮑老兒】【墻頭花】【八煞】【七煞】【六煞】【五煞】【四煞】【三煞】【二煞】【尾聲】	第二折南呂【牧羊關】、第一支【隔尾】與第三支【隔尾】併為一曲，計少兩曲。有第四折【煞尾】（即元刊【尾聲】，但曲文不同。）
陳季卿誤上竹葉舟	增	無此本	楔子仙呂【賞花時】第二折雙調【得勝令】第四折插曲【村裏迓鼓】（【元和令】【上馬嬌】【勝葫蘆】雖名稱相同，詞句完全與元刊不同）正宮【倘秀才2】【滾繡球3】【煞尾】
	減		第一折仙呂【寄生草】第四折插曲【節節高】【遊四門】【勝葫蘆】【後庭花】【柳葉兒】
漢高皇濯足氣英布	增	無此本	第二折南呂【罵玉郎】【感皇恩】【採茶歌】第四折後散場【側磚兒】【竹枝兒】【水仙子】
	減		無

張孔目智勘魔合羅	增	第三折商調【後庭花】【雙雁兒】 第四折中呂【粉蝶兒】	同宮廷本
	減	第一折仙呂【那吒令】【鵲踏枝】	第四折中呂【古鮑老】
趙氏孤兒大報仇	增	無此本	第一折【金盞兒2】【醉扶歸】【青哥兒】 第二折【三煞】 第三折【得勝令】 第五折正宮【端正好】【滾繡球】【倘秀才】【笑和尚】【脫布衫】【小梁州】【么篇】【黃鍾尾】
	減		第一折仙呂【那吒令】【鵲踏枝】【寄生草】 第二折南呂【賀新郎】【罵玉郎】【感皇恩】【楚江秋】 第三折雙調【沈醉東風】 第四折中呂【十二月】【堯民歌】
看錢奴賣冤家債主	增		第三折商調【醋葫蘆】 第四折越調【天淨紗】
	減	第一折仙呂【(寄生草)么】 第二折正宮【呆古朵】【滾繡球】【脫布衫】【小梁州】【(小梁州)么】【三煞】【二煞】 第三折商調【後庭花】【雙雁兒】【青歌兒】【村里迓鼓】【元和令】【上馬嬌】【遊四門】【勝葫蘆】 第四折越調【東原樂】【綿搭絮】【禿廝兒】【鬼三台】【金蕉葉】【聖藥王】	第二折正宮【滾繡球】，但曲文與元刊本曲文全異。 第三折【浪來裏煞】（即息之【尾聲】） 有第四折越調【禿廝兒】【聖藥王】，但與元刊本曲文全異。
醉思鄉王粲登樓	增	無	第四折雙調【沈醉東風】
	減	第一折仙呂【(寄生草)么】【金盞兒】【醉扶歸】 第三折中呂【喜春來(天)】【哨遍】【耍孩兒】【么】【三煞】【二煞】 第四折雙調【駐馬聽】【甜水令】【折桂令】（【殿前歡】【喬牌兒】【掛玉鉤】【沽美酒】【太平令】此五曲未鈔校）【川撥棹】【七弟兄】【梅花酒】【收江南】【鴛鴦煞】	有第四折雙調【甜水令】【折桂令】但與李鈔本曲文全異。 改【鴛鴦煞】為【離亭宴煞】曲文與李鈔本全異。

　　從上表中可見，重複的十三個劇本中，《元曲選》至少有六十一支曲牌，

乃近眞本所無，另外還有十支曲牌雖然名稱相同，但曲文內容全異。

　　若將宮廷本也納入比較，則《元曲選》之《相國寺公孫合汗衫》第四折【殿前喜】、《楚昭王疏者下船》第一折【醉扶歸】、第二折【金蕉葉】、【天淨紗】、第四折【錦上花】、【么篇】、【清江引】、【收尾】、《看錢奴賣冤家債主》第三折【醋葫蘆】、第四折【天淨紗】、《醉思鄉王粲登樓》第四折【沈醉東風】、【離亭宴煞】等十二曲，乃近眞本與宮廷本皆無之曲；另外，《元曲選》較宮廷本增加，而近眞本已有之曲，如《死生交范張雞黍》第四折【煞尾】、《楚昭王疏者下船》第二折【小桃紅】、《看錢奴賣冤家債主》第二折【滾繡球】、第四折【禿廝兒】、【聖藥王】、《醉思鄉王粲登樓》第四折【甜水令】、【折桂令】等七曲，仔細比較其曲文，則兩者內容全異。總計在三個體系重複的七個劇目中，《元曲選》發前人所未有之曲，共有十九支之多。所以，如果說《元曲選》較宮廷本增出之曲，皆爲宮廷伶人所偷減，而臧懋循之增補乃更接近於原著的作法，這恐怕也是無法令人心服的。

　　當然，若以《合汗衫》等十二支近眞本與宮廷本皆無之曲，都是近眞本所脫落，而爲其它版本所保留、《元曲選》所沿用，也不是全然不可能，畢竟在比較宮廷演出本與近眞本的差異時，我們便曾經發現幾支這樣的曲文。但近眞本所脫落之曲牌，是否眞有如此之多，則仍然值得討論。以下我們便實際進入曲文的比較，進一步觀察其增改曲文的內容及特色。

二、《元曲選》增改曲牌之內容特色

　　從以上比對可知，《元曲選》在曲牌的使用上，確實有別出於現行可見其它元雜劇版本之處，而這些曲牌內容，不是來自於另一個未知的版本，便是由臧懋循自己動手改編，究竟其改編內容爲何？以下便透過實際的整理分析，歸納其版本自成一格的改編特色。

（一）情節關目之調整

　　首先，筆者發現，《元曲選》較宮廷本多出的曲牌，幾乎都不是突然增加，而是與宮廷本大幅刪減或改編近眞本曲文，有密切的關連。

　　如《楚昭王疏者下船》一劇，乃目前所能比對之近眞本與元刊本中，情節關目改編最多者。其中第二折，宮廷本將元刊本之十三個曲牌，大幅刪去七個曲牌，使得原本楚昭公一家人出走的情況，顯得慌亂匆忙，交待不清。所以，臧懋循極有可能是在不見原作的情況下，感覺到宮廷本的草率粗陋，

故而增入伍子胥與費無忌對決，最後費無忌戰敗被擒，楚昭公倉皇出去的關目。其間不但增加了【金蕉葉】、【天淨紗】二曲，也改編了【小桃紅】、【調笑令】、【聖藥王】、【收尾】等曲文。同劇第四折的內容，不但依從宮廷本，將原來悲劇收尾的情節，改成一家團圓、封賞慶賀的結局，還錦上添花的加上了楚公子與金枝公主成親的關目，改編了【沽美酒】、【太平令】等曲牌的大部分曲文，加上了【錦上花】、【么篇】、【清江引】、【收尾】等四曲，讓整齣戲徹徹底底符合了明人最喜愛的大團圓模式。

而《看錢奴賣冤家債主》第二折中，宮廷本亦曾大幅刪減了原有之【呆骨朵】、【滾繡球】、【脫布衫】、【小梁州】、【么】、【三煞】、【二煞】等曲，而其中【滾繡球】、【脫布衫】、【小梁州】、【么】：

> 【滾繡球】典玉器，有色澤你寫沒色澤，解金子，赤顏色寫著淡顏色，你常安排著九分廝賴，把雪花銀寫做雜白，解時節將爛鈔抆，贖時節將料鈔抬，恨不的十兩鈔先除子折錢三百，那裡肯周急心重義疏財，今日孟嘗君緊把賢門閉，交你個柳盜跖新將解庫開，又不是官差。

> 【脫布衫】那一個開解庫的曾受宣牌，這是你自立下條劃，你做的私倒金銀買賣，子是打劫我小民山寨。

> 【小梁州】有一日激惱的天公降禍災，不似你這不義之財，風雹亂下一齊來，把農桑壞，沖不倒你富家宅。

> 【么】你只與我飢餓民為害，你豪家有細米乾柴，飄不了你放課錢，失不了你諸人債，折末水淹到門外，子把利錢來。（《校訂元刊雜劇三十種》，頁90）

乃正末因窮困不得已賣兒，而痛罵當時解庫財主趁人之危，大賺不義之財的情景。所以這整段曲文，既已為宮廷本全部抽去，《元曲選》亦可能在不見元刊本的情況下，補入了【滾繡球】一曲，而其曲文乃與元刊本大異：

> 也曾有三年乳十月胎，似珍珠掌上抬。甚工夫養得他偌大，須不是半路裡拾的嬰孩。我雖是窮秀才，他覷人忒小哉。那些個公平買賣，量這一貫鈔值甚錢財，他道我貪他香餌終吞釣，我則道留下青山怕沒柴，拼的個搠筆巡街。〔註49〕

〔註49〕王學奇主編，《元曲選校注》四下，石家庄：河北教育出版社，1994年，頁4009。

雖然較之原作，失去了原本大段痛快淋漓的罵詞，但也聊可抒發窮人被剝削、受欺侮的忿恨不平之氣。而同劇之第四折，宮廷本亦刪去了【東原樂】、【綿搭絮】、【禿廝兒】、【鬼三台】、【金蕉葉】、【聖藥王】等六曲，雖然使得情感抒發不如原本酣暢，但於情節關目上，倒無甚損，《元曲選》在劇末加入了【天淨紗】、【禿廝兒】、【聖藥王】三曲，增補了正末報恩施財、樂善助窮的情節，以別於那些寡仁少義的財主，藉此相互對照，頗有勸化世人的意味。

另外，《醉思鄉王粲登樓》一劇，宮廷本大幅刪減原作曲文，其中第四折刪落的幅度，更是驚人，總計刪去了【駐馬聽】、【甜水令】、【折桂令】、【殿前歡】、【喬牌兒】、【掛玉鉤】、【沽美酒】、【太平令】、【川撥棹】、【七弟兒】【梅花酒】、【收江南】、【鴛鴦煞】等十三支曲牌，只餘【新水令】、【雁兒落】、【得勝令】、【喬牌兒】、【水仙花】五支曲牌，使原本王粲終能一吐怨氣的得意之情，及團圓收束的氣氛，大打折扣，給人一種草草結束的感覺。而臧懋循適時補入【沈醉東風】、【甜水令】、【折桂令】、【離亭宴煞】四曲，讓主人公的情感，得到較為充分的抒發，結局氣氛的營造，也更勝宮廷本一籌，是比較圓滿的安排。

從上述情況看來，我們幾乎可以肯定，這些為補宮廷本刪節太甚所造成之劇情簡略，與劇套過短敘情不夠酣暢之缺點所增加的曲文，應該不是近真本脫落原作曲文所造成，也不是伶人偷減而為《元曲選》所增入者，也許正如徐朔方所推論，《元曲選》的選編來源中，可能有另一類是我們從未見到的版本，而這一類版本或許亦曾經過改編，但也不能排除其中有不少是臧懋循本人動筆修改的。晉叔曾經不諱言自道：「比來衰懶日甚，戲取諸雜劇為刪抹繁蕪，其不合作者，即以己意改之。」〔註50〕而其所謂「不合作者」，由此觀之，可能就是指原劇情節安排不盡如其意者，這也是在我們分析《元曲選》與元刊本及宮廷本曲牌差異之時，特別能在情節改編處，看到《元曲選》所增入的不同曲牌，這之間恐怕是少不了臧懋循本人手筆的。

而這種情況，我們如果一一分析《元曲選》對宮廷演出系統劇本所增加的二百個曲牌內容，也可以得到相近的結論。此處，且容筆者藉用學養豐富，且對元雜劇異文有深入研究的鄭騫之幾點觀察為例証：

> 因增益關目故添作，文字尚屬穩妥。元劇第四折常有「草草終場」

〔註50〕臧懋循著，《負苞堂集》卷四〈寄謝在杭書〉，台北：河洛圖書出版社，1975年，頁92。

情形，臧選遇此等處，多爲增益關目曲文以求周詳圓到。至於舊本之所以「草草」，究係原作如此，抑係上演時伶人偷減，則不意而知。（〈元雜劇異本比較〉第五組，頁 3）

臧選則【後庭花】一曲加強敘述宋引章之被打受苦，而別增【柳葉兒】一曲敘述趙盼兒將著意妝梳前往搭救之機謀，敘述較古名家更爲盡情，層次亦更爲清楚。（〈元雜劇異本比較〉第一組，頁 11）

臧選於較短之劇套每喜爲之增加數曲，往往成爲蛇足。此二曲文字既工穩，關目又緊湊，頗有可取，尚非他劇敷衍增飾之比。（〈元雜劇異本比較〉第一組，頁 11）

爲求關目周詳合情合理，此曲添得甚好，至其文字流利平穩與全劇其他曲詞之樸拙氣味不類，則是時代關係，無可奈何。（〈元雜劇異本比較〉第三組，頁 6）

文筆與全劇不類，蓋晉叔添作者。趙鈔全折只曲四支，太短，關目交代亦不夠清楚，故晉叔增潤賓白並添此三曲。趙鈔此折之短促，究係原作如此或經伶工偷減，無從查考。（〈元雜劇異本比較〉第二組，118）

文從字順，流利暢達，而全無元人渾厚樸拙之氣，一望而知是明人手筆。蓋原作第四折僅四曲，草草終場，臧選既增飾關目自不得不增添曲文也。（〈元雜劇異本比較〉第五組，頁 10）

臧選因增改關目故添作，文從字順，全是明人筆墨，與原作其他曲文樸質潑辣之氣不相調和。五曲中所敘者皆與前重複，不過將演過情節再說一遍，實可不作。（〈元雜劇異本比較〉第二組，頁 92）

文字平庸稚弱，與其諸曲完全不類，其附帶之數段道白亦爲古名家所無。蓋臧氏嫌原劇敘張瑾夫婦分別時情形近於簡率，故爲添作曲白，其處理劇情，固較圓到，惜曲文不稱耳。（〈元雜劇異本比較〉第五組，頁 21）

觀其文法語氣，知爲臧選增作。此折劇情，主要在趙用規勸蕭娥善待賽娘僧住。而古名家本套僅四曲，過份簡短，故臧選增此六曲及賓白，使劇情大爲加強。（〈元雜劇異本比較〉第三組，頁 9）

此二曲古名家無之，乃臧選因增改關目而添作者，曲文平妥，但細

讀之，便可感覺其無元人古拙渾厚之氣息。因此知其爲臧氏添作而
非古名家有所刪節。（〈元雜劇異本比較〉第一組，頁 16）

脈望此套僅四曲，不僅太短，且不成套式，故臧選添作，且臧選既
增飾關目，自不得不添作曲文也。〔註51〕

姑且不論《元曲選》所增入之曲牌文字如何，其曲牌增入處，多半不脫「增
益關目」、「修補短套」的目的，有使情節、劇套更周詳完備的意思。而這種
情況尤其最常發生在元雜劇的最末一折上，其原因蓋如鄭騫所言：「元劇第四
折常有『草草終場』情形，臧選遇此等處，多爲增益關目曲文以求周詳圓到。」
或「敘述『團圓慶喜』之意，乃晉叔慣用手法，蓋受明代傳奇結局影響，元
雜劇並不一定此。」（〈元雜劇異本比較〉第五組，頁 1）元劇的「草草收場」
相對於晉叔之慣用「圓圓喜慶」，導致了《元曲選》著意增補最末一折曲牌的
結果。至於所增之曲究竟使之「圓滿」，抑或爲「蛇足」，則見仁見智，此處
暫不評論，但其所懷疑之「伶人偷減」，或「晉叔添作」的問題，若呼應至我
們對《元曲選》與近眞本及宮廷本的交叉比對的結果上，則此等「增益關目」、
「修補短套」的曲牌，「晉叔添作」者，應當不在少數。

（二）文字風格之迥異

如果從另一個角度切入觀察，或許可以更加肯定這樣的推論。在上列所
舉《元雜劇異本比較》的評論諸語中，可以發現，除了情節增益改訂處，可
能引起鄭騫論斷所增曲牌爲「晉叔添作」之曲外，另外還有一個更重要的訊
息，那就是增入曲牌之文字風格。

在鄭騫所觀察《元曲選》的諸多增益曲牌中，有不少是「文從字順」、「流
利暢達」、「平庸稚弱」的，將之與元人「渾厚樸拙」、「樸質潑辣」、「古拙渾
厚」風格的文字放在一處，則經常能感受到其「文筆與全劇不類」的缺點，
可以清楚判讀其爲明人或晉叔本人添作的文字。而對於那些文字較爲「穩
妥」、「工穩」的曲牌，究竟爲明人或晉叔本人添作，或原本即有，爲伶人所
偷減者，鄭氏則較持保留態度。

這種觀察，與我們分析上列《元曲選》與元刊本不同曲牌時，所得的結
果，是極其相符的。如《楚昭王疎者下船》第一折所增入【金蕉葉】、【天淨
紗】二曲。

〔註51〕 鄭騫〈元雜劇異本比較〉第四組，《國立編譯館館刊》，第 5 卷第 1 期，1974
年 6 月，頁 22。

【金蕉葉】那一個錦征袍窄窄的把獅蠻款兜，這一個鳳翅盔律律的把紅纓亂丟。那一個點鋼槍支支的把黃帕狠揪，這一個鐵胎弓率率的把雕翎穩扣。

【天淨紗】俺只道他兩個都一般狀搊搜，都一般武藝滑熟。管殺的慘迷神嚎鬼愁，可元來半合兒不夠，早一個先納了輸籌。（一下，頁864）

這種喜用疊字構句，並講究句中對，或句與句之對稱關係的修辭方式，乃明人的文字風格，與原劇的渾厚拙樸之氣，實有相當的分別。而這種差異，如果拿同一劇套中相同曲牌的改寫作品來對照，則情況更加明顯。如《看錢奴賣冤家債主》第二折的【滾繡球】（曲文見於上文），與第四折的【禿廝兒】、【聖藥王】，元刊本為：

【禿廝兒】子落的三十分燒錢裂紙，一身衣裏骨纏屍，千兩金買不的一個死，將不去，半分兒家私。

【聖藥王】知他是你先死，我先死，我打簸箕糞栳栳送京師，賣了親子，停了死屍，無兒無女起靈時，能可交驢駕了轝車兒。（《校訂元刊雜劇三十種》，頁96）

《元曲選》之【禿廝兒】、【聖藥王】則作：

【禿廝兒】論你個小本錢茶坊酒肆，有甚麼大度量仗義輕施，你也則可憐俺飢寒窮路不自支。如今這銀一個，酬謝你酒三卮，也見俺的情私。

【聖藥王】為甚麼罵這廝、罵那廝，他道俺貧兒到底做貧兒，又誰知此一時、彼一時。這家私原是俺家私，相對喜孜孜。（四下，頁4036）

相對於元刊本之樸拙自然，直而有力，《元曲選》文字之處處經營，用力之跡儼然可見，二者明顯不同。

但如果明人強效元人白描筆法，也有可能會產生反效果，如《元曲選》中《醉思鄉王粲登樓》第四折所增入的【甜水令】、【折桂令】二曲：

【甜水令】你道是位列三台，調和鼎鼐，燮理陰陽，丞相府氣昂昂。覷的我元帥衙門，無過是點些士伍，排些刀仗，與文臣本不同行。

【折桂令】你不來呵，但憑心上，我也不著人來，請你登堂。誰著你鳥故趨籠，魚偏入網，人自投湯。既受你這許多好情親向，我豈可沒從今後星有參商，人有雌黃，你做不的吐哺周公，我也拼不做坦

腹王郎。（二下，頁 2114）

且以李鈔本同劇同名曲牌做對比：

> 【甜水令】也不是禍不單行，悶的我心無所向，恰便是風外柳花狂，
> 子爲歸計難酬，憑欄凝望，望不斷煙水茫茫。

> 【折桂令】因此上醉登樓王粲思鄉，子爲囊篋俱乏，因此上酒債尋常，
> 受過了客旅淹留，且放些酒後疎狂，那酒本澆我羈懷浩蕩，消磨了
> 塵世愴惶，少年科場，殢殺魷觴，恐怕春光，卻憂成鏡裡秋霜。（《校
> 訂元刊雜劇三十種》，頁 455）

可見【甜水令】、【折桂令】二曲，文字自然而動人至深，乃原劇極佳之作，雖然意在抒懷，卻毫不冗贅，可爲一折中之血肉，有點題的效果。但由於臧懋循在選編《元曲選》時，所見版本可能已經刪去了此二曲，而其感覺到原來劇套過短，故另行添作【甜水令】、【折桂令】二曲，內容卻僅在埋怨蔡邕的倨傲輕慢，不納賢才，較原本之二曲，意境已有相當的差距，故其文字爲鄭騫批評爲：

> 既弱且俗，……。晉叔筆墨本屬綺麗典雅一派，強效模倣元人白描，
> 結果遂成「東施」。多年以前，讀臧選此劇至本折，頗怪德輝何以有
> 此敗筆，其造語用字亦不類元人，既見古名家及李鈔，「恍然大悟」
> 矣。（〈元雜劇異本比較〉第三組，頁 38）

可見元明兩代劇作家之文字風格，給人感受差別之大。所以對於《元曲選》較之前版本所增的部分曲牌，目前雖然沒有直接証據說明其爲臧懋循所添，但由其文字風格觀之，或可略得一二。

（三）曲牌套式之合律

　　從《元曲選》所增加的曲牌中，我們不僅可以看到臧懋循之改訂元雜劇，除了有增益情節與修補短套的習慣，及與原劇文字風格的差異之外，另外還有一個明顯的特色，即使用曲牌套式之謹嚴與規矩。

　　元人雜劇使用曲牌套式，有其一定的慣例，但在聯套的實際運用上，仍有寬鬆與嚴謹之別。所以，我們或許可以歸納出一套元雜劇曲牌的聯套慣例，卻不能將前人所使用過的每一個劇套，完全規範在內。這種違背慣例的情況，不論在近眞本、宮廷本或過渡曲本中，皆不乏其例。但到了臧懋循所選編的《元曲選》中，則相對得到了大幅的改善。

　　如《玎玎璫璫盆兒鬼》第四折宮廷本用中呂宮套，與第二折重複，是大

大違反雜劇使用宮調的慣例。通常元雜劇每本四折，分用四個宮調，不得重複，破例者，元雜劇中除此之外，別無他例。而《元曲選》此折則與宮廷本大異，臧懋循在此增易原曲，將之全部改用正宮套，故其將【粉蝶兒】改爲【端正好】，【醉春風】改爲【滾繡球】，而原本中呂宮之【醉高歌】、【紅繡鞋】、【快活三】、【朝天子】等曲牌，因可借入正宮套，故臧選仍保留，另在其前增入【叨叨令】，其後增入【四邊靜】，如此便成一完整的套式。雖然在文字上仍可見其修補之痕跡，但至少成就了一個正常可用的套式。

另有《呂洞賓三醉岳陽樓》一劇，原本古名家第三折中，僅有【村里迓鼓】、【元和令】、【上馬嬌】、【勝葫蘆】、【柳葉兒】諸曲，乃屬與第一折重複的仙呂宮，且不成套式，應屬插曲性質，無正曲，故不能自成一套。且該劇第四折則有正宮及雙調兩個宮調，大大違例，故臧選將正宮套改入第三折，第四折僅餘雙調一套，是正確的做法。

《元曲選》除了改正以上兩個違例特甚的劇套外，對於一些小曲段不合慣例的用法，也會增刪曲牌，加以調整。如在南呂宮之聯套法則中，有「【罵玉郎】、【感皇恩】、【採茶歌】，此三者在小令中爲兼帶曲，在套數中無論散劇均須連用。」〔註 52〕的慣例，元雜劇中破例者僅有《說鱄諸伍員吹簫》獨用【罵玉郎】、《好酒趙元遇上皇》用【感皇恩】—【採茶歌】二曲。而原本脈望館鈔本《楊氏女殺狗勸夫》第三折亦獨用【感皇恩】一曲，臧懋循增入【罵玉郎】、【採茶歌】，較合於元人聯套慣例。

另有脈望館鈔本《風雨像生貨郎旦》第四折南呂宮，首曲用【一枝花】，接著借用正宮【九轉貨郎兒】。按照慣例，南呂套首曲應用【一枝花】，其後必接用【梁州第七】，破例的劇套僅見楊景賢《西遊記》一劇，而劇套中間借用正宮【九轉貨郎兒】，其尾曲仍應回到南呂宮尾聲才是，此《簡譜》所謂之「夾套」者。而脈望館鈔本僅用南呂【一枝花】，其餘均是正宮曲，不合慣例，故《元曲選》在首曲後增入【梁州第七】，末尾又增【煞尾】（即南呂【隔尾】）一曲，方能合於套式。

《洞庭湖柳毅傳書》第一折用仙呂宮，按照仙呂宮之慣例，首四曲連用【點絳唇】、【混江龍】、【油葫蘆】、【天下樂】者，佔絕大多數，據許子漢之統計，在所有二百三十九個仙呂套式中，不用此曲段者，僅有十一套。〔註 53〕

〔註52〕同註 10，上卷〈南呂宮第四〉，頁 71。
〔註53〕同註 17，第一章〈仙呂宮〉，頁 15。他列出不用此曲段者有：《金安壽》用【八

而顧曲齋此劇套僅以【點絳唇】、【混江龍】、【油葫蘆】三曲連用，在臧懋循看來，是不合於慣例的，故其將原本【油葫蘆】曲的後半改作，而以其原來後半曲文增改爲【天下樂】一曲，使其完全符合元人使用仙呂套的慣例。

　而整體看來，雙調劇套乃《元曲選》改正宮廷本不合聯套慣例最多的一個宮調。按例而言，雙調首曲最常用的是【新水令】，偶有用【五供養】者，而其後：「【新水令】後接用【駐馬聽】者最多，其次爲【沈醉東風】，其次爲【步步嬌】，用其他曲調者佔少數。」〔註54〕而脈望館鈔校內府本《小尉遲將鬥將認父歸朝》第四折雙調【新水令】後卻接用【沽美酒】，故臧懋循按照慣例，增入【駐馬聽】一曲。而脈望館鈔本《孟德耀舉案齊眉》第四折雙調【沈醉東風】後，連用兩支【雁兒落】，其用例甚爲少見，故《元曲選》刪去一支，改第四折【慶宣和】，較合於聯套規律；同樣古名家本《感天動地竇娥冤》第四折亦連用兩支【雁兒落】，《元曲選》於此則改動後一支爲【喬牌兒】曲。

　一般雙調【雁兒落】後接用【得勝令】，亦是此一宮調中使用較爲頻繁的曲段，元刊本《陳季卿誤上竹葉舟》第二折雙調【雁兒落】後末接【得勝令】，而用【掛玉鈎】，雖然不算元雜劇的孤例，〔註55〕但是《元曲選》增入【得勝令】一曲，則是較符合元人慣例的作法。

　但是《元曲選》中，也不是完全沒有違背慣例的作法。如《風雨像生貨郎旦》一劇第二折，《元曲選》較宮廷本減去雙調【七弟兄】、【梅花酒】、【收江南】三曲。一般而言，雙調中慣以【川撥棹】、【七弟兄】、【梅花酒】、【收江南】四曲連用，總計元雜劇二百一十一本用雙調的劇套中，四曲連用的劇套共有七十五例，而【川撥棹】獨用者，則僅有十例，雖然非曰不可，但此三曲文字頗佳，又非閒筆，實無刪去必要，且不符臧懋循喜用慣例的作法，不知爲何，暫且錄此存疑。

　另外，在我們比對近眞本與宮廷本、近眞本與過渡曲本、或宮廷本與過渡曲本時，可以發現脫落曲牌名稱的錯誤，無處不在。這種情況並沒有隨著時空的推移，得到相對的重視與改善，一般選刊者依然隨性的看待這個問題，以致脫落曲牌的錯訛，隨處可見，且各本皆然。

　　聲甘州】，而不用其他三曲；只用【點絳唇】、【混江龍】者有八本；在【點絳唇】、【混江龍】及【油葫蘆】、【天下樂】之間插入其他曲牌者僅有二本。
〔註54〕同註10，下卷〈雙調第十二〉，頁154。
〔註55〕如鄭廷玉《後庭花》第三折、周文質《蘇武還鄉》第四折，亦如此作。

　　但到了晚明，臧懋循開始嚴肅的看待這個問題。在我們比對《元曲選》與宮廷本的七十六個劇目中，可以發現二者之間有將近二十個曲牌異文，是發生在宮廷本脫落曲牌名稱的錯誤之上，這些都一一被臧懋循訂正過來，使其各歸其正。同樣較之過渡曲本，《元曲選》亦有此糾誤之功。由於上述章節已論述頗多，故此不再重複分析。

　　另外，在曲牌名稱的錯誤上，最常見的還有將【醉扶歸】誤作【醉中天】，或將【醉中天】誤作【醉扶歸】者。且看【醉扶歸】譜式：

　　　　十仄平平仄（仄平平）。十仄仄平　　。十仄平平仄仄平（平去　）。
　　　　十仄平平厶。十仄平平厶　　。（＊）十仄平平去。（《北曲新譜》，
　　　　頁 98）

第五、六句之間可增五字一句，平仄格式爲「十仄仄平平‧」。而【醉中天】的譜式爲：

　　　　十仄平（仄）平厶（平）。十仄仄平平。十仄十平十厶　　。十仄平
　　　　平厶。十仄平平仄　　。十平平去。十平十厶平平。（《北曲新譜》，
　　　　頁 99）

作小令，末句六字或七乙均可，入套數多作七乙。這兩支曲牌由於名稱相近，譜式亦頗爲相近，故在運用上，經常容易相互誤題。如息機子本《死生交范張雞黍》第一折仙呂【醉扶歸】：

　　　母親道一句話何其準，你孩兒不錯了半個時辰，小子心眞您更眞，您卻
　　　早備下美饌篘下佳醞，量這些輕人事您孩兒別無甚孝順，酒來也何須母親
　　　勞頓，您孩兒有多。少遠路風塵。（《全元雜劇》二編二，頁 10）

《元曲選》同一曲牌與之文字無異，曲牌名稱卻改正爲【醉中天】。而古名家《杜蕊娘智賞金線池》第一折仙呂【醉中天】則爲：

　　　有句話多多的苦告你老年尊，累累的囑托近比鄰，一片花飛減卻春，我
　　　如今不老也非爲嫩，年紀小呵須是有氣分，年紀老無人問。

《元曲選》同一曲牌與之文字亦無別，而曲牌名稱則改正爲【醉扶歸】。相同的情況還有將古名家本《羅李郎大鬧相國寺》的【醉扶歸】改【醉中天】，將內府本與息機子本《宜秋山趙禮讓肥》的【醉中天】改【醉扶歸】，皆可謂《元曲選》的正名之功。

　　可見臧懋循在追求劇套體例的完善，及修補、改正曲牌名稱的作法上，是用一種比較嚴謹的標準自我要求。或許也因爲臧懋循是處於元雜劇的流行

近乎尾聲之時，故而便於以其閱歷觀察元雜劇，歸納出最為一般大眾所接受的曲牌套式及名稱，進而對元雜劇劇本加以修整，得到廣大的認同。雖然有時為了符合慣例，對原來劇套做出曲牌的刪除、增補、或改編等調整，而遭受強烈的批評，但其整理元雜劇，使其符合大眾觀賞的習慣與口味，留下了元雜劇之一代文學，仍是十分值得肯定的。

（四）尾曲牌名之規整

比較《元曲選》與前人版本在曲牌名稱的使用上，還有一項明顯的特色，即尾曲牌名的統一與規整。

在本章第一、二節的討論中，我們可以發現，各劇套尾曲的名稱，向來分歧，到了明代，宮廷演出本及過渡曲本體系的改編作品，甚至多數僅標以【尾】或【尾聲】等通名，不再一一細分，有逐漸簡化的現象。

但這種現象，到了臧懋循改編《元曲選》，卻不一味追求簡化，有時亦不厭其煩的統整尾曲的詞式與名稱。以仙呂宮而言，《元曲選》中一百個仙呂劇套，其尾曲人多標名作【賺煞】，少數稱【賺煞尾】，別無其它名稱，而其詞式為「十句：仄半平・平平厶：十十十，平平厶　：十仄平平十厶　：仄十十，十仄平　：仄平平△十仄平平：十仄平平十仄　：十　仄平：十平　去：十半十仄仄平平：」（《北曲新譜》，頁114），大致能符合《太和正音譜》中仙呂【賺煞尾】的規律。

如對照《元曲選》與宮廷本重複的七十六個仙呂劇套，其中有三十九個劇套，是將【尾聲】之名改為【賺煞】或【賺煞尾】，其餘改自【賺尾】的有一個、改自【尾】者有三個。若比照過渡曲本，其中亦有兩種由【尾聲】改成【賺煞】。可見在仙呂宮的尾曲名稱的使用上，《元曲選》中已經得到統一。

不僅如此，臧懋循還針對前人使用【賺煞】錯誤的詞式，加以修改，使其清清楚楚是【賺煞】的體例，而不是另一個尾聲的詞式。如古名家本《鄭孔目風雪酷寒亭》第一折仙呂【賺煞】作：

> 准備下靈車，安排衣架，擺列著高馱細馬，走去衙門自告咱，問官人借對頭苔，亂交加奠酒澆茶，都將你做話靶，滿城人將你來怨殺，街坊都罵，罵你箇戀煙花呆漢氣殺渾家。（《全元雜劇》初編五，頁7）

《元曲選》則名【賺煞尾】曲文作：

> 准備著送靈車，安排著裝衣架，擺列著高馱細馬，走去衙門自告咱，問官人借對頭踏，亂交加奠酒澆茶，但見的都將你做話靶，滿城人將

你來怨煞，街坊都罵，罵你箇不回頭呆漢活氣殺大渾家。（三上，頁 2249）

除了襯字及少數用字的不同外，真正影響到詞式的是一、二兩句，古名家作「准備下靈車，安排衣架」，而《元曲選》改作「准備著送靈車，安排著裝衣架」，按律【賺煞】首二句應為「仄平平·平平厶：」，故臧選所改為是；而第七句按律亦應作「十仄平平十仄　。」，古名家只有「都將你做話靶」六字，故臧選改作「但見的都將你做話靶」方為合律。

所以臧懋循整理元人雜劇，不僅在尾曲名稱上趨於統一，也儘量注意到其詞式是否合於曲牌格律，作法實可謂用心。故王守泰主編《崑曲曲牌及套數範例集》曰：

> 【仙呂】煞尾詞式和標名在古籍中之分歧，當曾經臧晉叔在刊刻《元曲選》中進行過整理、刪改，加以簡化。雖然吳梅在《元劇研究》中對臧晉叔之刪改元人原作抨擊甚力，但撇開文學性不論，我們認為《元曲選》之把【仙呂】煞尾加以整理，是對格律有貢獻的。〔註56〕

對於臧懋循整理《元曲選》百種之仙呂【賺煞】曲牌，給予十分的肯定。

其實臧懋循對尾曲的修改，不僅只於仙呂套而已，其他如南呂宮的尾曲，據查原本至少有【黃鍾尾】、【黃鍾煞】、【煞尾】、【黃鍾煞尾】、【尾煞】、【尾聲】、【煞】、【尾】、【隔尾】、【收尾】、【隨煞尾】、【隨尾】等名稱，而《元曲選》所收四十二個南呂劇套中，則僅見【黃鍾尾】、【黃鍾煞】、【煞尾】、【黃鍾煞尾】、【尾煞】數種，其中，又以【黃鍾尾】最多，總計二十四個。在比對宮廷本與《元曲選》重複的劇套中發現，從【隨煞尾】、【煞尾】、【尾煞】、【尾聲】、【收尾】、【尾】等各種尾曲名稱改成【黃鍾尾】的劇套，便有十五種之多，其曲文不合【黃鍾尾】格律者，亦連帶修改。如《裴少俊牆頭馬上》第二折南呂【煞尾】，古名家原作：

> 他折一枝丹桂群儒駭，怎肯十謁朱門九不開，不是我說過從斯公賣，你也權術好手策，如你也能吾快分解，你敢承宣敢耽待，便鎖在空房嫁在鄉外，你道父母，年高老邁，那里有女孩兒共爺娘相守到白頭，女孩兒是你十五歲寄居的堂上客。（《全元雜劇》初編二，頁 11）

《元曲選》改作【黃鍾尾】，曲文為：

〔註56〕王守泰主編《崑曲曲牌及套數範例集》卷六〈北【仙呂】套牌範例〉，上海：上海古籍出版社，1997 年，頁 961。

他折一枝丹桂群儒駭，怎肯十謁朱門九不開，不是我敢爲非敢作歹，他
也有風情，有手策，你也會圓成，會分解，我也肯過從，肯耽待，便
鎖在空房，嫁在鄉外，你道父母，年高老邁，那里有女孩兒共爺娘相
守到頭白，女孩兒是你十五歲寄居的堂上客。（一下，頁 982）

一般而言，【黃鍾尾】的詞式頗雜，基本的譜式是以隔尾首二句作起，即「七
：七：」，接著中間三字句多少不拘，但須雙數，宜對偶；平仄宜用「十仄
平。十厶　：」；每句或隔句協韻均可，宜平仄協。最後以黃鍾尾末兩句作
結，即「七乙：七：」二字句下又可增四字若干，亦須雙數，宜對偶，平仄
宜用「十仄平平。十仄十平：」隔句協韻，宜用仄韻（《北曲新譜》，頁 138
～139）。以此觀之，古名家「不是我說過從斯公賣，你也權術好手策，如你也
能吾快分解」數句，並不合於三字對句的要求，臧懋循改爲「不是我敢爲非
敢作歹，他也有風情，有手策，你也會圓成，會分解」較爲合律，且文字亦
較爲通順易懂。

　　故知臧懋循在對於南呂尾曲的處理上，也是漸由繁瑣紛雜趨向於簡練統
一，且能調整原本不合格律的曲文，使其符合於【黃鍾尾】的詞式。

　　另外，雙調的尾曲在諸宮調中最爲複雜，以其它曲牌作尾聲，而不另作
尾曲，則爲此一宮調的最大特色，在《詳解》所羅列的一百五十四式劇套中，
便佔了六十九式。而其它以尾曲收束的劇套中，則以【鴛鴦煞】（包括【鴛鴦
煞尾】、【鴛鴦尾】）之三十八式爲最多。故在《元曲選》的改編中，經常可見
臧懋循將雙調尾曲改作【鴛鴦煞】或【鴛鴦煞尾】者，連帶改動其曲文，使
其能完全合於【鴛鴦煞】的格律，如脈望館校古名家本《感天動地竇娥冤》
第四折【尾聲】：

你將那濫官污吏都殺壞，敕賜金牌勢劍吹毛快，與一人分憂，萬民除
害，囑付你箇爺爺，遷葬了奶奶，恩養俺婆婆，可憐見他年紀高大，後
將文卷舒開，將俺屈死的於伏罪名兒改。（《全元雜劇》初編一，頁 22）

應屬於雙調尾曲【鴛鴦煞】之：「十句：十平十仄平平厶：十平十仄平平厶：
十平十仄（十仄平平）‧十仄平平：（十平十仄‧）十仄平平（十平平去）‧
十平十仄：十仄平平‧十仄平平去：十仄平平：十仄平平去平上：」（《北曲
新譜》，頁 390）一格，其中「與一人分憂」、「可憐見他年紀高大」二句，平仄
不合格律，故《元曲選》改作【鴛鴦煞尾】，曲文爲：

從今後把金牌勢劍從頭擺，將濫官污吏都殺壞，與天子分憂，萬民除

害，囑付你爹爹，收養我奶奶，可憐他無婦無兒，誰管顧年衰邁，再將那文卷舒開，屈死的於伏罪名兒改。（四上，頁 3810）

雖然將「遷葬了奶奶，恩養俺婆婆」二句，合爲「收養我奶奶」一句，少了一層意思，但整體而言，是合律的。同樣的「一人」改爲「天子」、「可憐見他年紀高大」改爲「誰管顧年衰邁」都較能符合【鴛鴦煞尾】格律。另外，又將宮廷本《江州司馬青衫淚》第三折誤題【離亭宴煞】之尾曲，改正爲【鴛鴦煞】，也都是注重尾曲名稱正確使用的作法。

除此，臧懋循還爲不少雙調劇套，增入【鴛鴦煞】（或【鴛鴦煞尾】）曲，如《李亞仙花酒曲江池》第四折【鴛鴦煞】、《桃花女破法嫁周公》第四折【鴛鴦煞尾】、《隨何賺風魔蒯通》第四折【鴛鴦煞】、《孟德耀舉案齊眉》第四折【鴛鴦煞】，皆爲宮廷本所無者；又有增入【收尾】者，如《須賈大夫誶范叔》第四折【收尾】、《呂洞賓三醉岳陽樓》第四折【收尾】；增入【離亭宴煞】則有《秦脩然竹塢聽琴》第四折【離亭宴煞】、《醉思鄉王粲登樓》第四折【離亭宴煞】。

因爲依雙調的聯套慣例而言，並非必需要有尾聲，其劇情於賓白中結束者亦在多數，如所增之曲非劇情需要或詞句佳者，便容易被視爲蛇足，這也是臧懋循於雙調多加尾曲時，經常遭受的批評。但其用心之撰作，有時亦能爲原作補闕，如原本《孟德耀舉案齊眉》的最末一曲【折桂令】，主要在演述父女翁婿誤會冰釋之事，而劇末賓白則以天朝使者上場表揚作結，如此一來表揚事似乎過於短促草率，故《元曲選》增作【鴛鴦煞】一曲，唱道：

荷君恩特降黃麻詔，謝天臣遠踐紅塵道。卻教我一介書生，早做了極品隨朝。暢道頓首誠惶！瞻天拜表。則俺這犬馬微勞，知甚日能圖效？且自快活逍遙，兩口兒夫妻共諧老。（三上，頁 2378）

全劇圓滿落幕，故鄭騫讚曰：

雜劇第四折用雙調套，本非必需有尾聲，但以文氣論，鈔本止於折桂令，似欠充暢，臧氏添作之鴛鴦煞，彬彬可誦，自不能謂爲蛇足。
〔註57〕

亦可爲元劇之功臣，不能全然視爲蛇足。

由以上四點特色可見，《元曲選》中異於前人版本的曲牌，以其面貌而言，皆趨於整齊一致，其間經人統一修改的痕跡甚爲明顯，而這個做最後統一修

〔註57〕鄭騫〈元人雜劇異本比較舉例〉，《書和人》第九十八期，1968 年 11 月 30 日，頁 8。

改的人，應該即是臧懋循。

三、《古今名劇合選》對《元曲選》曲牌套式使用的接受與批評

孟稱舜所選編的《古今名劇合選》，與其它版本最大的不同，在其於劇作文字相異處，多半皆能加以批註，使人可以從中得悉其對版本的選擇及原因。這便使我們在觀看《古今名劇合選》時，不但可以從中領略他對當時最流行版本《元曲選》之接受與批評，並得知臧懋循改編先期版本的概況。

（一）《古今名劇合選》的曲牌整編概況

首先，他將版本來源分爲兩個體系：一是「原本」（即「舊本」）；一是「今本」（或「吳興本」）。若仔細比較其內容，便可發現其所謂「原本」或舊本，內容大致等於目前可見的「宮廷演出本」一系；而其所謂「今本」或「吳興本」，內容皆與《元曲選》無異。以下便將其使用曲牌，與宮廷本及《元曲選》作一詳細比對：

【表3-10】《古今名劇合選》與宮廷本、《元曲選》之使用曲牌比較

劇　名	宮　廷　本	元　曲　選
破幽夢孤雁漢宮秋	異名：第四折中呂（無）→【叫聲】	異名：第一折仙呂【賺煞】→【賺尾】、第二折南呂【黃鍾尾】→【尾聲】、第四折中呂【隨煞】→【尾聲】
李太白匹配金錢記	增：第一折仙呂【那吒令】、【鵲踏枝】、【寄生草】 異名：第一折【青哥兒】→【醉扶歸】、【尾聲】→【賺煞尾】、第二折正宮【尾聲】→【煞尾】	增：第一折仙呂【寄生草】（與過渡本同） 減：第四折雙調【沽美酒】【太平令】
溫太眞玉鏡台	異名：第一折仙呂【賺煞】→【賺煞尾】	增：第三折中呂【六煞】【五煞】
東堂老勸破家子弟	增：第四折雙調【喬牌兒】 異名：第一折仙呂【賺煞尾】→【賺煞】、第二折正宮【隨煞】→【煞尾】、第三折中呂（無）→【叫聲】、【煞尾】→【尾煞】	同
同樂院燕青博魚	增：第四折雙調【喬木查】【甜水令】【折桂令】 異名：第二折仙呂【尾聲】→【賺煞尾】、第三折中呂【尾聲】→【煞尾】	同

臨江驛瀟湘秋夜雨	增：第一折仙呂【醉中天】、第二折套前插曲【醉太平】、南呂【隔尾】、第四折正宮【醉太平】【尾煞】 異名：第一折【尾聲】→【賺煞】、第二折【尾聲】→【黃鍾煞】、第三折黃鍾【尾聲】→【隨尾】、第四折【笑歌賞】→【笑和尚】	同
裴少俊牆頭馬上	順序：第一折仙呂【混江龍】【點絳唇】互調	異名：第一折【賺煞】→【尾聲】、第二折南呂【黃鍾尾】→【煞尾】、第三折雙調【鴛鴦煞】→【尾聲】、第四折中呂【煞尾】→【尾聲】
唐明皇秋夜梧桐雨	異名：第四折正宮【尾聲】→【黃鍾煞】	異名：楔子【仙呂端正好】→【正宮端正好】、第二折中呂【啄木兒煞】→【尾聲】、第三折雙調【鴛鴦煞】→【雙鴛鴦煞】
半夜雷轟薦福碑	異名：第一折仙呂【尾聲】→【賺煞】、第二折正宮【尾聲】→【煞尾】、第三折中呂【尾聲】→【煞尾】、第四折【雁兒落帶得勝令】→【雁兒落】【得勝令】、【尾聲】→【鴛鴦煞】	同
迷青瑣倩女離魂	異名：第四折（無）→【神仗兒】（二曲中間少三句）	異名：第四折【古寨兒令】→【寨兒令】、【古神仗兒】→【神仗兒】
杜牧之詩酒揚州夢	同	異名：第三折南呂【黃鍾尾】→【煞尾】
醉思鄉王粲登樓	增：第一折仙呂【金盞兒】、第四折雙調【沈醉東風】【甜水令】【折桂令】【離亭宴煞】 異名：第一折【尾聲】→【賺煞】、第二折正宮【尾聲】→【煞尾】、第三折越調【尾聲】→【煞尾】	同
江州司馬青衫淚	同	異名：第三折【鴛鴦煞】→【離亭宴煞】
四丞相高會麗春堂	異名：第一折仙呂（無）→【（勝葫蘆）么篇】、【尾聲】→【賺煞】	異名：第三折越調【收尾】→【尾聲】
死生交范張雞黍	異名：第三折【尾聲】→【隨調煞】	增：第二折南呂【牧羊關】，又將【隔尾】同息機子分為二支 減：第四折【煞尾】 異名：第一折仙呂【醉中天】→【醉扶歸】、【賺煞】→【賺煞尾】

玉簫女兩世姻緣	異名：第一折【得勝令】（顧）→【得勝樂】、【賺煞】→【賺煞尾】、第二折商調【隨調煞】→【煞尾】 順序：第三折越調【禿廝兒】【聖藥王】	異名：【賺煞】→【賺煞尾】、第二折商調【上馬嬌】→【上京馬】、【高過隨調煞】→【煞尾】、第三折宮廷本【拙魯速】→（無）（曲文混入東原樂）、【收尾】→【尾聲】、第四折雙調【絡絲娘煞尾】→【絡絲娘】
謝金蓮詩酒紅梨花	增：第一折仙呂【醉中天】、第四折雙調【沈醉東風】【掛玉鉤】 異名：第一折【尾聲】→【賺煞】、第二折中呂【亂桃葉】→【亂柳葉】	異名：第二折南呂【尾煞】→【尾聲】、第三折中呂【煞尾】→【尾聲】
㑳梅香騙翰林風月	異名：第三折越調顧曲齋（無）→【（麻郎兒）么】	異名：第一折【賺煞】→【賺煞尾】、第三折越調【收尾】→【尾】
呂洞賓三度城南柳	異名：第三折【尾聲】→【煞尾】	異名：第二折【啄木兒尾】→【煞尾】、第三折【隨尾】→【煞尾】
須賈大夫誶范叔	增：第四折雙調【雁兒落】【得勝令】【收尾】 異名・楔子【正宮端正好】→【仙呂端正好】、第　折仙呂【賺煞尾】→【賺煞】、	同
杜蕊娘智賞金線池	增：第一折仙呂【醉中天】【寄生草】、第二折南呂【罵玉郎】【感皇恩】【採茶歌】、第四折雙調【沈醉東風】 異名：第一折【醉中天】→【醉扶歸】第二折【二煞】→【三煞】、【三煞】→【二煞】	同
月明和尚度柳翠	同	同
劉晨阮肇誤入桃源	異名：第四折雙調（無）→【折桂令】	同
張孔目智勘魔合羅	減：第四折中呂【古鮑老】 異名：第二折黃鍾【村裏迓鼓】→【節節高】、【尾聲】→【尾】、第四折【尾聲】→【煞尾】	同
荊楚臣重對玉梳記	增：第四折雙調【水仙子】【清江引】【離亭宴煞】 異名：第二折正宮（無）→【倘秀才】、（無）→【滾繡球】	減：第四折【錦上花】【么篇】 異名：第一折仙呂【賺煞尾】→【尾聲】、第二折正宮【黃鍾煞】→【尾聲】、第三折中呂【煞尾】→【尾聲】

秦翛然竹塢聽琴	增：第四折雙調【喬牌兒】【甜水令】【折桂令】【離亭宴煞】 異名：第一折仙呂【尾聲】→【賺煞】、第三折正宮【尾聲】→【尾煞】	同
感天動地竇娥冤	增：楔子仙呂【賞花時】、第一折仙呂【寄生草】、第三折正宮【耍孩兒】【二煞】【一煞】、第四折雙調【沈醉東風】【川撥棹】【七弟兄】【梅花酒】【收江南】 減：第四折【雁兒落】 異名：第二折南呂【尾聲】→【黃鍾尾】、第三折【尾聲】→【煞尾】、第四折【尾聲】→【鴛鴦煞尾】	同
蕭淑蘭情寄菩薩蠻	同	同
洞庭湖柳毅傳書	增：第一折仙呂【天下樂】、第三折商調【醋葫蘆】【金菊香】第四折雙調【雁兒落】 異名：第一折仙呂【尾聲】→【賺煞】、第二折（無）→【（拙魯速）么】（無）、【尾聲】→【收尾】、第三折商調【尾聲】→【浪里來煞】、第四折【雁兒落】→【得勝令】、【尾聲】→【鴛鴦尾煞】	同

比對《古今名劇合選》與前人版本的曲牌差異，可以發現其中沒有任何一支曲牌是孟稱舜憑己意增出者，其所引用曲牌，幾乎都是來自於宮廷本及《元曲選》。只有《李太白匹配金錢記》第一折之仙呂【寄生草】一支，乃以上兩種版本所無者。但仔細察考，卻發現此支曲牌，赫然與《雍熙樂府》所收相同。故此可知，孟稱舜選編《古今名劇合選》，雖然最主要來自於宮廷本與《元曲選》兩個體系，但他所增入【寄生草】一支，卻透露出其與過渡曲本體系的淵源。這種現象，在我們比較孟選《杜牧之詩酒揚州夢》第一折與其它版本異文時，亦可以隱約感受。足証孟稱舜《古今名劇合選》與過渡曲本體系改編本的關係並非偶然，而是有跡可循的。

生長於臧懋循之後，且年代相距不遠的孟稱舜，能經眼晉叔曾經看到的版本，亦非不可能之事，《元曲選》的另一個系統的改編來源，也可能是孟稱舜選編《古今名劇合選》的參考版本。但果真如此，為何在我們比較孟選與宮廷本及《元曲選》的曲文差異時，大多數的情形都是「非楊即墨」，很少有

第三種選擇？就連他的評語也多半游移在二者之間，很少指出第三種版本。這是否代表臧懋循選編《元曲選》的另一個來源劇本，並不如想像之多，《元曲選》大部分的改編仍然出自於臧氏之手？還是代表孟稱舜仍無法得見臧懋循私藏的所有祕本，以至於他在遇到《元曲選》不同於宮廷本之處，便多宣稱爲臧氏所增刪？

很可惜，由於資料的缺乏，這個問題我們只能暫且存疑，但至少在目前可見的資料中，我們無法証實孟稱舜所言爲虛。因爲僅就臧懋循根據過渡曲本增入的《李太白匹配金錢記》第一折仙呂【那吒令】、【鵲踏枝】，與《醉思鄉王粲登樓》第一折仙呂【金盞兒】三支曲牌而言，孟稱舜皆未曾胡亂編派爲晉叔本人增入，對於其參考繼志齋《元明雜劇》整理的《杜牧之詩酒揚州夢》第一折，他也清楚的說明：「此折係楊升菴重訂，故後人混收入升菴黃夫人集內，其中間有異同則出吳興臧晉叔本也。」〔註58〕所以筆者仍傾向於相信，孟稱舜的見識是廣闊的，改編態度也是誠懇的，其眉批中所指出「吳興本」所增刪之曲文，仍有相當的可靠性。

（二）孟稱舜對《元曲選》增減曲牌的接受與批評

以下便依實際比對情形，與孟氏本人所宣稱的曲牌增刪改易及其緣由，分析其個人對《元曲選》的接受與批評。

由【表 3-10】的比對加以統計，在《古今名劇合選》與宮廷本及《元曲選》重複的三十個劇本中，孟選總計較宮廷本增加了五十支曲牌，沒有減少任何一支曲牌，而其所增加的曲牌中，則有四十九支與《元曲選》相同；較之《元曲選》，則增加六支曲牌，減少五支曲牌，其所增加曲牌中，有五支與宮廷本相同，所減少曲牌亦爲宮廷本所無。

如果嚴格計算，在《古今名劇合選》較宮廷本所多出的五十支曲牌中，曾爲孟稱舜確實指出依「吳興本」增入者，僅有十四支，包括《臨江驛秋夜瀟湘雨》第一折的仙呂【醉中天】，《謝金蓮詩酒紅梨花》第四折雙調【沈醉東風】、【掛玉鉤】，《秦脩然竹塢聽琴》第四折雙調【甜水令】、【折桂令】，《洞庭湖柳毅傳書》第一折仙呂【天下樂】，《荊楚臣重對玉梳記》第四折雙調【水仙子】、【清江引】、【收尾】，《感天動地竇娥冤》第三折正宮【耍孩兒】、【二煞】、【一煞】，《李太白匹配金錢記》第四折雙調【沽美酒】、【太平令】。

〔註58〕孟稱舜編《古今名劇合選》，全書收錄於《續修四庫全書》1763、1764 冊，上海：上海古籍出版社，2002 年。此語引自 1763 冊，頁 296。

這些眉批，多半僅註明其所增曲牌乃依「吳興本」添入，但也有少數能點出其增加曲牌的緣由，如《臨江驛秋夜瀟湘雨》【醉中天】眉批上云：

> 此枝原本所無，照吳興本增入，若無此一枝，則成親亦未免太易。
> （1763 冊，頁 363）

《洞庭湖柳毅傳書》【天下樂】上批道：

> 原本蘇武句下接云黃犬，又音信垂錦鱗，又性格愚，這其間塞鴻飛
> 去衡陽路，空教我怎的寄家書，而無天下樂一枝，看來此枝似不可
> 少，今改從吳興本。（1763 冊，頁 423）

《荊楚臣重對玉梳記》【折桂令】上則批：

> 原本自此枝止後覺稍絕，吳興本增數枝又太繁冗，今特略為刪改。
> （1763 冊，頁 484）

這些經孟稱舜指出，於情節關鍵處、或劇末情節草率處所增入的曲牌，與我們之前所推論臧懋循增加曲牌的特色無異，亦頗能得到孟氏的認同，故加以斟酌，適當添入曲牌。其他如《感天動地竇娥冤》所增入之【耍孩兒】、【二煞】、【一煞】：

> 【耍孩兒】不是我竇娥罰下這等無頭，委實的冤情不淺，若沒些兒靈
> 聖與世人傳，也不見得湛湛青天，我不要半星點熱血紅塵灑，都只
> 在八尺旗鎗素練懸，等他四下裏皆瞧見，這就是咱萇弘化碧望帝啼
> 鵑。

> 【二煞】你道是暑氣暄，不是那下雪天，豈不聞飛霜六月因鄒衍，若
> 果有一腔怨氣噴如火，定要感的六出冰花滾似綿，免著我屍骸現，
> 要什麼素車白馬斷送出古陌荒阡。

> 【一煞】你道是天公不可期，人心不可憐，不知皇天也肯隨人願，做
> 甚麼三年不見甘霖降，也只為東海曾經孝婦冤，如今輪到你山陽縣，
> 這都是官吏每無心正法，使百姓有口難言。（四上，頁 3797）

雖然曲文過於雅麗工整，不似原本樸拙，但內容則陳述所罰三願的點點血淚，頗能動人，是為重要關目。而《謝金蓮詩酒紅梨花》所增入之【沈醉東風】、【掛玉鈎】，《秦脩然竹塢聽琴》增入之【甜水令】、【折桂令】，則亦於劇末處增添關目，作法皆有雷同之處。

雖然從【表 3-10】整體上觀察，可以發現孟稱舜對於曲牌的處理，多數以增入為主，鮮少加以刪減。但有時仍不免對於晉叔過於冗贅之處，提出批

評，而不隨之起舞，如針對《李太白匹配金錢記》第四折所增之【沽美酒】、【太平令】二曲，不以為然，而曰：

> 只此一語殼了，吳興本衍出數枝似贅。（1763 冊，頁 321）

可見臧懋循喜於劇末增加曲牌的作法，並不能完全得到孟稱舜的認同。

另外，孟稱舜對於臧懋循雖於關目要緊處多所留意，卻對於抒情特甚的曲牌未加珍惜的作法，則有所批評。如《溫太真玉鏡台》第三折【要孩兒】後原本有六支【煞】曲，全為正末對老夫人訴說將女兒嫁與他這個老丈夫的好處，十分樸質真率，生動可愛，每一支曲牌皆有其妙不可言之處，但晉叔卻可能以其所敘之事重複，而刪去【六煞】、【五煞】二曲，故孟稱舜依原本補入，並批評道：

> 此二枝正說珍惜之甚，斷不可少，吳興本盡刪去，全照原本增入。
> （1763 冊，頁 330）

可見孟稱舜對曲文的賞鑑極具深度，亦能著眼於全劇情節之大觀，對於前人作品的可取之處，多半採取保留的作法，態度謹慎而誠懇，不如明代諸改作之孟浪，故能為後人留下許多值得珍惜的好作品。

從孟稱舜《古今名劇合選》的眉批中可以發現，他所指出由臧懋循增入或刪減的曲牌，與我們歸納臧懋循改編元雜劇的特色一致，所增曲牌多在於情節緊要處、劇末草率處，有時頗有繁冗之嫌；而其所刪減者，則多為重複抒情敘事的之曲，有時亦不免刪卻佳作。以此對應，更讓我們趨於相信具有上述特色的曲牌，實皆有可能為臧懋循所增入。但對於孟稱舜未明確指出為臧氏增入的曲牌，且與以上歸納特色不符的曲牌，筆者仍傾向於保留，就像我們不能將《元曲選》所增入的二百支曲牌，全部視為臧懋循個人所增，而忽視其它可能的因素之道理是一樣的。

另外，從【表 3-10】的比較中，還有一點值得附帶說明的是，孟稱舜對於宮廷本與《元曲選》使用曲牌套式相異部分的處理。

從上列表格的比對中，我們可以發現，孟稱舜對於曲牌名稱及套式的使用，顯得漫不經心，從他在眉批上所提出的觀點看來，他所關注的焦點，多半集中在曲文的內容，是否符合劇情所需，文字鋪陳是否可為佳作；對於曲牌的使用是否合乎慣例，及曲牌名稱是否正確的問題，則似乎不甚留心。

所以，我們可以看到，孟稱舜雖然參考了經過臧懋循用心改正曲牌套式的《元曲選》版本，但卻不一定完全按照晉叔的作法對宮廷本錯誤的曲牌加

以糾正。最明顯的如《玉簫女兩世姻緣》第三折越調【拙魯速】一曲，宮廷本將曲文混入【東原樂】中，而脫落曲牌名稱，此一錯誤曾經爲臧懋循所糾正，但孟稱舜卻仍然依靠宮廷本的作法，將【拙魯速】的曲文混入【東原樂】，而未加分別。又如《唐明皇秋夜梧桐雨》楔子中【端正好】一曲，所有的宮廷本都誤標作正宮曲，到了《元曲選》的編輯，臧懋循將之歸正於仙呂宮，但孟稱舜的《古今名劇合選》，則依然從諸本而誤；又有孟本《死生交范張雞黍》第一折仙呂【醉扶歸】一曲，不依《元曲選》中作【醉中天】，而依宮廷本，錯誤也是相同的。

而在尾曲牌名的使用上，臧懋循用心追求規整的作法，也不完全得到孟稱舜的認同。比對孟稱舜在《古今名劇合選》尾曲名稱的使用上，可以發現，他並不刻意依從宮廷本或《元曲選》。《古今名劇合選》中對尾曲牌名的使用，似乎在於他於該劇或該折中，對何者的認同較多，便隨之引用該折的曲牌名稱。在他心中，【尾】、【尾聲】等通用的尾曲名稱，並無任何不妥，也沒有追求規整的必要。

對於曲牌套式輕忽的問題，普遍發生在明代的諸多改編版本中，如果說宮廷本與過渡曲本乃伶工所編排的演唱本，故其粗疏草率，情有可原的話，那麼孟稱舜曾經用心批點，擷取各本優點集結而成的《古今名劇合選》，卻仍然有此粗疏之弊，則其意義又顯得格外不同。這或許正顯示出，曲牌套式的規整及名稱的精確，對於元雜劇選本或曲套而言，並非絕對必要，臧懋循是明代唯一重視、且認眞思考前人曲牌套式慣例、名稱，而加以統整修訂的改編者。臧懋循這樣的改編動作，或許顯得多此一舉，但這也是他所整編的《元曲選》，能給人清澈整齊的感受，而爲時人普遍接受的最大原因吧！